新 潮 文 庫

胡蝶の失くし物

僕僕先生

仁 木 英 之 著

新 潮 社 版

9199

胡蝶の失くし物　目次

挿画　三木謙次

胡蝶の失くし物

僕僕先生

職《しょく》業《ぎょう》兇《きょう》徒《と》

闇《やみ》に囚《とら》われた者

一

大唐帝国の都、長安《ちょうあん》のもっとも厳重に護《まも》られている一角。深夜の大明宮《だいめいきゅう》は静まり返り、歩哨《ほしょう》の傍らに立つ灯火だけが時おりちりちりと鳴るだけ。

両端の上がった宮殿の大屋根は、空に羽ばたく鳳《おおとり》のごとく周囲を圧している。整然と並んだ瓦《かわら》の上をナナフシのように細長い手足を持った、しかし虫というにはあまりに大きな影が音もなく滑っていく。

皇子たちが養育されている宮殿の屋根を走っていた影は、ちょうど鳳の羽の先端辺りで動きを止めると体をぴたりと屋根につけ、何かを確認するように四方をゆっくりと見回した。

目から下を浅黄色の布で覆《おお》った影は指一本で瓦の端につかまると、綱も使わずに壁を下り始める。大きくせり出した屋根も垂直の壁もまるで無きがごとく進んでいく。

出窓の隙間《すきま》から中をのぞき見た影の視線の先では、少年が小さな灯火の下で書を読んでいる。薄灯りに照らされた横顔には気品が漂い、あどけなさの内側には知性が輝いていた。

室内を覗《のぞ》き見している男は懐《ふところ》に手を入れ、五寸ほどの細い筒を取り出す。節立って長い指がその筒を撫《な》でると径《けい》三分、長さ二尺の吹き矢筒に姿を変えた。吹き口には男のくちびるに合わせたわずかな曲線がしつらえてある。そこに口をつけ、ゆっくりと狙《ねら》いをつける。

誰がこの幼く高貴な命を散らすよう望んだのか、それを詮索《せんさく》する習慣など男にはない。ただ消すよう命じられた相手を世の中から抹消《まっしょう》するだけだ。

少年が細い指を上げて首をかく。その白い指が下ろされた瞬間、急な眠気に襲われたかのように彼は書見台に突っ伏し、床へと倒れこんでいった。

大明宮の一角から暗殺者が姿を消すまで一切の音は立たず、一切の痕跡《こんせき》は残らなかった。

まだ年幼い皇子李敏《りびん》の死は病死と発表され、史書にもそう記録された。少年は死して初めて王の位を得、その死を悼《いた》んだ玄宗《げんそう》皇帝から「哀」と諡《おくりな》された。典医を含め、首筋についたほんのかすかな赤い斑点《はんてん》に気付いた者は、誰もいなかったという。

皇子李敏が急逝《きゅうせい》した翌日。

『国の法典をその掌《て》に捧《ささ》げ持ち、以《も》って朝廷を粛正す』

男は見慣れた勤め先の額の下で異様に長い手を伸ばし、大あくびをしていた。

長安にある御史台《ぎょしだい》は、官僚の不正や動乱の芽を監視するための役所である。御史台には台院《だいいん》、殿院《でんいん》、察院《さついん》と三つの部署があり、台院は中央の高級官僚の行動を監視し、殿院は宮中での官吏の行動を統制する。そしてこの男、劉欣《りゅうきん》が所属する察院は、主に地方の動静を探る役割を与えられてきた。

（下らん仕事だ）

あくびついでにこきこきと肩を鳴らす。気を抜いているときの男の関節はやたらと乾いた音をたてる。ただ、〝仕事〟になると途端に油でもさしたみたいに滑らかに動くのが彼自身も不思議ではあった。

「光州仙居県黄土山《こうしゅうせんきょけんおうどさん》から姿を消した仙人を追い、始末せよ」

皇子をこの世から消した男が次に与えられた任務の内容である。黄土山の仙人が、数ヶ月前に突然姿を消したという情報は、劉欣のもとにも伝わっていた。皇帝とも気脈を通じると噂《うわさ》されるだけに、〝始末せよ〟とは穏やかではないが、指令の背景を詮索する必要もないだろう。

御史台察院の中でもっとも汚れた仕事を一手に引き受けるのが、〝胡蝶房《こちょうぼう》〟と呼ばれる一団であった。歴史の表舞台には一切姿を現さないその集団はかわいらしい名前とは裏腹に、なすことは血腥《ちなまぐさ》く陰惨だ。

最強の権力を握る者が、誰かの存在を世間を波立たせずに消したいと望む時、胡蝶の巣に命が下る。命令者は皇帝であるとは限らない。胡蝶の頭領が承諾すれば、命令は実行される。

彼らの存在が史書に記されることはないし、その仕事が称《たた》えられることもない。しかし彼ら全《すべ》ての者が記憶されないことに満足し、誇りを持っていた。劉欣はその一員である。

「ま、淮南《わいなん》といえば故郷も近いし、ゆるりと行くか」

懐の中をふと覗く。物心ついたときから共に暮らしている大百足《むかで》が彼を見上げ、同意を表すようにかちりと節を鳴らした。

胡蝶房に身を置く面々は、どれも猛烈な毒の持ち主ばかりである。

選り抜きの間諜《かんちょう》と暗殺者、百名足らずで構成された精鋭の集まりは、一度命が下ればしくじることがない。誰かがしくじったとしても、次の胡蝶が最後まで的を追い詰める。

その胡蝶の暗殺者である劉欣の前へ、小柄でずんぐりとした体格の男が近づいてきた。太い眉《まゆ》と丸い鼻に愛嬌《あいきょう》のある男だ。五尺ちょっとの矮軀《わいく》ががに股《また》で歩いてくるさまは、それだけで道化て見える。

「劉兄ぃ、次はどこに行くんだい」

同僚の元綜《げんそう》が袖《そで》に手を入れ、ひょいひょいと軽い足取りで房の門をくぐって入ってきたのだ。劉欣も手を挙げて声に応《こた》える。二人はにこやかに距離を詰めていく。劉欣もするりと、懐に手を入れる。

間合いが二丈にまで詰まった刹那《せつな》、異変が起こった。傍で見ている者がいたとすれば、二人の男の立ち位置が甲高い金属音と共に入れ替わっていることに、目を疑ったことであろう。

劉欣が懐から出した手には吹き矢筒が握られ、元綜の手には七寸ほどの小さな鏨《たがね》が握られている。双方の得物からは激しい衝突を示す白煙が微《かす》かに上がっていた。

「さすが兄ぃ」

「お前には負ける」

二人は笑って歩み寄り、手を取り合った。

持っている毒がきついだけに、普段の彼らは温厚そのものである。そして命がどこで終わるかわからない稼業《かぎょう》だけに、情も細やかで優しかった。

孤児だった元綜は、幼い頃から劉欣が暗殺術を叩《たた》き込み、彼が成長してからは助け合って数々の修羅場を潜《くぐ》り抜けてきた相棒であり、弟のようなものだった。

「皇子さん相手の仕掛けはきつかったろう」

と元綜がねぎらう。

「別に大したことはない。胡蝶の仕事としてはままあることだしな」

「まったくだ。で、今度はどこに行くんだい？」

「淮南に仙人退治に行くのさ」

「ふうん」

元綜はふと思い出したように、劉欣の両親は元気かと訊《たず》ねた。以前共に仕事をした際、元綜は中州《しんしゅう》にある彼の実家を訪れていた。もちろん、同職の友人ということで、裏仕事の気配などみじんも感じさせない穏やかな訪問であった。

「母上さまの打ってくれた麵《めん》はうまかったなあ」

と元綜は、太い眉を下げる。

暗殺用の隠し武器である暗器の扱いはもちろん、変わり身や毒の調合、弓や剣槍《けんそう》に至るまで、元綜は自在に扱ってみせる。中でも、懐に忍ばせた七寸の鏨は獲物を選ばない。胡蝶を抜けようとした同朋《どうぼう》ですら、やすやすと葬《ほうむ》ってきたのだ。

「また淮南に行きたいよ」

「いつでも行ってやってくれ。この前の便りでは元気にしてるって言ってたしな。元綜は……、その様子だと仕事帰りか？」

元綜は袖の匂《にお》いをくんくんと嗅《か》いで苦笑いした。

「念入りに体を清めて血の匂いを落してきたんだけどなあ。劉欣の鼻をごまかすのは至難の業だよ」

「奥さんにはわからんだろう」

「いやわからんぞ。女ってやつは時に胡蝶の凄腕《すごうで》より鼻が利《き》く」

「違いない」

二人は楽しげに笑い合った。

劉欣は三十を越えたばかりの独り身。元綜は二十代半ばの新婚である。胡蝶房には年齢の上下はない。房内では頭領に対する絶対服従を求められる以外、全ての立場は平等であった。

「それにしても皇族の次は仙人か。そのうち天帝の首でも持って来いって言われそうだね」

元綜はくすくすと笑った。

生死を賭《か》けた世界にいる彼らは、怪力乱神の類《たぐい》を全く信じていない。死ねばそれまでの世界にいる胡蝶の凄腕たちは、あてのない何かにすがる心を持たないように鍛え上げられていた。信じるものは掟《おきて》と頭領と仲間だけである。

「淮南から帰ってきたらまた家に遊びに来てくれよ。うちの嫁も劉欣さんならいつでも歓迎ですすって言ってたから」

「ぜひそうさせてもらうよ」

「胡蝶でもっとも辛味のある椒《しょう》が来てくれればうちの誉れだ」

「お前こそ椒になりそこねて〝生姜《しょうが》〟になるなよ」

胡蝶の隠語で、冴《さ》えた腕の持ち主ほど、辛いもので表される。仕事をたびたびしくじるようなものは半端な辛さということで生姜と軽蔑《けいべつ》されていた。

「気をつけるよ、センパイ」

手を振り合って二人は別れた。柔らかそうでありながら、見るべき者が見れば慄然《りつぜん》とせざるを得ない背中を、劉欣は見送る。自分が作り上げた生ける凶器に、彼は満足していた。

頭領に拾われてきた元綜の面倒を劉欣が見るようになってしばらくして、自分以上の殺し屋の素質を感じ取った。人の命を奪う瞬間に快楽を覚える者も暗殺者の中には多い。が、そういう輩《やから》は二流でしかない。この元綜は他人の命を奪う際にぴくりとも心を動かさない。劉欣が惚《ほ》れ惚《ぼ》れするほどの、生まれついての暗殺者と言って良かった。

劉欣自身もともと、淮南の寿州《じゅしゅう》に捨てられた孤児であった。

本当の生まれはわからない。気付けば寿州の片隅で、一尺以上もある百足を枕《まくら》にして眠っていた。手足が異様に長く、骸骨《がいこつ》のような容貌《ようぼう》という気味の悪い外見のため、街の全ての人に忌《い》まれていた。人が捨てたものを食い、人が隠しているものを奪い、邪魔をされれば殺した。

野良犬のように州城の裏道を徘徊《はいかい》しているところを、いまの父と母に拾われたのである。

中州郊外に住んでいた夫婦、劉徳《りゅうとく》とその妻は、信心深いが長年子宝に恵まれず苦しんでいた。子のない苦しみを忘れるために農耕に励んで近在一の富農になったものの、やはり寂しさは紛れない。

そんな時二人は、淮水のほとりにあるとある祠《ほこら》でお告げを聞いた。お告げにはこうあった。親なくして苦しんでいる寿州城内の子供のうち、もっとも悲しい目をした子供こそ、お前達の子だ、と。

二人はそれを信じて寿州城を訪れ、そして汚泥《おでい》まみれの欣と出会った。

憎悪《ぞうお》抜きで追いかけられた経験のない欣は戸惑いながら隠れるが、必ず見つけ出される。それは彼が初めて経験する、少し照れくさくて甘い追いかけっこだった。数日逃げ回った末、欣は温かい腕の中で初めて子供となって泣いたのである。

（あの時あそこから引っ張り出してもらえなければ、きっと俺は寿州城のどぶで野垂れ死んでいた……）

もちろん「欣」、という名前は二人に養育されるようになってつけられた名前である。喜びを表すその文字は、三人の幸せの証《あかし》である。

その後の人生で欣を気味悪がらなかったのは、両親と胡蝶房の面々だけであった。両親は得たものの、街に出れば人から避けられ、街道を行けば石もて追われて五年が経《た》ったある日のことである。突如現れた胡蝶の頭領は、都で働かないかと彼を誘った。

胡蝶の頭領は美しく白い顔をした少年だった。いや、少年に見えると言った方が正しい。虚《うつ》ろに見える黒々とした瞳《ひとみ》から放たれるねっとりと暗い光は、劉欣をたじろがせ、そして惹《ひ》き付けた。

「一度闇《やみ》に囚《とら》われた者が光当たる所に生きれば、必ず無理が生まれる。その無理がおまえに光を当てている者たちを狂わせるだろう」

そう少年は劉欣に告げた。

「おまえを養っている者は、おまえには過ぎた存在だ」

「そ、そんなことわかってる」

「このままでは失うことになるぞ」

「なんでお前にそんなこと言われなきゃならないんだ！」

幼い日の劉欣は激怒して、その少年に摑《つか》みかかろうとしたが、足がすくんで動けない。いつもなら危険が迫ると牙《きば》を鳴らして教えてくれる大百足も、凍りついたように動かない。

「それは劉欣、お前が俺たちと同じく〝化け物〟だからだ」

両親との生活は質素で、つつましいものだった。晴れれば耕し、降れば縄をなう。息子が街に出てはいじめられていることを知った父母は、劉欣をいっそうかわいがった。彼は世間への憎悪を育てる一方で、両親への愛情を日々増していたものだ。その生活を失うと考えることは、欣にとって汚穢《おわい》の中で生きる以上の苦痛だった。

「俺と共に来い。都で我らの一員となるなら、光に祝福された世界と、安らかな闇の世界の双方を行き来する力を与えてやる」

「で、でも俺がいなくなったら父さんと母さんは……」

「心配は要らない」

そこで頭領は初めて、身分を明かした。

都の御史台察院と言われて首をひねる劉欣を連れて家に上がりこんだ少年は、瞬《また》く間に両親を納得させて、彼を都に連れ帰った。ある種の術を使ったことに後年気付いたが、特に騙《だま》されたとも思わないほど、仕事は性に合っていた。

仕事の内容を知っても、最初の仕事をこなした後も、劉欣はたじろぐことはなかった。両親と同僚以外の存在はもともとごみ程度にしか思っていない彼である。どのような血みどろの仕事を命じられようが、良心は毛ほども揺らがない。むしろ、仕事をすればするほど両親に楽をさせてやれるし、仲間も頭領も喜んでくれる。それが何より嬉《うれ》しかった。

(仙人か。俺からすれば目くらまし程度のイカサマだろうが、それなりに慎重にいったほうがよさそうだ)

仙人の類が王公すらたぶらかすのは、始皇帝以前からおなじみの光景である。位を極めると不死身になりたくなる皇帝に取り入り一旗上げようとする者。そういった手合いを利用し己の立場を強めようとする者。平和に見える宮中でそんな連中の打々《ちょうちょう》発止《はっし》が繰り広げられていることを、胡蝶では誰もが知っていた。

（まずはお仲間を探ってみるとするか）

百足の頭をみがいてやりながら劉欣は考えた。

長安には皇帝お抱えの道士もいる。この道士と光州の仙人につながりのあることは、宮中でもよく知られていることであった。

司馬承禎《しばしょうてい》というその男自体は胡蝶房の的になっているわけではない。だが凄腕の連中の興味をひくだけのものがあるらしく、ある胡蝶の男が一度戯《たわむ》れに屋敷に潜入を試みたのだという。

「外かと思えば内で、内かと思えば外なのだ」

と、めったに表情を変えない同朋が面食らったように言っていたのが劉欣にはおかしかった。もちろん、職務に外れたことをしたとして、彼は頭領からきついお灸《きゅう》を据えられたが。

（おそらく幻惑の毒でも吸わされたのであろう。もしくは心縛の術でもかけられたのか）

胡蝶房にも心縛術の遣い手がいる。欣はその男のもとに熱心に通って、心縛を破ることができるまでに精神を鍛えこんでいた。

司馬承禎は皇帝の住居に程近い太極宮《たいきょくぐう》の東側に屋敷を与えられている。

静まりかえって人の気配すら漏れ出てこない広大な邸宅の門前で、二人の童子がおはじきを弾《はじ》いて遊んでいた。何気なくその脇《わき》を通り過ぎ、角を曲がる。

(な……)

曲がったはずなのにやはり門があって、その前で二人の童子が遊んでいる。

風の中に毒の匂いはしない。ただ、寺院で焚《た》かれるような香の匂いが、うっすらと体にまとわりついているのを感じていた。術にはめられたか、と自らの精神を探るが、誰かに操作された形跡は見当たらない。

大百足が懐の中から心配そうに彼を見上げ牙をかちかちと二度鳴らす。強敵である証拠だ。逆に興味をひかれた。

長い手足を壁につけ、音を立てずにするすると登りきる。反対側には確かに、邸宅の内部らしい庭園が広がっている。しかし飛び降りてあたりを見渡すと、やはり登る前の街路にいるのである。

(俺を遊び相手にするとは。皇帝すらも籠絡《ろうらく》できるわけだ)

すっと四肢をつけて地面を這《は》うように進む。彼がもっとも速く移動できる形でもある。滑るように速度を上げ、二人の童子の上を飛び越えて門に取り付く。

「む！」

手鉤《てかぎ》を飛ばして梁《はり》にかけ、あっという間に屋根の上へと昇る。その鮮やかな手際《てぎわ》を見て、二人の童子はきゃっきゃっと手を打って喜んでいた。

（あいつらもただの子供ではあるまいに）

気配を消し、屋根を伝う。そこにいるのに、まるでいないように思わせる絶技が胡蝶の技のうちにある。心得のない者ならたとえ肩がぶつかったとしても、誰にぶつかったのかわからないほどだ。

正門上から望むと、今度は邸内が見える。当然のことながら、壁の両側とも長安の街路というわけではない。もう一度手鉤を飛ばし、飛猿のように宙を舞う。庭木の枝に降り立ったはずが、気づくと中庭に立っていた。

「お見事なものですな」

がっしりとした体を新緑色の道服に包んだ男が目の前に立って微笑《ほほえ》んでいる。劉欣はその気配をまるで感じ取ることが出来なかった。

「ご心配なく。すばらしい技を見せていただいたお礼に告げ口などはいたしませんよ」

劉欣は黙っている。とにかく並外れた術を持っているのは確かなようだ、と警戒心を強めた。

「僕僕《ぼくぼく》先生をお探しなのですか。本当にあの方は人気があってうらやましい」

闊達《かったつ》な口調である。

「御史台の方、中でお茶でもどうぞ」

道士はゆったりと手を広げて劉欣を誘う。しかし劉欣はその声に対して一切の表情も感情も消してそこに立っていた。知らないものが見たら死んでいるのではないかと思うほどに、微《かす》かで乾いた佇《たたず》まいである。

「ほう……」

感心したような表情を浮かべた道士は、

「それだけの虚に身を置くことが出来るとは。さすがは素質をお持ちの方。どうですか。道術の修行をされる気はありませんか」

と妙なことを言った。

「ありがたいお誘いながら、私には既に使うべき技がございますゆえ」

劉欣はそこで初めて言葉を発する。相手に敵意がないことを受け、自分も既に身構えを解いたことを示したのである。

「僕僕先生なら洞庭湖《どうていこ》の南、潭州《たんしゅう》あたりを歩かれているのではないでしょうか。間もなく桂州《けいしゅう》に入ってしばらく滞在されることでしょう」

「どうしてわかる」

「星がね、教えてくれるのですよ」

「なぜ俺に教える」

にこりと爽《さわ》やかに笑う道士を、劉欣は用心深く見つめた。友を売ることは世にいくらでもある。しかし相手は、僕僕という仙人に敵意もなければ、自分から代価を得ようともしていなかった。司馬承禎は、

「仙人や道士の中にはですな、純粋に面白いほうへと話を進めたがる連中がいるのですよ」

と言って心の底から愉快そうな顔をした。

二

水気を含んだ重い風が涼しげなものに変わるあたりに、「これより桂州」という石碑が立っている。石碑の左右には黒く苔《こけ》むした岩峰が林のごとくそそり立ち、その間

を奇妙な一行が進んでいく。

五色の光を放つ雲に乗った少女は、長くつややかな髪を風になびかせながらひじ枕でまどろみ、そのすぐ後ろを行くあでやかな娘はほんのわずか、地面から浮いて歩いている。そして二人からわずかに遅れて、眠そうな顔をした青年が眠そうな痩《や》せ馬の手綱を引いて歩いていた。

「いい眺めだ。弁《べん》、一休みしようか」

雲の上に寝そべっていた少女姿の仙人、僕僕はううん、と一つ伸びをした。秋だというのに、岩峰のところどころから薄紅の彩《いろど》りが顔を出している。

「梅が咲いていますわね」

ふわりと飛んだ皮一枚の娘、薄妃《はくひ》は花を一輪手折って、僕僕と馬の手綱を握っている青年に見せる。

「秋に見る梅っていうのも」

いいものですね、と風流なことを言いかけた青年、王弁の腹がぐうと派手な音を立てた。

「キミの臓腑《ぞうふ》は花より団子だと言っているみたいだね」

王弁が手綱を引く天馬、吉良《きら》がふひひんと笑う。天と天との間すらを越える神馬としての颯爽《さっそう》とした真の姿が想像できないほどにみすぼらしい痩せ馬は、王弁を主《あるじ》と扱ってくれる唯一《ゆいいつ》の存在だ。

僕僕は懐《ふところ》から朱塗りの酒壺《さかつぼ》と、ほこほこと湯気を立てる饅頭《まんじゅう》を取り出してにこりと笑った。

「桂州の中心都市、始《し》安《あん》まではあと少しだ」

僕僕が袖《そで》を払うとその先にかかっていた靄《もや》が晴れ、遠くに土づくりの城壁が見える。中原《ちゅうげん》や淮南のがっしりした城とは違う、こぢんまりとしたものである。

江南《こうなん》からさらに南下を続けるほどに、風景は王弁の見慣れないものへと姿を変える。桂州域内に入ってからは、竹を編んで建てられた粗末な家が多くなっていた。行きかう人影がほとんどない物寂しい街道を行くうち、始安城の鉄門が近づいてくる。門は開け放たれているものの、門番の姿もない。王弁と薄妃は思わず顔を見合わせた。

「先生、これは……」

城内に入った王弁は息を呑《の》んだ。病人の呻《うめ》きと排泄物《はいせつぶつ》の臭《にお》いで満たされ、異様な雰囲気に包まれていたからだ。旅商人でにぎわっているはずの市《いち》は閑散とし、街路を行きかう人影も絶えている。

「何が起こっている」

僕僕はいつのまにか壮年の医師に姿を変え、立ち寄った茶店の主人に訊《たず》ねた。

「下痢が流行《はや》るのはよくあることなんですが、今回のはひどいんですよ。血が混じって、長く続くと死んじまう者も出る始末で。医者も手一杯でわしらのような貧乏人に薬丹《やくたん》が回ってくるのは最後でさあ」

そう言う茶店の主人も青い顔である。

僕僕は薬籠《やくろう》から紙に包んだ粉薬を手渡した。

「黄連《おうれん》の粉末だ。湯冷ましに溶いて飲むがいい」

「ひぇっ、いいんですかい」

「銭はいらん。その代わりこのあたりのうまいものをたらふく食わせてくれ。一宿一飯の恩義を先払いしたと考えてくれ」

なにせ仙人が調えた薬である。半信半疑で服した主人の腹下しも下血も、瞬く間に治まった。

総出で伏し拝む茶店の者たちを見て、王弁は心配になった。

「先生、えらいことになりますよ」

茶店は街の情報が集まっては四方に散っていく場所である。そんなところで名医の評判を立てたら、病人が大挙して集まるに決まっている。

「そりゃわかっててやってるんだから。まさかボクが教え込んだ仕事の作法を忘れたとかいやになったとか言うわけじゃあるまいな」

「そそ、そんなことはないですけど」

実際には僕僕の言う通りであった。

仕事抜きで僕僕と旅をしているほうが楽しいに決まっている。五年も続けた薬師《くすし》の仕事だから心底いやというわけではないが、やらなくてすむならそっちの方が楽ちんだ。

もとが仕事も勉強もきらいなぐうたらぼんぼんなのである。だからといって、

「ふーん。キミはそんなに器量の小さな……」

とばかにしたような顔で師に見られれば、

「わ、か、り、ま、し、た！　黄連を山ほど採ってきますからね」

あわてて飛び出して行かざるをえない。

外につないでいた吉良がふひひん、と嘶《いなな》いた。手伝ってくれるつもりだと気付いた王弁は引き綱をほどく。貧相な姿のまま、ぱっからぱっかと彼について歩き出した。

そのころ劉欣は、長安からゆったりと東進し、淮南へと入っていた。

道行く全《すべ》ての人間を殺してしまいたい憎悪《ぞうお》と、これ以上ない愛着を共に抱く場所である。しかし故郷が近づくにつれ、彼の胸中では喜びが勝ち始める。

細く長い手足は、御史台から支給された上質な官服で包んである。それだけの権威を後ろにしていれば、眼窩《がんか》の落ち窪《くぼ》んだ骸骨《がいこつ》のような顔も表向き蔑《さげす》む者とていない。

胡蝶の一員として一人前になるのは生半可なことではなかった。ある時は南方にある九疑《きゅうぎ》の山中に一銭も渡されずに放置され、都に帰ってくることを命じられた。

またある時は、反乱の嫌疑をかけられ死罪に問われた重武装の兵士達の中に放り込まれ、全員を倒してくるようにとの試練も与えられた。

死んだ方がましだと思えることばかりであったが、自分を愛してくれたたった二人のためにそれは出来なかった。

仕事の内容を知らない両親は、都での仕官が本格的になったと聞いて、涙を流して喜んでくれた。その笑顔を劉欣は忘れたことはない。

見慣れた中州の田園風景が目の前に広がる。

(まだ野良仕事を続けているのかな。もう楽をしてくれてもいいのに)

御史台は最も位の高いものでも五品で、州刺史《しし》と同程度である。しかしその活動内容から豊富な予算が与えられ、いろいろと実入りも充実している。家族を持たず、娯楽というものにも興味がない欣は、入ってくる収入のほとんどを両親に送っていた。秋の風に吹かれて、劉欣の乾いた心が童心へと帰っていく。

三十を過ぎてもこれだ。いい加減嫁を迎えたらと帰るたびにせっつかれるが、一晩も過ごせば両親だってそんなことを言わなくなる。敢《あ》えて悠然と馬を進める。都からのお帰りなのだ。しっかりしたところを見せたい。

（いた！）

両親は刈り取った稲を殻竿《からざお》で叩《たた》いていた。

その姿を見るだけで涙が出そうになる。実直を絵に描いたような働き者の両親が、欣は大好きだった。

「父さん、母さん！」

呼びかけながら欣は駆け寄る。農作業に没頭していた二人は息子の声に気付くと日に焼けた赤土色の顔を上げた。そして息子の姿を認めるや皺《しわ》に埋もれそうな笑顔を作り、自分たちより頭一つ高い体を抱きしめた。

「おお、おお、帰ってくるなら便りくらいよこさんか」

「そうよ！　欣の好きな蛙《かえる》料理を用意してあげられるのに」

二人の手には一度野良《のら》着《ぎ》でぬぐったものの、まだ泥が沢山ついていた。その手が欣の頬をやさしく包む。この匂《にお》いが自分を大きくしてくれたんだ。そう思うと、泥の匂いこそ嬉しくて仕方がないのである。

「人雇えよ。金だって送ってるだろ」

「なんのなんの。おまえが都で頑張ってるってのに、わしだけ老《ふ》け込むわけにはいかんわい」

一人息子を前にして、曲がりかけた腰を精一杯伸ばしている姿が愛《いと》おしい。

「今日はとりあえず野良仕事はなしにしてくれ。明日は俺も手伝うよ」

「ばかね。都でお勤めの人にそんなことさせられるわけないじゃない」

「親の手伝いも出来ないならそんなもの辞めてやるさ」

両親は声を上げて笑った。血の匂いをまとう仕事の前に立ち寄って、本当に良かったと彼は思った。


黄連は樹林の陰に生えている、比較的ありふれた薬草である。ただし、薬に使える根茎を掘り出すのは中々骨が折れる。

腰を曲げての農作業に縁のないぐうたら生活を送っていた王弁は、一刻も経《た》たないうちに音《ね》を上げてしまった。

「吉良、ちょっと休もうよ」

前足で器用に黄連の根を掘り出していた馬は、あきれたようにため息をつく。

「だって黄土山では薬草採り専門の若いのがいたでしょ」

皇帝からお手当てがついていたので、王弁は診療と処方に専念できていたのである。彼ももちろん、僕僕から薬草のイロハは学んでいる。僕僕が残してくれた知識と教材を元に、彼女が姿を消していた五年間、失敗を重ねながらも、実績を残してきたのである。

ただし学ぶのと肉体労働は別の話だ。

「わかった。わかったよ。始安城では病人がたくさん出ているんだもんな」

責めるような愛馬の視線に耐え切れず、立ち上がる。

袖まで汗びっしょりになってさらに一刻。何とかかご一杯になった黄連を担《かつ》いで山を下りる。

(まさかこんなところでこんな重労働をさせられるとはな……)

とほほ、と王弁は肩を落とす。必要なこととはわかっていても、気ままな生活をいきなりひっくり返されたような気がして疲れが倍になってのしかかってきた。

「なんだ、これだけか。始安にどれだけ病人がいるかわかっているのか」

帰ったら帰ったでねぎらいの言葉の代わりに飛んできたのは叱声《しっせい》であった。

僕僕たちの滞在している茶店は、既に臨時の病院として長蛇の列が出来ていた。茶店の主人夫妻を助手に仕立てて、僕僕は壮年の医師姿のまま八面六臂《はちめんろっぴ》の大活躍である。

「皮を除いて磨《す》り下ろして来い。早く！」

今度は根茎の皮むきだ。城内の商店からも応援が到着し、茶店の厨房《ちゅうぼう》は大賑《にぎ》わいである。しかし王弁を手伝う人たちも大なり小なり腹下しを抱え、作業はなかなかはかどらない。

磨り下ろしたものを桶《おけ》に入れておくと、吉良が頃合を見て持っていく。そんな作業が延々と続いた。

「だーっ。終わった！」

僕僕が厨房に来てその日の診療終了を告げた瞬間、王弁は包丁を放り出して床の上に大の字になった。

三

楽しい時間はあっという間に過ぎる。どこにいようと周囲の気配に警戒する習慣を持ってしまった殺し屋稼業《かぎょう》とはいえ、それでも一番くつろげる場所であることに変わりはなかった。

いつまでも家にいては両親に豊かな暮らしを贈ることが出来なくなってしまう。そのための仕事に旅立たなければならない。

「しっかりお勤めしてくるんだよ」

「皇帝陛下のご恩にお応《こた》えしてくるんじゃぞ。お前はわしらの誇りじゃ」

仕事の内容は最後まで言わないし、両親も訊《き》かない。朝廷の大事に関わることだから、と言えばそれ以上は訊かないでいてくれた。

「一段落したら帰ってくる」

「わしらはお前が元気でいればそれでええ。無理するんじゃないぞ」

「全然危ない仕事じゃないから心配いらないよ」

「本当？」

「本当さ！」

欣は一度しっかりと笑顔を作って、両親の手を握る。笑うことは苦手だけれど、両親を安心させるために彼はいつもそうした。母親が目を潤《うる》ませながら、懐から一枚の護符を取り出す。

「これはお前を授かった時に、お告げをいただいた祠《ほこら》のお守りよ」

護符の下には劉欣には読めない文字がうねうねと書かれた丸い木板がくっついていた。二寸ばかりの小さなもので、真ん中に小さな穴が開いている。

「このお守りがきっと欣を守ってくれるわ」

人に倍する長い腕が両親を抱きしめる。

彼の乗った馬が見えなくなるまで、両親は手を振っていた。

(これで気合が入った。あとは一刻も早く仕事を終え、都に戻って報酬を得たらまた帰ってこよう)

劉欣は母が持たせてくれた木製の小さな護符を見つめ、懐にある隠し袋の一つにしまった。信心などないが、母がくれたものなら宝物だ。本来は円刃の暗器をしまっておくところで、そこに挟み込んでおけば固定されて動かない。

淮南から一路南に下る。隋州《ずいしゅう》、鄂州《がくしゅう》と僕僕一行と同じ道程をたどるが、もちろんそれに、彼は気づいていない。そして洞庭湖を南へと縦断し、僕僕たちが治療を開始して数日後には桂州始安城外にたどり着いていた。

(まずはその僕僕とやらを探さねばならんな)

何せ人の目をくらますのはお手のものの連中を相手にするのである。都での司馬承禎との邂逅《かいこう》は、冷静になって思い出してみると恐ろしい体験であった。見事に手玉に取られていた。

死なずにすんだのは、こちらに殺す気がなく相手に戦う気がなかったからである。

城内に入って標的を探す。仙人の風貌《ふうぼう》は既に命令書の中に詳細に書いてあった。変わり身を得意とする少女と、その従者である若い薬師。この二人を消せという。

街に入って幾ばくも経たないうちに、探す苦労など不要であることを知った。始安城内はたちの悪い流行り病が流行し、旅の医師が獅子《しし》奮迅《ふんじん》の働きで病と闘っていることが城内の噂《うわさ》となっている。

ゆっくりと懐手《ふところで》で歩く劉欣の傍らを、人の良さそうな青年と痩《や》せ馬が急ぎ足で追い抜いていく。その背中にはかご一杯の黄連が積まれている。ただの医師が使うにはあまりにも大量である。

（あれが例の仙人の従者か。黄連は確かにひどい腹下しに効くが、そんなに強烈な効き目があったかな）

胡蝶房で徹底的に叩き込まれた毒と薬の知識を頭の中に思い浮かべる。そんなことを考えながら若者の後をつける。

（仙人だけの秘術があるというのかもしれん）

城内を歩いているうち、一軒の茶店に黄連を運んでいた青年は入っていった。その前には病人の長い列が出来ている。並ぶ者はみな青い顔をしているが、出てくるものはみな生気を取り戻している。

（ここか……）

路地に入り、すうと気配を消す。

ぽんと地面を蹴《け》り、長い指で瓦《かわら》をつかむと、そこを支点にして上へと半回転する。蜘蛛《くも》のように屋根に貼《は》りついた欣はそのままぬめるように動くと、茶店の天井へと移動した。

天井板をわずかにずらして中を覗《のぞ》くと、壮年の医師が手早く患者を診、症状が出血性の下痢だと判断するや黄連のおろし汁を飲ませている。

（ごく普通の治療だな。しかし飲んだとたんにあの薬効。どうなってるんだ）

どの患者も時間の差こそあるものの、飲んでしばらく座っているうちに見る見る症状を改善させていく。

（やはりただの旅医者ではなさそうだな）

しばらく観察を続けていると、

「弁、次の黄連湯を早く」

医師が奥に向かって声をかけた。指示で飛んできた若い男は、先ほど欣を追い抜いていった男である。

(やはりあの医師が標的の僕僕とかいう仙人なのか)

娘姿であると命令書にはあった。しかし、相手は変わり身も得意とするのだ。

(あとは司馬承禎のように幻術が強烈でないことを祈るばかりだが)

司馬承禎は面白いから僕僕の居場所を教えたと言っていたが、それは罠《わな》である可能性もある。仲間の力量を信じていれば、つまり察院胡蝶房の凄腕《すごうで》でも絶対に届かないという自信があるからこそ、詳細まで教えたとも考えられる。

(勝負は夜にしよう)

劉欣は誰に悟られることなく、そこから姿を消した。


「なんだ、そのだらしない格好は」

宿の一室で伸びている弟子を見て、僕僕は鼻で笑った。

「不肖の弟子は肉体の疲労と戦っているのであります」

「よし。明日も戦え」

「まじすか……」

王弁はがっくりと目を閉じる。ここで僕僕の優しい指が体を揉《も》み解《ほぐ》してくれたらどれほど疲れから回復できるだろう。しかし今の姿ではちょっと気が乗らない。僕僕は昼間の姿のまま、壮年の男医者だったからである。

「今日の倍は黄連を採って来るんだ。街の医者にも協力を呼びかけているが、なかなか腰が重い。まあよそ者がこれだけ派手にやれば面白くもないだろうがな」

「あと何日くらいかかりそうです？」

むくりと首を上げて訊《たず》ねる。

「わからん。とりあえず病のはやりが一段落するまでだ」

それを聞くと、王弁は再びぐたっと床に頭を付けた。

もちろんわずかに開いた窓の隙間《すきま》から猛毒を持つ胡蝶が覗いていることなど、知る由《よし》もない。

（隙だらけだな）

宿を出る際、懐中の百足《むかで》が激しく牙《きば》を鳴らした。最大限の警戒をしながら、二人が泊まる宿までやってきた胡蝶の殺し屋であったが、あっさりと射程距離まで近づけたので拍子抜けした。

蜘蛛のように窓枠に貼りつき、袖《そで》に隠した筒を取り出す。二尺の細い筒の中には、鴆毒《ちんどく》が塗られた小さな矢がこめられている。伝説の毒鳥、鴆の羽から抽出される毒はあらゆる者の命を断つ。都から出る際、胡蝶の頭領から特に与えられたものである。

(油断は出来ん。頭領が直々に鴆毒を手渡してくるなんて、滅多にあることじゃない)

一寸に満たない猛毒の針が標的に突き立てば、数瞬の後に相手は絶命する。欣はその吹き矢を一息で三本撃つという絶技を身につけていた。

吹き矢の後ろにはごく細い絹の糸が結わえられ、毒が浸透すると同時に欣の手元に引き戻すことが出来る。形跡はほとんど残らない。

相手は二人。こちらの気配を察知していない状況で、外すわけがなかった。何千回、何万回、訓練でも実戦でも繰り返した動きを体が正確になぞる。

窓にあいたごく小さい隙間に、吹き筒がほんの少しだけ差し込まれる。両親のこともやがて心から消え去る。筒の先に壮年の医師がいる。

あとは一息、吹き込むだけだ。

(……!)

いつもなら波風の立たない精神が揺らいだ。

そっと吹き筒を下ろして胸に手を当てる。両親からもらった護符が入っている場所だ。動くはずのないものがかすかに動いた気がしたのだ。標的が部屋の中でじっとしているのを確認して、そっと護符を取り出す。

護符についた丸い木板の部分にひびが入り、割れかけていた。

ざわざわと胸が騒ぐ。両親からもらった護符が、こんな時に割れる。殺し屋の心が激しく動揺した。

(的はしばらく桂州に滞在しそうだ。一度顔だけ見に行こう)

仕事前に両親のことで気持ちが揺れるなどということはこれまで一度もなかった。

とにかく精神が濁ってしまっては良い仕事は出来ない。殺し屋は音もなく窓枠から体をはがし、闇の中へと姿を消した。

四

夜は街道を走り、昼は山中を走る。

人目を避けるように移動しているのは、劉欣が全速力で走るときは普通の人間とは違う姿で走るからである。長い手足を四本地面につけ、山犬のように疾駆する。

(何もなければいいが)

不安で胸がむかむかする。今の父母を両親と思うようになって、彼はよく夢を見た。二人が突然いなくなる悪夢である。そのたびに彼は両親の布団《ふとん》にもぐりこんで、あやしてもらうのが常であった。

眠らずに走り続け、中州郊外の実家へとたどりつく。いつも両親が手入れしている田には刈り取り後の稲株が整然と並び、畦《あぜ》の雑草はきれいに抜き去られている。

気配を消し、屋根に取り付いてそっと中を覗く。

両親はたしかにそこにいた。しかし心配も現実のものとなってしまっていた。

「どうする。都に使いを送って、欣に帰ってきてもらうか？」

寝込んでいる母の枕元《まくらもと》で、父が悲しげな顔をして訊ねた。

「いけません。欣は今大事なお勤めをしているのですから……」

ごほごほ、と苦しそうな、しかし力のない咳《せき》をする。母の豊かな頬はげっそりとこけ、くちびるも土気色である。

「だったら薬湯を飲むのだ。腹下しも併発しているなら体を冷やしてはならん」

父が声にいたわりを込めて励ましている。

劉欣はじっとりと汗ばむ手を二、三度握ったり開いたりした。もともと働き者の二人には多少の蓄えがあるし、劉欣も十分に金は送っている。薬代に不自由することはないはずだ。

「しかし五日も薬湯を飲み続けているというのに少しも良くならない。もう駄目なのかもしれないわ」

「そんな気弱なことを言うでない。欣が聞いたらなんとする」

弱々しい母の声を聞いて、欣は飛び出して行きたい気持ちを懸命に抑える。

「養生していればきっと良くなる」

「はい……」

たちの悪い疫病《えきびょう》が、母の体力を奪っている。もともと頑健な人だけに、それだけに病の影が濃い。あの病の特効薬は……と、欣はじりじりしながら考える。あの病を一瞬にして治してしまう力を持った医者がいるではないか。

(母さんを担《かつ》いで桂州まで……いやだめだ。遠すぎる)

胡蝶のつわものならともかく、淮南から江南までの旅路を病人が耐えることが出来るとは思えない。

(薬をもらってくるしかないか)

相手はこちらのことを知らない。普通に病人の家族としていけば薬を譲ってくれるだろう。仕事は母が快癒したらゆっくりとこなせばいい。

(母さん、もう少し頑張っててくれよ)

劉欣は再び全速力で走り出した。


始安城での仕事も五日目になった。

王弁は痛むふくらはぎをもみほぐしながらため息をつく。城外の里山はたいてい回り、黄連もほとんどなくなった。

「明日はもう少し遠いところまで行かないと駄目かな」

吉良も同意のいななきを放った。

「病人の数もようやく減ってきたし、もう少しだ」

実際、もう少しで終わってくれないと体がもたない。

「さあて、とりあえず採れた分を持って行こう。先生が待ってる」

ぶふふ、と吉良も鼻を鳴らして後ろをついてくる。

始安城を目前にして、後ろからやってきた一人の男が並んだ。背が高く、ひょろりとしていて手足が異様に長い。気味の悪い風貌に、王弁は一瞬言葉に詰まる。

「先生、つかぬことをお伺いしますが」

「はい？」

男は目の落ち窪《くぼ》んだ暗い顔をしているが、仕立ての良い官服を着て、表情も語気も柔らかい。王弁の警戒心を緩めるような優しい声である。

「名医と評判の通真《つうしん》先生王弁さまとはあなたのことではありますまいか」

「ええ、そうですけど」

いきなり名を言い当てられて王弁は驚いた。

衡陽《こうよう》のならず者、黒卵《こくらん》と揉めた時のように刺史からいきなり招きが来ることもあった。黄土山ではそれなりに名が売れていた薬師《くすし》であったから、高い地位にある連中には知られているのかもしれない、と王弁も漠然とは考えていた。しかし、こんな風に役人に呼び止められたことはない。

「いや、突然申し訳ありません。私は申州に勤める端役人の劉と申します。母が病に倒れまして、先生の名声を耳にしてやってきたのです」

王弁の疑念を払うように、劉欣は誠意を声にこめて助けを求める。

(もしかして、この病が江南だけではなく淮南にまで広がっているのだとしたら……)

症状を聞いた王弁は、劉欣の袖を摑《つか》む。

「わ、わかりました。すぐに先生のところに参りましょう」

始安城内の茶店では、相変わらず出血性の下痢におかされた人たちが大勢集まっている。それでも、王弁の目にもはっきりとその人数が減りだしているのがわかった。はやり病は終息に向かっているのだ。

「持ってきたか。ご苦労」

医師姿の僕僕は王弁を見ずに声をかけた。劉欣もその医師にごく自然な視線を向けたのみだ。的になっている者を前にじろじろ見る殺し屋などいない。

「あの、淮南からわざわざ来られた方がいて」

「そうか。しばらく待っていて貰《もら》え。今日中には何とかできる」

「だそうです。いいですか」

かたじけない、と礼を述べて劉欣は茶店の外に腰をかける。茶店の主人は思わぬ商売繁盛《はんじょう》にほくほく顔である。病が癒《い》えた者はほとんどが茶を楽しんで帰ってくれるのだから、ぼろい商売だった。

「そうですか、中州からわざわざ。ご苦労さまでござんすねえ」

劉欣は温厚な表情で茶を受け取ってから、ぼんやりとした風情《ふぜい》で座る。気配を薄め、誰も自分を気にしないようにする。主人も劉欣の風貌を気味悪く感じないほど、印象を変えてしまう。

こればかりは捨て子時代に培《つちか》った技だ。胡蝶でも改めて鍛えられたが、もともと出来た。自分の異相と醜さに出来るだけ石を投げられないように、自然に身についていたのだ。

人の列は徐々にその長さを減じていく。茶店の奥からは黄連の甘い香りが漂い続け、僕僕の調えた薬を服した病人たちは明るい表情で帰っていった。

(ここの連中には効いて母さんには効かない。何の違いがあるというのだ……)

その謎解《なぞと》きはどうでもいい。母の病が治れば理屈など何でもいいのだ。

「えっと、中州の劉さん。どうぞ」

日も暮れかけた最後の患者として、劉欣は呼ばれた。呼びに来たのは、王弁である。

「母ぎみが疫痢に冒されているとな」

あれだけの患者を診続けていたというのに、疲れの色も見せないで壮年の医師は訊ねた。

「そうです。先生の薬があれば、母の命も助かります。どうぞよろしくお願いいたします」

医師は薬の準備もせずにただ端然と劉欣を見ていた。

相手の気配に全く変化はない。劉欣も気配を変えない。王弁だけが妙な雰囲気に呑《の》まれ、主客の顔を交互に眺めていた。

「母を想《おも》う気持ちで遠方より来られたのはまことにご苦労なことだ」

「いえ、これくらいのこと」

「しかし殺そうとする相手に薬を請《こ》うのは、少し感心せんかな」

その言葉を聞くや、欣はすっと体を動かして、医師の横に立っていた王弁を長い腕で絡《から》めとった。どこをどう押さえられているのか、王弁は悲鳴を上げようにも声も出ず、体も動かせない。

「その異相、この天地の者ではないな。どこから来た」

僕僕はそんな王弁の様子を見ても表情を動かさないまま冷たい口調で言った。

「どういう意味だ？」

化け物、気持ち悪い、欣が幼い頃散々言われてきたことだ。もちろん言われて気持ちの良いものではない。人を自在に殺す力を手に入れてからは、そう言った人間を散々にいたぶった挙句に手足を縛って川に沈めたこともあった。

「そう怒るな。この世界の人ではないからといって、それが悪いわけでもない。おまえのような者が多く住む地だってある」

(仙人得意の幻惑か。そうはいかん)

劉欣は心を鎮《しず》めて本題に入る。

「おとなしく薬を出してもらいたい。そうすればこの男の命は取らぬ」

「今のところは、だろう？」

殺し屋はぎちり、と絡めた腕を絞る。

「ぐ……ぐ、え」

王弁は目の前が一気に真っ赤になって焦《あせ》った。これでもう三つ数える間でも強く絞られたら命が終わってしまう。

（せ、先生、助け……て）

意識がこの世から遠ざかる。

「殺すのは勝手だが、あの世でおまえの母ぎみと鉢合《はちあ》わせすることになるな」

ふっと力が緩むが、やはり王弁の体の自由は抑えられたままである。

「そうだ。交渉ごとは賢くやらんとな」

医師は無表情のまま、くちびるの端を上げた。

「私にとってのそこの若造と、キミにとっての母ぎみ、どちらも大事な存在だ」

劉欣は相手が司馬承禎とは違った意味で強敵であることを認識した。追い詰めることはあっても、追い詰められることは珍しい。

「そういえば、この前吹き矢で狙《ねら》っていたな」

(ふん、さすがに気づいているか。「司馬承禎の仲間だけのことはある)

「ちなみに言っておくが、護符を割ったのも、母ぎみに病を与えたのも私ではない」

ぴしりぴしりと先手を打ってくる相手に、劉欣は内心舌を巻いたが、言いくるめられるわけにはいかない。

「……ここに来て言い訳か」

「私の言葉が言い訳に聞こえるほど、キミの目の前で起こる出来事がうまくつながったのだな」

王弁は自分の首に絡まる腕に、再び力がこめられるのを感じた。

「ここに一包の黄連湯がある」

僕僕は王弁の苦境に取り乱すことなく、懐《ふところ》から薬を取り出した。

「それをよこせば、この男は放してやるし、お前達の命を奪うことはしない」

劉欣は条件を提示する。

「……よしわかった。まずその男を放せ」

「放そう」

長い手が薬の包みを受け取る。と、同時に、殺し屋の懐から吹き矢が取り出され、瞬息の間にくちびるへとあてがわれた。

「それから一つだけ注意しておくが」

いままさに吹き矢を押し出そうとした瞬間、医師が口を開く。

「我らを殺そうとなどおもわないことだ」

どういうことかわからず、劉欣は吹き矢を構えたまま黙って僕僕を見ている。

「この薬には術がかけてある。私たちが死ねば効力を失い、薬を服用した者も死ぬ。信じるかどうかは、キミの勝手だがな」

（ふん。適当なことを）

心中でせせら笑う劉欣を乾いた目で見ながら、医師は続けた。

「この薬を母ぎみに渡すとき、よくよく考えることだ。大事なものが二つ眼の前にあって、どちらかを選ばなければならない。キミはきちんと選べるかな」

「何のことだ」

「それは母ぎみを前にしたらわかるだろう」

相手は交渉ごとに慣れているようだ、と劉欣は考えた。危急の時にあって、まるで動じない。彼はここで一旦《いったん》手を打つべきだと考え、吹き矢を下ろす。僕僕から視線を動かさないまま、徐々に王弁を拘束していた力を弱めて行く。

「さあ、母ぎみのもとに行ってやれ」

僕僕の言葉を合図に王弁を放すと、すう、と部屋の隅に溶け込むように殺し屋は姿を消した。

「き、消えた……」

「ように見えるだけだ。未熟者」

振り向くと僕僕は数日ぶりに少女の姿に戻っていた。

「覗《のぞ》き見趣味のあるやつが、ようやくいなくなったからな」

「覗き見趣味？」

「さっきの奴《やつ》がな、時々覗きに来てたんだよ。あんな物騒なやつが来ているのに、キミが発情でもしたらみっともないじゃないか」

なんつうこと言うんだ、と王弁は不服顔をつくる。

「こちらから発情したことはありません」

「したことないんじゃなくて、できないんだろ」

にやにや笑いの師の言葉にへこまされて、弟子は黙るしかなかった。

五

　ゆったりとした歩調で始安城の門外に出た劉欣は、すっと四肢を地面に着ける。昼の街道はまだ人の目がある。しかしもう待ってはいられなかった。気配を最大限に消して狼《おおかみ》のように走る。

（間に合ってくれよ）

　感覚の全《すべ》てを進行方向に向けて旅人や馬車の間をすり抜けていく。誰も地面を這《は》う風のことなど気にしないのと同じく、欣に注意を向けるものはいなかった。

　ただし、胡蝶房の人間となれば話は別だ。不意に現れた気配に劉欣の精神は一瞬波立ち、すぐに平静を取り戻す。

（元綜！）

　既に相手は微笑《ほほえ》んでこちらを見ている。

（しまった。先を急ぐことばかりに気をとられていた）

　狼狽《ろうばい》を隠してゆったりと両足で立ち上がり、同僚の若者と向かい合う。

「これから仕事か？」

欣は先手を打って言葉をかけた。血の匂《にお》いがしていないところから見ると、まだのはずだ。

「ああ。崖州《がいしゅう》に流されたとある坊主《ぼうず》を的に、ね」

その仕事のことは劉欣が都を出た後に命が下されたらしく、内容はわからない。が、それを話題にしている余裕はなかった。

「それは遠くまでご苦労なことだ」

「欣はもう仕事を終えたのか。えらく急いでいたじゃないか」

「ああ、まあな」

曖昧《あいまい》に言葉を濁す。

「さすがだな。俺はいつも欣のことを誇りに思ってるんだ。あんたみたいな人と一緒に仕事が出来て嬉《うれ》しいって」

ぽんと背を叩《たた》かれる。その瞬間、劉欣の全身に悪寒《おかん》が走った。それは自分の手に余る敵を前にしたときの恐怖と同じで、仲間に対してそんな風に思った自分を彼は恥じた。

「ありがとう。じゃあ頑張れよ」

あくまでもいつもの冷静さで、弟分の手を握る。

「じゃあまた都で。ああそうだ」

走ろうと前を向いた背中に再び声がかかった。胸の辺りがざわつく感じを振り払いながら彼は振り向いた。

「そういやあのめったに人を誉《ほ》めない頭領がさ、あんたのこと誉めてたよ。欣ほど信頼して仕事を任せられる奴はいない。心も技も、天下に二つとないってね」

いつもなら何より嬉しい頭領や仲間の賛辞なのに、耳の中を空《むな》しく素通りしていく。頷《うなず》いただけの劉欣を残して、若い胡蝶は南へと去って行った。そこで初めて、欣は胡蝶の仲間に嘘《うそ》をついてしまったことに気づく。仕事はまだ終えていなかった。

（まあいい。数日ずれる。それだけの話だ）

先を急ぐ。洞庭湖沿いに北上し、江《かわ》を渡り、淮南の懐《なつ》かしい匂いを嗅《か》いで間もなく、彼は我が家に帰りついた。家は喪に服している雰囲気はなく、中から灯りが漏れている。

すぐに扉を開けようとして、劉欣は手を止めた。

（この薬を飲めば母さんは治る。そうあの医者は言っていたが果して本当なのか。それに自分を殺せば薬は効力を失う、など到底信じられんが。かと言ってあの仙人どもを始末しなかったら、俺は胡蝶の仲間たちを裏切ることになってしまう……）

こめかみを汗が一筋流れていく。

あらゆる行動の自由が許された胡蝶の掟《おきて》は唯《ただ》一つ。頭領への絶対の忠誠心。つまり受けた命令の完遂。これだけである。

もししばらくして、王弁と僕僕が健在だとわかったら、まずは欣自身が失敗をつくろうように命じられるだろう。そして万が一その命を拒否すれば、その先に待っているのは胡蝶全員から標的にされるという最悪の事態だ。

「おお、欣じゃないか。仕事はもういいのか」

逡巡《しゅんじゅん》している彼の前で扉が開いた。

「父さん……」

言葉に詰まる。

「ちょうど良かった。母さんがちょっと具合を悪くしていてな」

「そ、そうなんだ」

知ってたよ、とも言えず欣は家の中に入る。屋内は薬湯と病人特有の重苦しい匂いが立ち込め、彼の胸は切なさでふさがった。

「……母さん」

「おお、帰ってきてくれたのかい。仕事はどうだった？」

「問題ない。大丈夫だよ」

苦手な笑顔を作って母の心配をやり過ごそうとする。欣は迷った。

(どうする、どうすればいい……)

尊敬できる頭領と信頼できる仲間の集まる都の胡蝶房。自分の力をかけがえのないものとして大切にしてくれる男たちのもとへ、もう一度帰りたい。

(しかし……)

母は数日前よりもさらに病状が悪化しているようだった。その瞳《ひとみ》は澄んで、既にあきらめの世界に入ろうとしていた。父親は妻のそんな様子を優しい目でじっと見ている。

「最期《さいご》に三人で揃《そろ》えて、良かったわ」

母がそうつぶやいた。

死の間際《まぎわ》に息子を交えて集えた喜びだけがその表情にあった。

かつて両親が初めて自分の前に現われた時を、彼は思い出した。自分のように醜く、汚い子供を養おうという人間の魂胆が理解できなかった。二人を傷つけながら、ずっと混乱していた。でも数日の間混乱していた頭の真ん中の方に、不意にあたたかい光が点《とも》った瞬間を今でも憶《おぼ》えている。

両親は寿州のどぶにまみれながら、

「あなたを捨てた親ごさんの罪を私たちがかぶってもいい。その代わりに、あなたという幸せを私たちに与えて欲しい」

そう言ってくれた。まだ幼かった劉欣は二人の言葉の意味を半分もわからなかったが、勝手に流れてくる涙が彼の背中を押した。自分に光と温かさをくれたのは、父と母だ。

一方で胡蝶の頭領は、彼が蔑《さげす》まれる存在ではないことを示してくれた大恩人だ。いつまでも年をとらない少年姿の頭領は厳しく彼を鍛える一方で、豊かな暮らしを保障してくれた。心許せる友たちも、命を懸けることの出来る仕事と誇りも、全《すべ》てが胡蝶から与えられたものである。

胡蝶に属していなかったら、ここまでの力を持つことは出来なかった。誇りも豊かさも持つことはかなわなかった。

母を救えば、胡蝶を裏切ることになる。しかし任務を優先して仙人を殺せば、母は死ぬかもしれない。

僕僕とかいうやつが偽《にせ》仙人であったらどれだけ良かったか。しかし気配を消した劉欣の監視を見破っていたことからも、相当な腕を持っていることは間違いなかった。

頭領や元綜、胡蝶の仲間たちとの日々が頭をよぎっていく。みな過剰な能力を持っていたり、人間としてのどこかが欠損している連中だった。だから居心地が良かった。

(俺は仲間相手に戦えるのか)

胡蝶を裏切ったと頭領が認め、命を下した時点で自分は仲間ではなく、標的になってしまうのだ。

彼は視線を感じてはっと我に返った。病床の母が、澄み切った瞳で彼を見ている。温かさと光が彼を包み込む。

そうだ。この光を守るために、自分は血にまみれて生きてきたのだ。この光を消して、自分の命はありえない。

仲間達との日々が改めて頭をよぎる。それでも欣は、微《かす》かに震える手で懐から一包の薬を取り出した。

「母さん。仕事の途中で知り合ったお医者の先生が評判の名医でさ。母さんがかかっているような疫痢に、桂州の人たちもかかっていたんだ。そこで治療に当たっていた先生がいい人でね、薬を一つもらってきたんだ。絶対これ飲めば元気になる。間違いない」

力づけるように微笑みながら、薬の包みを差し出す。

「おお……そうかい。ありがとうね」

すっかりやせ細った母の体を支え、少しずつ白湯《さゆ》で流し込んでいく。十数える。変化はない。

二十数える。母の顔が苦しそうにしかめられた。

(まさか、たばかられたのか)

もしそうだとしたら、骨の一片になっても仇《かたき》を討ってやる。

黒い殺気が異相の上にみなぎっていく。あまりに頭に血が上ったため、母が自分を見上げていることに、欣はしばらく気づかなかった。

「苦しいか、母さん」

「違うんだよ……」

こけていた頬に紅がさしている。

「効いてるみたい……」

「ほ、本当か」

父が母の手をとる。

(良かった。本当に良かった……)

欣はぽろぽろと涙を流した。どうせ両親しか見ていないんだ。鼻水たらして泣いたって、何も恥ずかしがることはない。母はそんな息子を見て微笑み、父は妻のために粥《かゆ》を炊《た》き、息子のためには酒を用意した。

「ありがとう。お前は本当に孝行息子だよ。わしらの誇りだ」

一つの誇りを守った代わりに、一つの誇りを失うことになった。母さんを助けられた喜びを、仲間を裏切った後ろめたさが時折覆《おお》うが、でもそれで良かった。

親子三人の、水入らずの晩餐《ばんさん》を心行くまで楽しんだ欣は立ち上がる。

「ごめんな。俺、行かないと。ああ、それから」

劉欣は懸命に頭を回《めぐ》らし、かつて胡蝶にいた老人の名を告げて、彼のもとを訪れるように頼んだ。

「何も訊かずに、寿州城外、相克山《そうこくざん》の山中に隠れ住んでる趙藍《ちょうらん》という爺《じい》さんのとこにしばらくいて欲しいんだ。今、俺は悪い奴をやっつける仕事をしていてさ、もしかしたらそいつらが父さんや母さんに悪さをするかもしれないから。爺さんの方には俺から話をつけておく。歩けるようになったらすぐに行ってくれ」

「あ、ああ、わかった。お前の言う通りにしよう」

物言いたげな両親の手を握って、ただ無事でとだけ繰り返した。あとは全速力で逃げるだけである。

「こんな夜半に出かけるのか」

「夜道は危ないわ。明日の朝にしなさい」

父も母も懸命に止めようとする。

「刻限までに着かないと、上役がうるさいんだよ」

しばらくは帰ってこられないかもしれないから元気で。そう告げた。笑って、なるべく暗い表情を声に含ませないようにして。

しばらく顔を見合わせていた両親は、戸棚を開いて、一つの行李《こうり》を取り出した。二人でようやく持てるほどの、重い行李である。

「……これは？」

「長い仕事になるんじゃろ」

「だってこれは仕事だから、別に金なんて……」

劉欣は笑顔を作ったまま言う。

「欣は滅多に笑わないけど」

母親が遮った。

「私たちに嘘をつくときだけ、顔が笑うのよ。あなた、気づいてなかったでしょ。事情は聞かない。でも私たちはいつでも欣の味方だから。どこにいても、何をしていても、あなたの味方。だからうまくその〝お仕事〟が片付いたら、いつでも帰っていらっしゃい」

あらゆる感情を隠し、あらゆる人間を騙《だま》せる自分が騙せない人たちがそこにいた。道術を使うわけでもなく、ただ自分のことを理解してくれる人たちだった。

「母さん……」

「そうしたら、農作業はお前一人にやってもらうとするかな。わしらもいい加減くたびれた年になっているじゃろうから。だから嫁の一人も連れてくるんじゃぞ」

「父さん……」

父が笑って胸を張った。息子は歯を食いしばる。

「気をつけて行ってらっしゃい」

父も、母も、微笑んでいる。

欣は胡蝶で鍛えた自分よりも、はるかに強い人がそこにいることを知った。彼らを守るために大事な物を捨ててしまったことを誇りに思った。

「行ってきます」

胡蝶房有数の殺し屋は、夜更《よふ》けの淮南へと静かに姿を消す。懐中の百足《むかで》が何かを警告するように、しばらくの間牙《きば》を鳴らし続けていた。

相《そう》思《し》双《そう》流《りゅう》

せっかちな女神

一

桂州《けいしゅう》域内を南に流れる漓江《りこう》沿いに僕僕一行は南下を続けていた。両岸には奇怪な容《かたち》をした岩峰が立ち並び、一日の中で鮮やかにその表情を変える。

そんな風景の中を歩き続ける一行は、街で日が暮れれば宿に泊まる。しかし道中で夜になれば、王弁の頭の上でいつも昼寝している子狸《こだぬき》のような獣、第狸奴《だいりど》が姿を変えた庵《いおり》に体を休めていた。たとえ街の宿に腰を落ち着けられなくても、焚《た》き火を囲みながら僕僕や薄妃《はくひ》と酒を酌《く》み交わすひと時を、王弁は気に入っていた。

しかしここ数日、

「……よく眠れない」

のだ。

淮南《わいなん》とは趣の異なる哀《かな》しげな虫の音を聞きながら、王弁は上半身を起こした。水差しに作っておいた湯冷ましを一口飲み、大きくため息をつく。

庵の外で何かがかさり、と音を立てた。

寝床を跳ね出た王弁は窓からそっと外をうかがう。

「し、鹿か何かかな」

そうだ。きっとそうに違いない。と彼は自分に言い聞かせ、再び寝床に就く。しかし目がらんらんと冴《さ》えて、まったく眠れる気がしない。だが表に出るのはもっと怖かった。

「うわあ」

再び外で物音がし、王弁は腰を抜かして座り込む。

桂州始安城で一行を襲った殺し屋は、王弁の心に大きな傷を負わせていた。首に絡《から》みつく腕から伝わる圧力。少しでも抗《あらが》えば、簡単にのど笛をつぶされて死の世界に叩《たた》き落とされるという切迫感を忘れることが出来ない。

以前、思いもよらなかった事情から宮中の剣士と対決することになった時の身が竦《すく》むような怖さや、原初世界の残滓《ざんし》である化け物、渾沌《こんとん》に飲み込まれた時に味わった絶望とは違う種類の恐怖だった。眼球に針の先端が突きつけられているような、体の底から冷えてくる恐ろしさである。

ナナフシのように異様に長い手足と、何の感情もあらわさない落ち窪《くぼ》んだ眼。寝床に入るたびに、頭の中によみがえってくるのだ。幸いなことに僕僕のおかげで撃退することができたけれど、あれで終わったとも思えない。いつまた襲われるかと思うと彼は気が気ではなかった。

僕僕にも薄妃にも、眠りが浅くなるほど怖いとはまだ言っていない。女の子の二人が平然としているのに、あまりにも取り乱すのはみっともないと妙な意地がある。けれども背に腹は換えられなかった。

「もう先生に相談するしかない」

せめて眠り薬でも出してもらえればありがたい、と王弁は立ち上がる。

庵の窓からもう一度外を覗《のぞ》く。昼間は風光明媚《めいび》な奇岩の立ち並ぶ景色が、闇《やみ》の中では不気味な怪物の群れに変貌《へんぼう》したように思える。

がさがさ、と今度は激しい物音がした。

殺し屋が再び襲いかかってきたのなら、急いで僕僕に知らせなければならない。物音の正体を見定めようと、懸命に目を凝らす。

「ひ、ひええ」

と情けない泣き声と悲鳴が一緒になって口から流れ出し、あわてて口を押さえる。

物音は徐々に速度を上げて近づいてくる。

足がもつれて尻餅《しりもち》をつく。後ずさりし、助けてと叫びかけた王弁の背中に柔らかい何かが当たった。

「何だそのみっともない格好は」

いつの間にか王弁の寝室に入り込んでいた僕僕は、弟子を見下ろしてため息をついた。

「何かいるんですよ。外に！」

「外に？」

無造作に窓から外を覗いた僕僕は、しばらく視線を四方に巡らせ、ちょっと頷《うなず》いた。

「確かにいるようだね」

「や、やっぱり！　逃げましょう。今すぐに」

僕僕は冷たい目で弟子を見ながら、

「逃げるのはいいが、何から逃げるんだ」

「何からって、そりゃあ殺し屋に決まってます」

「殺し屋ねえ……。きっと悲しむぞ。そんなこと言われた方は。キミだっていやだろう。殺し屋呼ばわりされるのは」

そう言いつつ、再び僕僕は窓の外に目をやった。

「そりゃ嫌ですけど。じゃ、じゃあ外にいるのは殺し屋じゃないんですね？」

王弁はくどいほどに念を押す。窓から手を差し伸べた僕僕に呼ばれるように、何者かが窓から顔を入れてきた。一瞬ひやりとした王弁は、それが見慣れた旅の道連れであることにようやく気付く。

「ほれ、この子も悲しんでるぞ」

窓から覗いた顔は、吉良《きら》だった。

「脅かすなよな……」

今度は安堵《あんど》で座り込む王弁を見て、吉良はぶるぶると笑った。

「キミは記憶の残りかすにびびってるだけだ。大体冷静になってよく考えても見ろ。ボクがいて吉良がいて、第狸奴が守っているのに殺し屋がどうこう出来るわけないだろうが」

王弁は顔をしかめて黙り込んだ。

「キミはもうちょっと周りにいる連中を信用したほうがいいよ」

と僕僕はいたずらっぽく笑う。

「……あらかじめ言っといてもらえるとすげえ嬉《うれ》しいです」

「前もって教えたらつまらんじゃないか。キミの驚く顔が見られなくなる。それにもう怖くないだろ」

言われてみると、くつくつと笑い続ける師匠のかわいらしい顔を見ているうちに、先ほどまで頭の中を支配していた恐怖はどこかに飛び去っていた。

「もう遅いから早く寝るといい」

吉良の鼻面《はなづら》を撫《な》でていた僕僕はそう言って、ちょっと微笑《ほほえ》んだ。添い寝してください、と王弁は思わずそんなことをお願いしたくなる。吉良はぶしゅっ、と一つ息を吐いて闇の中へ消えていった。

いつも通り飄々《ひょうひょう》とした表情で王弁の横をすり抜けた僕僕からは、いつも通り杏《あんず》の甘い香りが漂ってきた。その香りを鼻の奥で楽しみながら、窓の木戸を下ろそうと手をかけたとき、さかさまになった人間がぴろんと目の前にぶら下がった。

ひ！　と悲鳴を上げる間もなく、王弁は目を回して倒れる。その体を、瞬時に部屋の中へと戻ってきた僕僕が抱きとめた。

「先生に抱っこされているなんてこと王弁さんが知ったら、それこそ目を回して喜ぶでしょうねえ」

ぷらーんと窓からぶら下がっているのは、薄妃である。醴陵《れいりょう》で僕僕一行に加わった彼女は、普段へそから僕僕に気を入れてもらい、一見普通の人と変わらない。しかし夜になると気を抜いて、紙のように薄くなって休むのである。

「そんなに喜ばせても仕方ないからな」

僕僕は憮然《ぶぜん》とした表情で肩を一つそびやかした。

「喜ばせてあげたらいいじゃないですか。好きなんだったら」

「キミと同じ程度には好きだがな。ばかなことばっかり言ってると気を入れてやらんぞ」

目を回している王弁を寝床にぽいとほうり捨てた僕僕は、すたすたと部屋を出て行った。僕僕が部屋から出た後も、薄妃はしばらく窓からぶら下がったままであった。

二

そそり立つ岩峰の間を、南国の暖かな秋風が流れていく。王弁はふわわ、と生あくびを繰り返していた。

「どうしたんだ弁。さっきからあくびばっかりして」

彩雲《さいうん》の上に寝そべった僕僕はきらきら輝く黒髪をかきあげ、弟子に訊《たず》ねた。

「昨夜変な夢を見たような気がするんですよ」

「どんな？」

「よく憶《おぼ》えてないんですけど、すっごく怖い夢を見たと思ったら先生が出てきて、先生かと思ったら吉良が出てきて、ほっとしたらお化けがぶらーん……」

「……全然わからないぞ。言葉は考えてから紡《つむ》ぎ出せ」

「ええ、わけがわかんないんですよね。でも夢ってそんなもんですよ」

「醒《さ》めてる時がないだろうキミは」

　わあわあと言い合っている二人の数歩後ろを漂いながら、薄妃は口を押さえて笑いをこらえるのに必死だった。

（羨《うらや》ましいな……）

　二人の楽しげな表情を見ていると、不意にまた胸が痛んだ。師弟よりも近く、恋人よりも遠い距離にいる二人との旅は退屈しない。それでも、つい醴陵の街に置いてきた恋人のことを思い出してしまう。墓場を暴《あば》いて得た骨を取り込んでまで人の形をとり、逢瀬《おうせ》を重ねていた青年のことを忘れたことはない。

　薄妃の恋人である賈震《かしん》は、漉水《ろくすい》のほとりの街にある大きな臘肉《ろうにく》店の跡取り息子である。一方、醴陵郊外の三獅洞《さんしどう》に住む薄妃は気付けば皮一枚でそこに住んでいた。

　ある日彼女は、洞窟《どうくつ》の近くにある太上老君《たいじょうろうくん》の祠《ほこら》に参りに来た賈震と出会った。退屈しのぎに人骨を取り込んで道をそぞろ歩いていた彼女は賈震と目が合った瞬間、息が止まるような衝撃が脊髄《せきずい》を走り、運命を予感した。その翌日に彼が一人で現れて彼女の手に触れた時に、その予感は確信に変わったものだ。そして逢瀬を重ねるたびにその確信は強くなった。

でも今は声も届かず、肌にも触れられない距離にいる、自分なしには生きることもままならない青年だとわかっていても。だからこそ、

（やっぱり一刻も早く帰らないと……）

と思うのである。穏かな道中に賈震のことを思い出すのは、薄妃にとって楽しく、そして苦しいことであった。

道はゆるゆるとなだらかで、川の流れも優しい。日もそろそろ暮れようという頃、流れが二つに分かれているのが見えた。

僕僕は王弁の頭で寝ている第狸奴を起こし、仕事にかかるように命じた。子猫のような子狸のような生き物はみゅうと一声鳴くや身を翻《ひるがえ》し、庵に姿を変える。

「今日はここで一泊しよう。この先賀州《がしゅう》まではまだもう少しある」

王弁はその声を聞くと、焚き木を集めに川沿いを下っていった。しばらく物思いにふけっているような表情でぼんやりしていた薄妃は、

「私も行きます」

と身を翻してその後を追った。

僕僕は夕食のおかずを釣るつもりなのか、釣糸を静かな川面に垂れている。薄妃が王弁について行ったのもちらりと一瞥《いちべつ》しただけで特に何も言わない。

ぽんと宙を一度蹴《け》っただけで王弁に追いついた薄妃は、

「先生がおかずを釣ってます」

そう声をかけた。

「ご飯を炊《た》かなくてもいいんだよね」

「ええ。まだ粽《ちまき》が残っていますから」

僕僕一行が野営をするときはおおよそ役割分担が決まっている。僕僕が主菜の調達。王弁が水と燃料の手配と調理。そして薄妃が炊飯と火の番。ここ二日ほど僕僕は苗《ミャオ》人の出していた屋台で食べた粽をいたく気に入って大量に買い込み、食事になるとそればかり食べていた。

「毎度粽でよく飽きないもんですね」

感心したように薄妃は言う。

「俺は平気だけど……。薄妃さんは食べたりするのはまだ無理なんだっけ」

「ええ。食べても中にたまるだけですし、あとの始末も大変で」

と小枝を拾いつつ、寂しそうに彼女は笑った。

「あの人とお食事に出るときなんかは飲むだけだったんですよ」

「そうだったんだ」

僕僕はきっと食べたり飲んだりしなくても平気なんだろうけど、食事には付き合ってくれる。王弁が大好きなひと時だ。

「薄妃さんもきっと食べられるようになるよ。うん」

「そうだといいですね」

薄妃は大真面目《おおまじめ》な王弁の顔を見て、ふふ、と少し笑った。

この太平楽な青年と旅をするようになって、薄妃は随分と気が楽になった。どれほど愛し合っていても、皮一枚の妖異《ようい》である自分が恋人と一緒にいることに対する不安は消えない。

かつての薄妃はその不安が大きいほど、賈震との逢引《あいびき》に熱中した。恋人に触れ、その熱さを体で感じていられる時にだけ、彼女は束《つか》の間《ま》の安心を得ることができたからだ。

しかし体を重ねる回数が増えるにつれて、賈震は体調を崩していった。張りのあった頰は弛《ゆる》み、色づきかけた苹果《りんご》のようだった肌は黒ずんでいく。それはどう考えても、自分のせいであることは否定できなかった。

恋人の生気も精気も奪っているのはわかっていても、どうしたらいいか考えようとはしなかった。離れるなんてありえなかったし、震える手で自分を求めてくる恋人を拒むことなど出来るはずもない。もし賈震に何かあったら、そのまま自分も命を絶つつもりだった。

だから僕僕が妖異である自分と人間である賈震が共にいられる方法を探そうと言ってくれた時は、最初戸惑った。そんな方法が本当にあるんだろうか、そう思っていた。

なのに仙人は自信満々だし、弟子はまるで疑う様子もない。僕僕は本来一緒にいられないはずの、仙骨のない青年といる方法を探し続けている。まだ彼らが共にいる方法は見つかっていないようだが、二人とも実に楽しそうだ。

今では薄妃自身も、何とかなるんだと考えるようになった。その方がよっぽど楽しい。けれどやっぱり、どこか不安な気持ちは消えない。そんなにうまくいくのかしら、とどこかで思う自分もいる。

「どうしたの？」

薄妃の視線に気付いた王弁が顔を上げた。

「私がご飯もちゃんと食べられるようになるって、王弁さんは本気で思ってますよね」

「うん、思ってるけど、それがどうかした？」

王弁はちょっと首を傾《かし》げた。

「信じて疑わないことは才能です。時にその気持ちが不可能と思えることも可能にするけど……。これから先もそのままでいられるのかしら」

ふう、と薄妃はため息をついた。

彼女が何を言いたいのかよくわからず、王弁はただ黙って焚《た》き木を拾い続ける。

「王弁さんが言うとそうなのかなって思ってしまうのは、きっと王弁さんが普通なら諦《あきら》めてしまうようなことを信じきったからなのね。先生の帰りを五年も待ったんですもの」

「何だかばたばたしているうちに五年経《た》った、って感じですけど」

僕僕がいない五年間のことを王弁は思い浮かべた。

未熟な薬師《くすし》として黄土山《おうどさん》に一人残された彼には大小様々な事件が降りかかり、ある意味退屈することはなかった。その間僕僕が何を思っていたかは彼女が一切言わないので知る由《よし》もない。

（薄妃さん、最近ちょっと寂しそうだな）

暦は晩秋に入ろうとしているけれど、南下を続けていると季節を忘れてしまうほどに暖かい。僕僕の気で体を維持している薄妃は普段落ち着いた物腰の美しい女性だが、時折ぼんやりと空を眺めていることがある。

（恋人と離れ離れになって一ヶ月かあ……。きついんだよな）

何をしていても手のひらがじっとりと汗ばむような焦燥感。想《おも》い人が手の届かない距離にいる苦しさは、体験した者でないとわからない。

（先生はどうだったんだろう）

そんなことをぼんやり考えながら焚き木を拾っていた王弁は、ある物に気付いて薄妃をつついた。

「あれ見て」

王弁の声に促されて薄妃がふと視線を上げると、川の分岐点に石碑が立っていた。苔《こけ》むした六尺ほどの石碑には『是《これ》より西、相思水《そうしすい》』と刻まれてある。

「相思う川、なんて変わった名前だね……」

と言いかけた王弁は、その石碑に視線を落として佇《たたず》んでいる薄妃を見て口をつぐんだ。その横顔が言葉をかけるのをためらうほどに美しく、そして哀《かな》しげなものに思えたからである。

三

王弁が火を熾《おこ》し、夕食を整える間もずっと、薄妃は物思いにふけっていた。

「おい」

ひとしきり魚を貪《むさぼ》り、酒を楽しんで上機嫌になった僕僕は王弁の耳を引っ張る。

「薄妃のやつ、一体どうしたんだ。キミと焚き木を取りに行ってからおかしいぞ」

「ですよね。最近ふさぎがちには見えていたんですけど、今日は特におかしいです」

目の前で二人がひそひそ話をしているというのに、まるで気付いている様子もない。時折、長い枝で火をつついてはため息をついている。ふいに、

「あの」

と薄妃が声をかけた。僕僕は王弁からすっと距離をとって薄妃に向き合う。既にその表情から酔いとおふざけは消え、数千劫《こう》の時を経た仙人の顔になっている。

「言ってごらん」

優しい声で僕僕は先を促す。ぱちぱちと小枝がはぜて、吉良が一つぶるぶると小さくいなないた。薄妃はじいっと僕僕を見つめ、そしてちょっと王弁に視線をやると、肩を落とした。

「……やっぱりいいです。ごめんなさい」

「そうか」

こういう時には全くこだわりというものを見せない僕僕は、ひょいと杯を投げ渡した。

「口の中で言葉を醸《かも》しながら呑《の》む酒も、また味わい深いよ」

酒の甕《かめ》がふわふわと炎の上を飛んで、薄妃の杯を満たす。王弁が父、王滔《おうとう》に託されて僕僕に捧《ささ》げた甕を僕僕は気に入っていて、使い続けている。酒はいまだに尽きることがない。

「ありがとうございます」

くいっと飲み干した薄妃は、おいしい、と言って微笑《ほほえ》んだ。そして三人は互いにほとんど口を利《き》かぬまま杯を干し続け、夜も早いうちにそれぞれの寝室へと入った。

王弁の暢気《のんき》ないびきが聞こえ始めた頃、薄妃は静かに寝床を抜け出し庵《いおり》の外に出て、月が雲に隠れているあいにくの夜空を見上げる。

いつもならもう気を抜いて衣紋《えもん》かけにぶら下がり、眠っている刻限だ。しかしどうしても目が冴《さ》えて眠れない。

僕僕が入れてくれる気は彼女に活力と明るさを与えていた。自分が皮一枚の存在であることを忘れてしまうくらいだ。しかしやはりそれは借り物の気で、二日以上そのままでいると体がだるくなってしまうのだから、賈震のいる醴陵まで飛ぶなどもってのほかだった。結局今のままでは恋人のもとに帰ることはできないのだ。

(会えなくてもいい。せめてあの人を感じられるほど近くまで行くことが出来ればそれでいいのにな)

眼前の流れに目を落とす。互いに思いあう心。そんな名前を付けられた川にどんな謂《いわ》れがあるのか、薄妃にはわからない。でも遠くに残してきた恋人を思い出すには格好の場所であることに間違いはなかった。この流れのことを詳しく知る人と話せたなら、きっと今の気持ちをわかってもらえるのかも知れない。

(一度だけ、無理してでも飛んでみようかしら)

一日会えば、また元気になれるかもしれない。きっと恋人も喜ぶ。だけど、中途半端な状態で会ったところで別れが切なくなるだけだ。そう思って我慢している。

(それにもしあの人と会っている時に気が抜けてしまったら……)

ぴらぴらの皮一枚である女の正体を見て、それでも愛情の薄れない男がいるだろうか。死体を掘り出して己の骨格にしていたことも、今思えばおぞましい。

賈震も一緒に旅に出られる人であったら、どれだけ良かっただろう。

(先生と王弁さんも仙人と人間であれだけ楽しくやってるんですもの。少しずつでも私の事情をわかってくれたら、皮一枚の私のこともきっと愛してもらえるに違いない)

王弁も薄妃を見て最初のうちこそ驚いた顔をしていたけれど、今はごく普通に旅の仲間として接してくれている。

(ああ、会いたいな)

僕僕に頼んで、一緒に醴陵まで行ってもらうことも考えたが、それはあまりにもわがままに過ぎるようで気が引ける。

気付くと、『相思水』と大書された石碑の前にいた。ひょいと飛び上がって碑の上に腰を落ち着け、暗い流れを眺める。瀬でもあるのか、小さくさらさらとした水音が聞こえる。

すると腰のあたりから何かがせり上がってくるような妙な感覚を覚えた。

「へ?」

「へ、じゃないっ！」

きんきんと甲高い声がそこから聞こえる。薄妃がおそるおそる覗《のぞ》き込むと、足の間から少女が顔を出していた。大きな丸い目に丸い頬。ぽってりしたくちびるは決して美しいというわけではなかったが、薄妃が一目で好もしく思ってしまうような愛らしさがあった。

「とっととそのおっきなお尻《しり》をどけるのじゃ。じゃないと天罰を加えるぞよっ」

薄妃はその剣幕に圧倒され、あわてて石碑の上から飛び降りる。僕僕からの気で体を維持している薄妃はふわりと柔らかく地上に立つ。その様子をとがった目つきで見ていた少女は、

「……ただの人間ではないようじゃの」

と胡散臭《うさんくさ》そうに言った。薄妃にはそう言っている少女こそ奇妙に思えた。石碑から顔だけが出ているのだ。すると、

「おまえみたいな妖異と一緒にするな」

ふんと鼻で荒く息をつくと、彼女はするりと石碑から抜け出した。

（よ、妖異って……。確かにそうだけどいきなり何て失礼な子だろう）

「妖異といわれて不愉快か。なら言うがおまえの中に入ってるのは何じゃ？　五臓六《ごぞうろっ》

腑《ぶ》も筋骨も持たず、気だけを取り込んで生きる者を妖異と呼んで何が悪い」

薄妃の抗議を押しつぶすように、けんけんとつつかれるような早口で失礼なことを言われている。なのにどこかかわいらしい感じがして、薄妃はちょっと表情が緩む。

「むむ……」

笑われたのが気に入らないのか、石碑から抜け出してきた少女は上目遣いで薄妃を睨《にら》みながら頬を膨らませる。

少女が身に着けているものは、薄妃の見たことのないものばかりだった。自分が着ている帯の位置が高く袖《そで》のゆったりした胡服《こふく》でもなく、僕僕が着ている簡素な道服でもない。

襞《ひだ》の多く入った足先まで隠れる朽ち葉色の裾衣《きょい》に、黒い縫い取りのついた袖口の長い若草色の袷《あわせ》を着ている。髪は肩口までと短いが、その毛先は少女の活発な性格を象徴するようにぴんと外に向かって跳ねていた。左右の耳朶《みみたぶ》には夜目にも美しい碧玉《へきぎょく》が飾られている。

(漢人じゃないのかしら。でも苗の人とも違うみたいだし)

「あたしをそのあたりの人間ごときと間違うんじゃあない。ああ、言っとくけどおまえのような妖異でもないぞ」

(この子、先生と同じように心を読んでくる)

身の丈はわずか五尺足らず。そこも僕僕と似ている。しかし薄妃が時折僕僕から感じるような圧倒的な何かは、この少女からは感じられなかった。

「その僕僕先生ってのがおまえに気を吹き込んでるのけ?」

無作法とはまさにこのことだった。僕僕はよく王弁の心に浮かぶ浅ましい考えを読み取ってはからかっているが、それはあくまでも弟子で遊んでいるだけだ。土足で薄妃の心中に踏み込んでくることはしない。薄妃は無意識に、心のうちに壁を立てようとした。

「ふん。これだから人間は付き合いにくいんじゃわ」

人を妖異扱いしたり人間扱いしたり、怒ったり文句を言ったりと忙しい少女である。

「まあいい。力あるものは無いものに合わせてやるのが慈悲ってもんじゃな。さあ自分の口で白状せい。あんたが何者で、ここに何しに来たのか」

石碑から出てきた少女は礎《いしずえ》に腰をかけ、自分のすぐ隣をたしたしと叩《たた》いた。

四

「……その子がおかしくって」

庵の中に設《しつら》えられた食卓で、僕僕と王弁は昼餉《ひるげ》の粽《ちまき》をほおばっている。

朝方帰ってきて昼前に起き出してきた薄妃が上機嫌で昨夜の出来事を話すさまを見て、王弁はほっとしていた。焚き火を見ながら思いつめた表情になっていた彼女のことが、少し気になっていたのだ。

「夜中だというのに碑の中から酒肴《しゅこう》を出してくださって、さすがに遠慮しようとするともう、こっちの気が引けるくらいにがっかりするんです。で、いただきますと言ったらまた本当にいい笑顔になって」

僕僕は例によって昼間から杯を傾けながら興味深そうに聞いている。

「初めて会ったというのにえらく気に入られたものだな」

「ええ。先生や王弁さんのこと、それに旅に出てからの話をしてきました」

ほんの少し間を置いてから、僕僕はふうんとつぶやいた。

「夜明け前に帰ろうとしますと、また今夜も来いとそれはそれは熱を込めておっしゃるんですよ」

その話を聞いて僕僕がどういう反応を示すか、王弁は横目で観察していた。石碑から出てきたところから考えて、どの道尋常な存在ではない。

「ふむ。で、キミはどうしたいんだ」

新たな酒を杯に注ぎながら、僕僕は薄妃に訊《き》いた。

「そうですねえ……。昨夜は聞かれっぱなしで全然あちらさまのことがわかりませんでしたし、不思議と心が惹《ひ》かれる娘さんなのです」

「それで、その娘の名は何というのだ」

という僕僕の問いに、薄妃ははっとくちびるを押さえた。

「あれだけ話したというのに訊いていませんでした」

そんな薄妃の様子を見て僕僕は苦笑し、王弁はきな臭そうな顔をする。

「あのう、もしかしてまた厄介ごとのタネなんじゃないでしょうね」

「そんなことわかるものか。厄介ごとになるのか幸福の因縁となるのかは天だけが知っている」

と僕僕が混ぜ返す。これは厄介なことに繋《つな》がるんだな、と王弁は直感した。よくよく考えれば、桂州で襲ってきた殺し屋の一件だって何も解決していないのだ。奇妙なことが起こるたびにひやひやし通しの昨今である。

「流れに従うのもまた面白い、ということだ。ま、ボクは釣りにでも行って来るよ」

気楽な口調でそう言って杯を懐《ふところ》にしまうと、僕僕は竿《さお》を担《かつ》いでさっさと出て行った。

残された王弁と薄妃は顔を見合わせる。

「それにしても石碑から出てくる女の子なんて、不思議だね」

「そんな、いまさら何言ってるんです」

ちょっと呆《あき》れたような薄妃の顔を見て、王弁は自分の言葉が至らなかったことに気付いた。僕僕が帰ってきてからこの方ずっと、奇妙な旅路を続けているのだった。

「それもそうだけど。ねえ薄妃さん、俺もその子に会ってみたい。怖い感じの人じゃないんでしょ？」

殺し屋の一件から用心深くなっている王弁は、心配事のタネになるのかどうか確かめておきたくなった。そうでないと夜もおちおち眠れないし、第一薄妃のことも心配だ。

「ええ。ごくかわいらしい女の子ですよ。王弁さんのお好きな感じかも知れません」

どういう意味か、彼は深く考えないことにした。

頭をふって気をとりなおした王弁は薄妃の後について、川べりの道を行く。さらさらとかわいげな音を立てて流れる水は翠色《みどりいろ》に輝いて、南国の強い陽光を反射している。

相思水の石碑は僕僕たちが野営している空き地から一里と離れていない場所にある。前日に焚き木を集めたときと同じく、川の名前を記した古びた石碑が一基寂しげに立っているだけだ。二人はしばらく眺めていたが、秋ながら暖かい風が川沿いを流れていくだけで何も起こらない。

「で、どうすればその子は出てくるの？」

「どうすればと言われましても……。私が石碑の上に腰掛けていると叱《しか》られたんですよ」

「叱られた？」

「その、お尻を人の頭の上に乗せるな、と」

「とにかくその時の様子を再現してみようよ。そしたらその女の子も出てくるかもしれない」

王弁の言葉にためらうような素振りを見せていた薄妃だが、ふわりと石碑の上に腰を下ろす。しばらく二人は待ってみたが、まるで変化はなかった。

「夜にならないと出てこないのかな」

幽霊や怪異のたぐいに日の光を嫌うものが多いことは、王弁も知っている。

「そうですわね。また日が暮れてから来ましょう」

空振りになって興ざめした王弁は背伸びを一つして、第狸奴の庵《いおり》へと戻りかける。その後に続こうとした薄妃は、何者かが裾をつかんでいることに気付いた。はっと下を見ると、昨夜の少女が土から顔と手だけ出して衣を握っている。驚いた薄妃が声を上げかけると、しっ、と抑えた。

「どうしたの？」

と王弁が振り向く。

「いえ、ちょっとこのあたりの風景を楽しみたいな、と不意に思ってしまいまして」

「……大丈夫？」

最近のふさぎ込んだ様子を思い出した王弁は心配そうな表情を浮かべた。しかし薄妃はにこりと笑って、先に帰っていてください、とその心配を拭《ぬぐ》い去る。

やがて王弁の姿が見えなくなった頃、土の中からにょきっと生えるように姿を現した少女は腰に手を当てて頬を膨らましていた。

「なんだあいつは。あたしはお前には来ていいと許可したが、ああいうわけのわからんのを連れて来いとは言ってないぞ」

「わけのわからないって、あれは私の旅の仲間、通真《つうしん》先生王弁さんとおっしゃる方です」

「……アレはお前の何だ」

「何だ、って昨夜お話しした旅の道連れ、王弁さんですよ」

「そういうことじゃなくて、そ、その、おまえとはいい仲かと聞いているんだ」

一瞬きょとんとした薄妃は、口を覆《おお》って吹き出してしまった。

「失礼なやつじゃな。あたしが何か言うたびに笑う」

丸い頬が一層膨らむ。

「だ、だって王弁さんと私がいい仲なんて」

僕僕に夢中の王弁と自分がいい仲など、とんでもない話である。薄妃がひとしきり笑い終えた後も、少女はじっと薄妃を見上げていた。

「じゃあおまえは独り身か。女だてらに旅に出ている割におまえには男の匂《にお》いがする。てっきりあの男がおまえの情人かと思っておったんじゃがな。いや待てよ、おまえは何とも寂しい気をまとっておる。切ない片思いなどしているのではないか。え？　どうじゃ」

少女の様子が昨夜とは違うことに薄妃は気付いていた。恋の話になったとたん、旅の話を聞いている時以上に丸い瞳《ひとみ》を輝かせている。それにずけずけと考えを読むことを止めていた。薄妃はそこに少女なりの誠意を感じて、少し腰をかがめる。

「私に夫はおりませんが、言い交わした人はいます」

少女の顔がさらにぱっと輝いた。彼女は薄妃の胸倉をつかむように、

「そいつはどういうやつじゃ。どんな男じゃ。どうして知り合ったのだ。どういう付き合いをしておるのじゃ」

と立て続けに訊いた。目をぱちくりとさせている薄妃を見てはっとした少女は、一つ咳払《せきばら》いして手を離した。

「さ、昨夜は言いそびれておったが」

少女は相思水の女神、劫鰓《こうし》と名乗った。

「劫鰓さま、と」

「そうだ。玉皇上帝陛下《ぎょっこうじょうていへいか》よりこの相思水の一切を任された、偉大な女神であるぞ」

ふふん、と劫鰓は胸を張る。

「ささ、あたしの命令じゃ。さっきの問いに答えよ」

特に隠すようなことでもないと考えた薄妃は、賈震との恋物語と、恋人と共にあるために旅へと連れ出してくれた仙人について詳しく話した。他人に己の恋を話す心地よさと熱心な聞き手のおかげで、薄妃は話しているうちに体の奥が熱くなるほどであ

った。

（先生たちにも話していないことを、どうしてこの子には言っているのかしら）

それは薄妃にとって少しも嫌なことではなかった。目を丸くし、賈震を置いて旅に出ると決意したことを話した時には涙ぐんでくれるほどの話し相手に出会えたことは、薄妃を幸せな気分にさせた。

「しかし面妖《めんよう》じゃな」

ごしごしと涙をぬぐった劫鰓は幼い顔を傾《かし》げて見せた。

「どうしてその仙人はおまえにきっちりした気を送り込んでやらんのだ。いまお前に入っている気では一日しかもたんであろう？」

ぎくり、としてさらに感心した。この少女はやはり只者《ただもの》ではなさそうであった。それにしても、僕僕が〝きっちりした〟気を自分に吹き込んでいないのが不思議だった。

「その僕僕とかいうやつは……男か？　女か？」

仙人の性別はよくわからないが、王弁があれだけどぎまぎしたり欲情しているところを見るときっと女なのだろう、と答える。

「そうか。どうもおまえの内側から感じ取れる気からはわからなかったのでな。きっと僕僕とやらはおまえを手元から離したくないのじゃ」

薄妃はしばらく考え、

「私を手放したくない、とはお考えじゃないと思いますけど」

そう言葉を返す。王弁に対するような執着を自分に持っているとは思えなかった。

「ふうん……。ま、そいつはいいや。とにかくおまえはしばらくその賈震とかいう恋人に会っていないのであろう？　先ほどの話から考えても寂しい女じゃからな、おまえは」

「え、ええ、まあ」

女神は丸い瞳をきらきらさせて薄妃に歩み寄る。

「あたしが素晴らしい気をおまえに吹き込んで恋人に会わせてやろう。どうじゃどうじゃ。ありがたい思《おぼ》し召しであろ？」

「はあ」

まず気を吸い取ってやる、という劫鰓を薄妃は押しとどめた。

「なんじゃ。相思水の女神がおまえの恋路を助けてやろうというのに」

確かに賈震には会いたいが、そう急《せ》かされても困る。

「確かに思し召しは大変にありがたいのですが」

「断ると言うのか……」

途端に悄然《しょうぜん》となった少女を見て、薄妃はちょっと気の毒に思ってしまった。

「いえ、私はいま僕僕先生にお世話になっている身。劫鰓さまにお力を借りるとしても、あまり不義理なことをしたくないのです」

と慇懃《いんぎん》に断りを入れた。

「そんなことどうでもいいではないか。あたしは相思水の女神だぞ」

じたじたと女神は地団駄を踏んだ。

「ですから僕僕先生にもきちんとご承知をいただいて、明朝参ります」

劫鰓はしぶしぶといった風情《ふぜい》で頷《うなず》いた。

五

「では、構わないのですか？」

薄妃は僕僕が気を悪くするのではないかと少し心配であった。自分が好意でしているることを断って鞍替《くらが》えしようとしている、と捉《とら》えられても仕方のないことだったからだ。

「色々方策を試すのは良いことだ。それに、その劫鰓とかいう子はボクの気が完全なものではないことを見抜いたのだろう？　ただの木《こ》っ端《ぱ》女神ではあるまい」

「あの、先生、一つお訊《たず》ねしたいことが……」

「物事には順序というものがあるからね」

自分に入れてくれている気について訊こうとした薄妃の言葉を僕僕は遮った。

「キミに強い気を入れなかったのはまだその段階ではないとボクが判断したからさ。ま、もしかしたら今が次の一段に踏み出す時なのかも知れない」

僕僕はとりたてて上機嫌というわけではなかったが、怒っているようにも見えなかった。

「ただ一つだけ。これは世間でよく言われていることだけれど」

と前置きして、

「ただより高いものはない、という諺《ことわざ》もあるからな」

そう言ったきりだった。

どこか危なっかしい少女の力をいまひとつ信じきれない思いを残しつつも、その力が贋物《にせもの》でないのであれば賈震に会える時期が早まる。胸の奥がきゅんきゅんと弾み出しそうになるのをこらえて、薄妃は劫鯤のいる石碑へと向かう。

「やっぱり来たか！」

石碑の前でしょんぼり座っていた劫鰓は、薄妃の姿を見るや跳び上がるように喜んで、その後ぷうっと膨れた。くるくると変わる表情を見ると、やはり薄妃の表情は緩んでしまう。

「待っていて下さったのですか」

「え？　う、うむ。おまえが来ることなどあたしにはお見通しだ。まあ挨拶《あいさつ》はいい。早速始めるぞ！」

耳まで真っ赤にした小さな女神は乱暴な口調で言うと、いきなり薄妃の衣の前をはだけた。形の良い乳房の下あたりにくちびるをつけられたところで薄妃は慌《あわ》てて跳び下がる。

「ちょ、ちょっと劫鰓さま、お臍《へそ》から気を出し入れするのでは！」

「遠慮するな」

抗議などまるで意に介さず、劫鰓は再び薄妃の衣をはだけ、形の良い乳房の下にくちびるをつけた。

「あたしくらいになると、どこからでも出来るんじゃ。黙って見ておれ」

すう、と大きく息を吸うと薄妃から瞬《また》く間に気が抜け、ふう、と吐くと見る見る薄妃は元の形を取り戻した。まさに一呼吸の間のことだった。

「どうだ」

手足をゆっくりと動かしてみる。体にみなぎっている気は確かに清浄で力強い。しかしどこか僕僕と違う。

「どうだと訊いておるのじゃ」

(劫鰓さまは強い力をお持ちなのに、どうしてこうせっかちなんだろう)

と内心苦笑しながら、万事障《さわ》りのないことを告げる。

「そうか。じゃあ行け。すぐその恋人のところへ行ってしまえ」

「わかりましたから、そうお急ぎにならず」

劫鰓の剣幕に押されるようにして、薄妃はぽんと地面を蹴《け》ってみる。ひゅん、と高度が上がってあっという間に相思水の流れが眼下に小さくなった。

(すごい……)

薄妃は空中をしばらく泳ぎ、自らの内に注ぎ込まれた気の強さを把握しようとした。

(これならあの人のところまで帰ることが出来る)

問題はこの強さがどれだけ続くかであった。僕僕の気では、一日経《た》つと体が重くなって入れ替えてもらわなければならなかった。

「数日は持つじゃろ。もし気が抜けたらまた来るのだ」

地上に降り立って深々と頭を下げる薄妃に向かって、劫鰓は自信満々である。するともう一つの疑問が頭の中に浮かんできた。

「劫鰓さまは知り合って間もない私に、どうしてこのようなご厚意を向けて下さるのですか」

「そ、それはだな」

一瞬表情を強張《こわば》らせかけた劫鰓はすぐに傲然《ごうぜん》とした表情に戻って、

「あたしは女神じゃ。困っている人間が自分に縁があると思えば助けるんだ。同じ女として、おまえのような寂しい女は、そのう……、実にうっとうしいからな！　ともかくあんまり下らんことを詮索《せんさく》しとると気を抜くぞ。理由を訊《き》くより感謝するのが先じゃろうが」

「ええ、それは本当に心から……。でも」

「うるさいうるさい。ぶつくさ言ってると本当にあたしの気が変わるぞ」

嬉《うれ》しいことではある。唐突であっても、あれだけ会いたかった恋人に会えるのだ。しかも相思水の女神の思し召しなんて、なんとも粋なことだ。

後はもう行くだけだ。きっと大丈夫。そう自分に言い聞かせる。

「では、行ってまいります」

「よし。戻ったら首尾を報告するんじゃぞ」

ぱたぱたと手を振る劫鰓の姿があっという間に見えなくなる。

薄妃は北北東に針路を取り、風を切って飛んだ。僕僕たちとゆっくり越えてきた山河が一飛びで後方に消えていく。

（もうすぐ会える……）

頬に触れるためらいがちな指先の感触がふいに甦《よみがえ》ってきて、薄妃はぞくぞくと甘い予感に震えた。女性を知らなかった青年は彼女の導きに素直に応《こた》え、心でも体でも人を愛せるようになった。買震は彼女にとってかけがえのない唯一《ゆいいつ》の人なのである。

醴陵が近づくにつれて薄妃の心は沸き立ち始める。

懐《なつ》かしい漉水《ろくすい》の流れが視界に入ってきたその時、急に眩暈《めまい》がした。耳もとで風が鳴り、大地がぐるぐる回りながら近づいてくる。遠くなりそうな意識を懸命に保とうとして出来ず、地面に激突する寸前で薄妃は気を失ってしまっていた。

六

温かい手が頬に当てられていることに、薄妃は気付いた。

（賈震さま……）

その感触は何より待ち望んでいたものだ。なのにその中に違和感を覚えて、薄妃は瞼《まぶた》を開いた。

「目が覚めたか」

夢見心地の自分を見下ろしているのは僕僕である。

「ここは……」

「相思水の川べり。第狸奴の庵だ」

「私、劫鯤さまのお力を借りて醴陵近くまで飛んで行ったはずなのに」

「ああ、それは間違いない。キミは醴陵近くまで到達したのだが、戻ってきたんだ」

薄妃には往路の記憶はあったが、復路のことは全く憶《おぼ》えていなかった。

「……一体何がどうなってるんでしょう」

混乱した頭でぼんやりと僕僕を見上げる。

「さあね」

僕僕はそう肩をすくめ、薄妃の頬からすっと手を離した。

「先生、お粥《かゆ》できましたよ」

うまそうな湯気を立てる椀《わん》を持って、王弁も部屋に入ってきた。窓からは虫の声が流れ込んできている。飛び立ったのは昼間だったのに、もうとっぷり日が暮れていることに薄妃は気付いて愕然《がくぜん》とした。

「私、ずっと眠っていたのですか」

「ああ、ボクが拾ってからな」

「拾って？」

僕僕の話によると、薄妃は桂州郊外の山中、とある寺院の庭でひらひらの布状態になって墜落していたのだという。

「キミはしっかりした子だから放っておいても帰ってくるとボクは言ったんだがな。弁のやつがどうしても気になるとうるさかったんだ」

薄妃の視線を受けて、王弁はちょっとうろたえたような顔をした。

「いや、別に薄妃さんが帰って来られないと思ったわけじゃないんだけど……。ああ！　お粥とか食べられないんですよね。しまった」

一人であたふたしている。

「いやそんなことはない」

僕僕はにこっと微笑《ほほえ》んだ。

「薄妃に入れる気の種類をより強いものに変えた。口から入ったものを自らの気力の源に出来るようになっているはずだ」

「ほんとですか。よかった。これからは一緒に食事ができますね」

王弁もつられるように嬉しそうな顔をする。

やっぱりこの二人は羨《うらや》ましいな、と薄妃は内心ため息をついた。王弁は意識していないかもしれないが、彼は自分の意思で仙人を動かしているのである。淡いようで濃い二人の絆《きずな》が薄妃には何とも微笑ましかった。

「バカなことを考えているとへそに穴を開けるぞ」

僕僕はくちびるをへの字にして薄妃を睨《にら》んだ。

「ところで、あの劫鰓とかいう女神の気を入れられてしばらくは支障がなかったわけだな？」

「はい。醴陵まで一刻もかからなかったと思いますが、風を切る強さが体のうちから湧《わ》き上がってくるようでした」

「しかし醴陵直前までたどり着いたら……」

「急に眩暈がして気付いたらここに戻っていたのです」

僕僕は、袖に手を入れてしばらく考え込んだ。

「痛みや苦しさといったものは？」

しばらく思い出すように指を頰に当てていた薄妃は、ありませんでした、と断言した。

「以前言ったことがあると思うが、キミは中に入っている気の種類に影響を受ける。死体を取り込めばその穢《けが》れを。ボクが無色の気を入れれば自分の意思で動くことが出来る。劫鰓がキミに入れた気は、穢れてもいないし悪くもないが、何らかの感情が入り込んでいると考えたほうがいい。気になるな」

王弁がおずおずと口を挟んだ。

「お、俺は薄妃さんの具合のほうが気になりますよ」

僕僕は口をつぐんで薄妃を見た。

「ありがとう、王弁さん。でも劫鰓さまを見ていると、妙に胸の奥がざわつくような気がするのです。その正体を私もはっきりさせたく思っています」

薄妃がそう言うなら、と王弁もしぶしぶ納得した。

翌朝早く、薄妃は再び一人で川べりの道を歩いていた。もちろん、劫鰓に会うためである。間もなく石碑が見えようかというところで、薄妃の足は止まった。

(劫鰓さま?)

小さな人影が水面を見つめ、石碑にもたれかかるようにして立っている。顔を俯《うつむ》けているせいで、横顔が髪に隠れて見えない。小さな手がゆっくりと碑を叩《たた》くさまは友だちに置き去りにされた幼子のように寂しげで、いつものがちゃがちゃとした明るさはない。声をかけようとした薄妃が言葉に詰まってため息をついたところで、少女の肩が小さく一度震えた。

ぱっと顔を上げた劫鰓の視線が薄妃を捉《とら》える。ぽけっとした表情を一瞬浮かべた後に慌てて打ち消し、

「もう帰ってきたのか」

と腕を組んでふんぞり返ってみせた。

「え？　す、すみません」

いつも通りの明るい劫鰓の声である。いきなりの変貌《へんぼう》に驚きつつ、薄妃は一部始終を話した。醴陵の直前までは上機嫌で話を聞いていた劫鰓の表情は、話が進むにつれてみるみる曇っていった。

「やはりダメであったか……」

「やはり？」

「い、いやこっちのことじゃ。それより薄妃、もう一度挑戦するつもりはないか。お前の恋人への気持ちはそう弱いものではないであろう？」

「それはもちろんです。でも劫鰓さま、もしご事情があるのでしたら」

ご恩返しにお力になりたい、という言葉は劫鰓に遮られる。

「大丈夫じゃ！　あたしも次はきちんとやるわい」

「次？」

何かが薄妃の胸にちくりと刺さった。だが小さな懸念《けねん》などかき消す勢いで劫鰓が衣を引っ張るのから逃げ回っているうちに、薄妃はその引っ掛かりを忘れた。

「ではお願いします」

怖い、という気持ちがないではないが、やはり恋人への気持ちには替え難い。懐かしい町並みを目前に見てしまい、気持ちも強まっている。

体から僕僕の気が抜けて行き、劫鰓の気が入っていく。昨日よりは落ち着いて静かであるように薄妃には思えた。

「どうじゃ」

「いい感じです」

「昨日はあたしの気も逸《はや》っていたからな」

先ほどの懸念がまた浮かんでくる。

「……どうしてです？」

「それは……おまえには関係ない。さあ、さっさと行け」

ぽおんと軽く地を蹴って、薄妃は再び北上を始める。嶺南道《れいなんどう》の山がちな景色の中に、懐かしい漉水の流れが再び目に入ってくる。何度か蛇行した先に、醴陵の街があるはずだった。薄妃の胸が躍る。この調子なら街へとたどり着くことが出来るはずだ。

恋人に会えるのは本当に嬉しい。しかし、

(あの女神さまはどうして見ず知らずの私に親切なんだろう)

嬉しいことは嬉しいのだが、女神の挙措《きょそ》から時折伝わってくる小骨のような違和感をどうしても消すことが出来ない。それでも今は賈震に会える喜びの方がやはり大きかった。北上するに連れて恋人への想《おも》いが満ちていく薄妃の視界に、醴陵の街が入ってきた。

その時である。

(ま、また来た!)

強烈な眩暈が薄妃を襲った。体の内側から後ろに引っ張られる感覚だ。体内で吹き荒れる気の流れを制御することが出来ない。

(さっきまで落ち着いていた気が急に……どうして? もうすぐそこなのに!)

前進しようとする外側と後退しようとする内側のせめぎ合いに負け、薄妃の意識は叩き落されるように切れてしまった。

　完全に切れてしまったわけではない、としばらくして薄妃は気付いた。気が抜けてしまった自分の体がふわりふわりと漂って、木の枝に引っかかっている。

「あ、いたいた。薄妃さん！」

　聞き覚えのある声がする。応えようとしても体が反応しない。

「よいしょ……」

　危なっかしく王弁が木に登り、枝に引っかかった薄妃を慎重に取り外した。

「すぐ先生に気を入れてもらえますからね」

　胸元に折りたたまれて入ると、薄妃はほっとして眠ってしまった。

「見つかったみたいだね」

　ふわりと姿を現した僕僕はあたりを見回してため息をついた。

「……昨日と同じ場所だ」

「このお寺ですか」

　二人が見上げた先に、山中にしては不似合いなほど大きな山門と、高い朱塗りの壁が左右に延びている。奇妙なことに、山門に寺名を示す扁額《へんがく》は掛かっていなかった。

「どんな因縁があるのか、薄妃に訊《き》いてきてもらうとしよう」

僕僕は腕組みをして、ふんと息をついた。

七

川の女神の顔は束の間紅潮したかと思ったら、それをかき消すように機嫌の悪い表情を浮かべた。薄妃はこの少女とあの寺になんらかの繋《つな》がりがあるのは間違いないと確信した。

「……寺が引き戻すのではないわ。バカものが」

ヤケになったような口調で劫鰓は吐き捨てる。

「では何が私をあそこに引き戻すのでしょうか」

「おまえの知ったことではない」

薄妃はそれ以上踏み込んではいけない事情があることを感じ取っていた。その事情はきっと自分の抱えるものに近い。そう確信めいた予感があった。

「おまえは……」

劫鰓は俯く。もぞもぞとくちびるを動かして何かを言いかけたが、むっすりと口をつぐむ。そしてしばらくしてから低く小さな声で、

「おまえは自分のことだけを考えておれ」

　とそれだけ言った。

「しかし……」

「次は本気中の本気を出してやる。明朝また来るがいい」

　そう言い残し、劫鰓は石碑の中へと消えて行った。仕方なく僕僕たちの元へと戻ろうとした薄妃は、第狸奴の庵が遠くに見え始めたあたりで魚の跳ねる音を耳にした。

「どうもよくわからないな」

　見ると、僕僕が釣竿《つりざお》を垂れている。気配を消してそこにいたらしい。

「先生、いらしてたんですか」

「ボクだけじゃない」

　一尺四方ほどの魚籠《びく》がもぞもぞと動いて、そこから王弁が顔を出した。

「先生、ひどいですよ。もうえらい魚くさい」

「文句言うな。未熟なキミが外に出てじろじろ見ていたら気配を悟られるだろうが」

　四苦八苦して魚籠から出てきた王弁は、袖《そで》の匂《にお》いを嗅《か》いで顔をしかめた。

「劫鰓、という名に聞き覚えがないから来て見たが、やはり知らない子だ。恐らくまだ若くて位の低い神なのだろう。ボクの気配を感じ取ることもなかったしな。それにしても、薄妃に何かを託したいにしてもやけに遠回りなことをするな」

「遠回り？」

薄妃も王弁も首を傾《かし》げた。

「劫鰓は強くあの寺を意識している。薄妃の願いを知り、それを手助けしてやろうとする心も本物だとは思うが、別の感情が気に混じりこんでいる。本当は言葉に出して叫びたいようなことを黙ったままでいる」

「あのお寺に何か？」

「力のある僧がいるようだ。悪い雰囲気は感じられないが、あの立派な門構え自体が抹香《まっこう》臭い結界の要《かなめ》にもなっていて、ボクでも中を見通せない」

僕僕は直接あの寺に行って確かめてくる、と言い出した。しかし今回その袖を引きとめたのは薄妃であった。

「誰かを好きになったことのある女ならば」

まっすぐに僕僕の瞳《ひとみ》を見つめて彼女は言った。

「口に出せないことの一つや二つはあるもの。先生もきっとお分かり下さるものと存じます」

僕僕はほんの少し首を傾げ、薄妃を見上げた。

「あの女神から何か聞けたのか？」

「いえ、何も。ただ、その……」

薄妃はどう言葉にしてよいかわからず口ごもる。僕僕はそんな薄妃をじっと見つめていたが、一言、

「思うようにやるといい」

と優しい口調で言った。

「ええ、行って来ます」

そこで薄妃はようやく明るい表情になった。

翌朝、薄妃は再び劫鰓のもとを訪れた。出迎えた川の女神を見て、薄妃はおや、と思った。表情がこれまでと違う。昨日までの軽さや落ち着きのなさが消え、女神らしい威厳と美しさが全身から風のようにあふれ出ていた。

「劫鰓さまは……」

何を心に秘め、そして私に何をさせようとお考えなのですか、と訊きたかった。

「余計なことを考えずとも良い」

しかしそう薄妃の言葉を遮ると、劫鰓は彼女の首筋にくちびるをつけた。

僕僕の静かで力強い気が出て行って、劫鰓の快活な気が入ってくる。表情と同じく、

気も昨日までとは違った。透明度が増している、そう薄妃は感じる。髪の毛先にまで活力がみなぎり、己の体から光を発しているような感覚すらあった。

「す、すごい……」

「本気を出すと言ったじゃろ」

劫鯤はいつものように誇らしげに胸を反らしたりせず、静かな声で言った。

「行っておいで。今度は大丈夫のはず」

「はい、ありがとうございます」

そう感謝を述べながら、薄妃は迷った。劫鯤の好意は非常なものだった。醴陵まで飛べるだけの気を入れてくれながら、自らは何も求めない。この好意には理由がある。自分だからこそ理解できる理由が。

「あの……」

「何だ」

「お礼をしたいと思うのですが」

劫鯤はふんと鼻で笑うと、

「人間が神に礼をしたいなら、祭壇を築いて香でも焚《た》け」

「でも劫鯤様はそんなことをお望みではないでしょう？　それに私は」

人間ではありません。そう言って薄妃はにこりと笑った。劫鰓は寂しそうな表情を浮かべて、早く行くがいい、とだけ言ってまた石碑の中へと消えて行った。

（心残りがおありになるのは間違いない）

賈震のことは何より大事だ。彼の言葉、彼の吐息、彼の指先を思い出すだけで胸の奥がきゅっとなって痛くなる。我慢できないほどに高まる気持ちのままに動く前に、やるべきことがある。

（劫鰓さまは私と同じものを抱えている）

そしてあの寺院のどこかに、彼女が心の中に大切にしまっているものがある。その気持ちを知り、手を添える資格が自分にはあるはずだ。

薄妃は地を蹴《け》るところまでは前回と同じようにしたが、醴陵には向かわなかった。桂州郊外の寺院へと向かったのである。

八

静かな寺であった。造作も堂々としたものであるのに、寺の名を示す扁額がかかっていない。

薄妃が中を覗《のぞ》き込むと、南国特有の獰猛《どうもう》なほどに勢いのある竹林が庭を覆《おお》い、読経《どきょう》の声も僧侶《そうりょ》が討論する声も聞こえない。

そうでありながら、山門に続く石段はきれいに掃き清められ、香のかおりがうっすらと寺院全体に漂っている。

薄妃は普通の参拝者を装《よそお》って、山門の敷居を堂々とまたいだ。

長年この寺に起居する老僧がいるなら、相思水の女神とこの寺の因縁話を聞けるかもしれない。そう思って彼女が本堂へと歩み入った瞬間、耳障りな甲高い音と共に、薄妃の四肢は細い糸のようなものに搦《から》めとられていた。

「な、何?」

慌《あわ》てながらも薄妃は地を蹴った。全力でその場を離れようと試みたが、びたんと地面に叩《たた》きつけられる。

四肢を縛っているのは、透明の糸であった。

「ようやく捕まえたぞ妖怪《ようかい》め」

得意気な顔で本堂の奥から姿を現した男は、六尺ほどのがっしりとした体格に意思の強そうな四角い顔をした、若い僧侶であった。

「よ、妖怪?」

反論しかけて、ああそうかと薄妃は合点した。

「退魔のお寺だったとはね」

薄妃も知らないわけではない。術力を駆使して人ならぬものを消し去ったり封じ込めたりする力を持つ者が各地にいる。

「この寺は確かに魔払いも請け負っておるが、その本領は縁切り。善良な人に悪《あ》しき縁を結ぼうとする歪《ゆが》んだ者どもを切り離すことがわれらの使命だ」

（なるほど。私は罠《わな》に引き寄せられてきた間抜けな妖異というわけか）

「おまえは激しい妄念《もうねん》の塊のようだ。その妄念の繋がる先といま切り離してやるからな」

「ちょっと、私の気持ちが妄念だなんてどういうこと？」

薄妃はきっと柳眉《りゅうび》を逆立てる。怒りの表情を受けて、かえって僧は不敵に笑った。

「しらばっくれたところでどうにもならぬ。おまえから溢《あふ》れ出る妄念が、この寺でお預かりしている施主のご子息、李双《りそう》さまへと一直線に向かっておるわ」

僧侶が空中で印を結び、気合と共に薄妃に何かを飛ばした。すると薄妃の首筋から一条の赤い糸が伸びる。その細く赤い糸の一端は本堂を横切り、本尊裏の暗がりへと消えていく。

「これでもまだしらを切るか。ずるがしこい妖怪め」

しらを切るも何も、何を言っているのかよくわからない。しかし自分の中に満ちているのは劫鰓の気であることを思い出した薄妃は、

(もしかしてこの糸の先に……)

女神の心残りの正体が繋がっているかも知れないと、とっさに一計を案じた。

「わかりました上人《しょうにん》様。全《すべ》て白状して成仏《じょうぶつ》いたします。もう若さまにつきまとうことも致しません。ですから最後に一目、一目だけでいいですから若さまに会わせていただけませんか」

しおらしいしぐさを作り、薄妃は懇願した。僧侶は四角い顔を傾けてしばらく逡《しゅん》巡《じゅん》したように見えたが、やがて頷《うなず》いた。

「ふん。慈悲の心は仏のもっとも重視されているところ。ただし！　妙な出来心を起こすでないぞ。もしおかしな行動を少しでもとれば」

彼がさっと袖を振ると、本尊前の護摩壇《ごまだん》に激しい炎が巻き起こる。

「大長老直伝の浄化の炎で焼き尽くされることになる」

「わかりました」

恐れ入った様子で薄妃は合掌する。僧侶は本堂脇《わき》に詰めていたらしい小僧に何事か

言い含めると、小僧は赤い糸が消えたあたりに走る。しばらくすると、何やら罵《ののし》るような声が聞こえてきた。

「何回言えばわかる。俺の劫鯤が化け物のわけがないだろう！」

「まあまあ李双さま……」

小僧がなだめながら連れてきたのはまだ二十歳前後と見える若い男だった。きりりと目尻《めじり》の上がった凜《りん》とした顔つきである。

「今日こそ施主の悪縁を断ち切る絶好の機会。ご覧なさい。あなたにとりついて苦しめてきた女怪はほれこのとおり、捕らえましたぞ」

若い男は怒りに燃えた表情で僧侶を睨《にら》みつけ、そしてちょっとためらったように一度地面に視線を落としてから、薄妃を見た。そしてしばらくして、

「……違う。違う違う」

と三度首を横に振った。

「違う？　どういうことです」

「……この人は俺の劫鯤じゃない」

僧侶はそれを聞いてふんと鼻で笑った。

「李双さま、あなたとご両親がおられる商いの世界では時に嘘偽《うそ》りも必要でしょう。

しかしここは仏の前ですぞ。真実こそ尊ばれるのです」

　そう厳しい表情で言って合掌する。

「見られよ。この糸。これは貫匈糸《かんきょうし》と申し、惹《ひ》きあう精神をつなぐ神秘の宝具。その強さによって白、緑、黒、赤と色を変える。命を焦《こ》がすような妄念は赤い糸となって現れる。これを見てもまだ下手な嘘をつかれるか」

　僧の指先から五色の細い光が伸び、扇の形となって揺らめく。

「このご本尊に誓ってもいい。俺の愛している女性はこの人ではない！」

　若者は噛《か》みつかんばかりの勢いで僧侶に言い放つ。

「嘘は許しませんぞ！　あなたのご両親から、悪しき縁が絶たれるまで寺から出さずとも良いと言われているのです」

　と僧侶も負けてはいない。

「嘘ではない！　この糸から伝わって来るのは確かに劫鰓のぬくもりだ。娘よ、もし劫鰓の親戚《しんせき》か何かなのなら、桂州城外で俺たちがいつも会っていた橋まで来て欲しいと、必ず伝えてくれ。お前のことをどれだけ想《おも》っているか。両親に言われてお前の前から姿を消したことをどれだけ後悔しているか！」

「ええい、だまらっしゃい！」

僧侶と若者は激しい睨みあいになる。

李双の言葉は強く、そして真摯《しんし》で、劫鰓がなぜ彼に惹かれたのか薄妃は理解した。家人のために一度は諦《あきら》めても、恋人のために誰かと戦う気概を十二分に持っている。

どうしても劫鰓とこの若者を会わせてやりたい。意識しまいとしても惹かれるほどの女神の気持ちを、このままにしておくことは出来なかった。

李双に気がとられて、縛《いまし》めは緩んでいる。自らの気を集中させ、袖を一閃《いっせん》して糸を断ち切ると、薄妃は全力を使って宙へと飛び出そうとする。しかし地面を蹴った瞬間、全身の自由が利《き》かなくなった。

手足に先ほどとは違う、黒い糸が結びついている。その先は僧侶につながっていた。

「こ、これはあの若者のものじゃない……」

ぐいと引っ張られるようにして地面に再び叩きつけられた薄妃の目の前に、目を血走らせた僧侶が護摩の炎を背に立っていた。

「逃げるなと言ったはずだ。黒の貫匈糸は怒りのつながり。おまえのような妖怪が人とつながりを持とうとすること自体許されぬ。間違っているのだ」

若者は当て身でも食らわされたのか、ぐったりと地面にうずくまっている。

「この炎は人ならぬものをあるべき場所に返す力を持つ。虚空《こくう》に漂う妖の世界に帰るといい」

　重く冷たい痛みが、黒い糸を通じて伝わってくる。薄妃は膝《ひざ》をつきそうになるのをこらえて、僧侶を睨みつける。

「嚇《カク》！」

　僧侶の指が素早く空中に文字を描くと同時に、黒い糸を伝って護摩の炎が走ってきた。あの炎が自分を包めば、皮と気で出来た自分は跡形もなく消えてしまう。賈震との甘くて楽しい日々や僕僕や王弁との旅路、そして最後に、劫鯤の寂しげな顔が脳裏に浮かんだ。

（こんなところで）

　死んでたまるもんですか、と叫びかけたその刹那《せつな》。

「そこまでじゃのう」

　不意に黒い糸を走る炎が消え、薄妃を縛っていた圧力も同時に消えた。声のしたほうを薄妃が見ると、顔と地面がくっつきそうに背の曲がった老僧と、憮然《ぶぜん》とした表情の僕僕が立っていた。

「先生……」

　僕僕は黙って薄妃に近づくと、袖《そで》にしつこく絡《から》んでいる黒い糸くずにふっと息を吹きかけた。糸は色を失い、風に混じって霞《かすみ》と消えた。

「義円よ、そう功を焦《あせ》るでない」

老僧の言葉に我を取り戻したような顔をした僧侶は、はっと膝をつき、合掌した。

「みなさま、許してくだされ。この義円、母親が物つきになって世を去り、それから懸命に修行して退魔術を修め、これほどの力を手に入れたのじゃ。時に熱くなってしまうのが悪い癖」

義円、と呼ばれた若い僧は口惜しそうに地面をつかむ。老僧は優しくその肩を撫《な》でた。

「それにしても、あんたも不思議な娘じゃな。どういう謂《いわ》れでそういう姿に？」

さすがに僕僕の知り合いだけあって、薄妃がどのようにしてこの世に存在しているのか既に見抜いていた。

「それが、よく憶《おぼ》えていないのです」

気を失った若者を、薄妃は抱き起こした。若々しい男の匂《にお》いが、彼女に恋心の熱さを思い出させた。

「そうか……」

木の虚《うろ》のように深く、それでいて温かみを感じさせる視線をしばらく薄妃に送って

いた老僧は、僕僕に向かい、

「あんたも久しぶりに会ったと思ったら、相変わらず変わったのが好きじゃな」

と歯のない口を開けて笑った。

「変わったのが寄ってくるんだよ。で、これからこの縁切り寺の作法としてはどうすればいいんだ」

ふう、と一つため息をついて僕僕は寺の境内を見渡した。

「もうこちらですることはないわい」

老僧の言葉に小さく頷いた僕僕は、薄妃をじっと見つめた。

「気を入れ替えてやろうか？」

だが薄妃は、このまま帰ります、と肩で一つ大きく息をついてつぶやいた。疲れ果ててはいるが、劫鰓が想っていた人と接点を持ったことで、体内の気に若者の気配が混じっていることに気付いたのである。その気配をそのまま持って帰ってやりたいと思ったのである。

「そうか」

何か言いたげな表情を消した僕僕はふわりと雲に飛び乗ると、先に相思水の方角へと向かった。薄妃も黙って後に続く。あれだけ力強かった劫鰓の気が、大地に引きずられるように重い。それでも今の薄妃は前に向かって飛び、女神と会わねばならなかった。

やがて彼女は庵に戻る僕僕と別れて一里先へと進み、石碑の前へと降り立つ。

「劫鰓さま」

呼びかけても川の女神は出てこない。三度呼ばわっても出てこない。

「あなたの想い人に会ってきました」

石碑の後ろで気配が揺らいだ。

「いらっしゃるのですね」

「……いちいち確認せんでもいい」

「あの」

「報告などいらん。なぜ寄り道などせずに醴陵へ向かわんのだ」

と劫鰓はつっけんどんな口調で返した。ぽつり、ぽつりと空から雫《しずく》が落ち始めている。薄妃は自分の中に吹き込まれた気を通じて、劫鰓があの寺院での一部始終を見ていたのだと感じた。

「李双さん、劫鰓さまを待っていますよ。あなたさえ許してくれるのであれば、すぐにでも迎えに来ると」

「無理」

「どうしてですか」

「無理なものは無理なんだ！」

鮮やかな袖が石碑の後ろから見え、小さな拳《こぶし》がごつ、と碑の土台を砕いた。

「劫鯤さま……」

「あたしはもともと桂州始安城外を流れる、名もない小川を司《つかさど》る女神だった」

神々を束ねる玉皇上帝によって生み出された彼女は、下界での初仕事に張り切っていた。

「人間などというものに興味はなかったし、ただつつがなく勤め上げて神としての位を上げていくことだけを考えていた。日々川を見回り、生物や物《もの》の怪《け》たちに目を配り、悪さをするやつには罰を下す。それだけの日々を送っていたそんな時だ」

一人の若い男が自分のことをじっと見ていることに気づいた。

「山川の神は普通、こちらが姿を見せようと思わぬ限り人間には見えぬ。修行を積んだ道士や仙人、僧侶、お前のような妖異ならともかくな。だからはじめは気のせいだろうと思っておった」

しかし若者はそれ以来、夕刻になると橋のたもとに立って、劫鯤が現れるのを待つようになった。

「他の人間には見えておらぬようなのに、そいつだけはあたしを見ているのだ。そんな日が数日続いて、今度は話しかけてきおった。自分と仲良くして欲しい、と言われてもあたしには意味がわからなかったよ。それでもどういうわけか、嫌な気分はしなかった。話し相手もいない女神の仕事に、飽いておったのかも知れんな」

劫鯤はぽつりぽつりと話し続ける。始安城内に店を構える乾物屋の息子、李双という青年は、夕刻になると彼女に会いに来た。何をするわけでもない。ただ、小さな橋の下で肩を並べて話をするだけだ。そんな時間が、いつしか二人にとって何よりも大切なものになっていった。

「あたしは生まれたばかりの女神だ。どう仕事をしていいかはあらかじめ教えられているが、人間の男に姿を見られた時にどうしたらいいかまでは、教えられていなかった。始めは虫にでもまとわりつかれたように迷惑でな、神としての態度を崩すことなく適当にあしらっていたよ。それがそのうち、その男といると顔が熱くなったり胸が高鳴ったり、笑ったり泣いたりするようになってしまった。あたしはもう、己の心の命ずるままにしか動けなかった」

若者の好意は、劫鯤自身が知らない心の内側を揺り動かし始めた。

「川の見回りをしていても、あの男のことしか考えられない。人間と接するうちに、それが恋というものであると知るようになった。それはなんとも甘くて、居心地のよいものだったよ。女神の仕事など、くだらないことだと思えるほどにな。それはあいつも同じだったのが、不幸のはじまり」

ふん、と自嘲《じちょう》するように劫鰓は鼻で笑う。薄妃は最後に気を入れてくれた時の神々《こうごう》しさこそ、女神本来のものであることを知った。そして李双という青年が、女神の中にひっそりと眠っていた女の性《さが》を揺り起こしたことに気付く。劫鰓は続ける。

「あたしは川の世話を、李双は乾物屋の仕事をおろそかにするようになった。時間を見つけては二人で過ごした。ただ顔を見て、声を聞いているのが何よりの幸せだったが、ついに李双の両親の知るところとなった。彼らからすると、誰もいないところに向かって楽しげに話しかける息子の姿は気のふれたものに見えたろうよ。あたしの姿は李双にしか見えないのだからな」

「だから李双さんのご両親は縁切りの寺に魔払いを依頼した……」

「そう。神と人が相通じることが、良いことではないことはあたしにもわかりはじめていた。川の親切な物の怪どももそれとなく諌《いさ》めてくれたりもした。でも好きになってしまったものは仕方ないではないか」

力の抜けた声でつぶやく。

「ええ、ええ」

やはりそうだったのだ。薄妃は自分が感じた胸の引っかかりの正体をようやくはっきりと摑《つか》んだ。そして劫鰓にどうしてもわかって欲しかった。劫鰓のような思いを抱えている女は一人ではない。だから薄妃は最大の共感を込めて頷《うなず》く。誰かを好きになる時に、その立場など関係ないのだ。

「街の商家の息子と川の女神だぞ。あいつは街にいなければならない。あたしは川を守らなければならない。なのに一緒にいたいがためにやるべきことを怠ってしまった。神界がそんなあたしを見逃すはずもない。相思水に飛ばされてこの石碑を重石《おもし》にされたとき、あたしは天に唾《つば》したよ」

ごつ、ごつ、と碑を殴り続ける。女神の拳は碑を砕いたが、小さな拳も傷ついている。薄妃は自らの心が砕かれているようで、胸が痛かった。

「あいつの気持ちは数十里の道を超えて届いていた。あたしの気持ちも届くと信じていた」

「届いています。絶対に」

「あたりまえだっ」

傲然と叫んだ女神がひときわ強く碑を殴る。

「でも薄妃にもわかったであろう？　あたし達がどれだけ想《おも》い合おうと、誰も味方をしてくれる者なんていない。町を離れればあいつは生活を失う。あたしが川を離れれば神として罰せられる。縁がなかった。もうだめなんだ……」

「そんなことであきらめるのですか！」

薄妃は思わず声を荒らげてしまっていた。劫鰓はぴくり、と肩を震わせたが、静かな声で薄妃に言い返してきた。

「お前のような妖異だって、想う気持ちはままならないではないか。まして神界紫微《しび》から遣わされたあたしは、薄妃が思っている以上にきつい規律の中で生きているんだ。何も出来やしない」

「だったらどうして、私を手助けして下さったのです？」

「それはお前に幸せになってもらおうと……」

「そんなことを聞きたいわけではありません！」

再び強まった薄妃の語気に劫鰓は目を伏せた。

「……うそじゃない。でもあたしは」

羨《うらや》ましかったんじゃ、と小さな声で言った。

「妖異のくせに恋人への思いを隠すこともない。あたしには許されないことをしているお前を見ているのは楽しくて、それでいて腹立たしかった。どうしてお前には許されて、あたしには許されない」

もう劫鰓は岩を叩《たた》くことを止めて俯《うつむ》いていた。

「それにお前には無色の気を吹き込んで力をくれる僕僕などという仙人までついている。それに引き換えあたしはどうだ。こんな碑に頭を抑えられて空も飛べぬ」

暗い表情で碑を見上げ、くちびるを嚙《か》む。

「あたしの気は強い。皮一枚のおまえが耐えられるかどうか、本当は自信がなかった。でもお前みたいな幸せ者は、破裂して死んでしまったっていい。そんなことも思ったよ」

「そんな……」

薄妃は言葉を失う。

「最低なやつだ。あたしは」

己を嘲《あざけ》るように、劫鰓は小さく笑った。しかし薄妃は、劫鰓が吹き入れてくれた気が清らかに澄んでいることを感じていた。妬《ねた》みはあったかもしれない。でも破裂して死ねばいいなどと思っている気では断じてなかった。

「やけにならないで。私は自分が取り入れた気がどんなものかくらい判別できます」

「気は判別できても、あたしの気持ちはわからんじゃろが！」

「わかりませんとも。でも好きな相手といられない哀しさは、あなただけのものではありません。神だろうと人だろうと、妖だろうと同じなんです」

言い終わって初めて、薄妃は自分が涙していることに気付いた。でも袖で涙をぬぐうこともせず、くちびるを噛んで劫鰓を見つめ続ける。そんな薄妃を見てはっと表情を強張《こわば》らせた劫鰓だったが、またすぐに俯いた。

「あたしは神として未熟だ。おまえのためと言いながら、結局は自分が会いたい人間のことを想ってしまっていた。自分が出来ないから他人にさせて、悦に入ろうとしていたのだ。妬んでうまくいかなきゃいいとも思っているくせに。寺でひどい目に遭っているおまえを見ながら、李双の気持ちを確認できたことに喜んでいた」

そんなことは全然構わないことだった。それよりも、薄妃は劫鰓の中で、この苦境と戦おうとする気持ちが消えかけていることのほうが恐ろしかった。

「あのね劫鰓さま、私がお世話になっている僕僕先生というお方は……」

「もういい」

相思水の女神は薄妃の言葉をさえぎると、結局一度もまともに薄妃の顔を見ないまま、石碑の中へと消えていく。と同時に、石碑が中ほどでぽきりと折れ、ゆっくりと水溜《みずたま》りの中に倒れて湿った音をあげた。

「劫鰓さま、劫鰓さま！」

薄妃は崩れ落ちた石碑の礎をはたはたと叩く。しかし劫鰓が出て来ることは、ついになかった。

「私たちよりずっと近くにいるのに。こんなにも想い合っているのに……」

無念だった。男が周囲を振り払ってでも追い続ければ、女が諦めなければ、それで前に進むことが出来るではないか。

(まだ出来る事があるはず！)

桂州郊外の寺の方角へと飛びかけた彼女の前に、何かが不意に飛び出してきた。あわてて止まる薄妃の前に現れたのは、僕僕であった。

「先生……」

「今はやめておこう」

「どうしてですか！」

どうしても薄妃には納得いかなかった。少し手を尽くせばかなうはずの恋なのだ。

「キミも劫鰓と同じことになっている。他人に自分の願いを投影しているだけだ」

胸を衝《つ》かれたように薄妃は目を伏せた。

「もう十分なことはした。あとは本人たちが何とかする」

「先生は時々薄情です。一度かかわったのなら最後まで面倒を見てあげればいいではありませんか。王弁さんを手元に置いているように」

薄妃の口調がきっときつくなった。

「このままでは想い合っている二人が終わってしまう……」

「どうしてそう決め付けるのだ」

「え？　でも」

僕僕はにやりと笑い、懐《ふところ》からきらきら輝く小さな物体を取り出した。

「寺の大長老が憐《あわ》れに思ったらしくてね。良かったら使ってくれとのことだ」

彩雲の高度を下げて地面に降り立つと、透き通った光を美しく放つ一巻きの糸を倒れた石碑の上に置いた。

「キミを縛っていたのは仏界浄土に伝わる宝具の一つ、貫匈糸だ。魂魄《こんぱく》を縛る力を持つほどのこの糸は大蜘蛛《おおぐも》、志勒《しろく》から取り出された。二つの魂魄を繋《つな》げば互いに思い合う心の強さに染められて、その色を変えていく。色を変えるごとに糸は力を増し、遠く離れた心を近づけることも可能だよ。もし互いに繋ぐ気持ちがあれば、の話だけどね」

挫《くじ》けてしまった女神の心が、心配でならなかった。

「人に見えないはずの女神を男は見つけたのだ。十分な縁があると思わないか」

「……はい」

「それに見ろ。川の女神の頭を押さえつけていた碑は、あの子自身の強い思いが砕いて、もうないではないか」

薄妃にわずかにまとわりついていた黒い糸くずを指でつまんで吹き飛ばすと、僕僕はにこりと微笑《ほほえ》んで見せる。砕け、半ばで折れた碑を見つめていた瞳《ひとみ》が再び潤《うる》む。だが薄妃はあふれかけた涙を袖で押さえてきっとした顔を作り、胸を張った。そんな彼女を見て、僕僕は深く頷く。

「叱咤《しった》し激励してくれる友のいる限り、どのような絶望からも戻って来られる」

「私は……私は劫鰓さまの友になれたのでしょうか」

「ボクみたいな他人が決めることじゃないよ」

そう言って僕僕は優しく薄妃の背中を叩いた。天を見上げて瞳を閉じた薄妃に向かい、

「夕食までには戻っておいで」

と言い置いた仙人は、彩雲に乗って庵《いおり》へと帰っていった。

主《しゅ》従《じゅう》顛《てん》倒《とう》

夢に笑えば

一

肩に食い込む荷の重さが老いさらばえた体を痛めつける。数日前、醤《ひしお》の入った甕《かめ》を壊して主人に鞭打《むちう》たれた傷がようやく癒《い》えたばかり。なのに老人は、十歳の子供ほどある麻袋を三つも背中に乗せていた。

賀州《がしゅう》の臨賀城《りんがじょう》は中国嶺南《れいなん》地方、桂州《けいしゅう》のさらに南にある。漢人と少数民族が雑居する南方開発の要衝である。城内はかくかくした北方の漢語と、南方漢人や苗《ミャオ》人の話すまろやかな言葉が交錯し、中原《ちゅうげん》の城市とはまた違う一種若々しい賑《にぎ》わいの中にある。

そんな城市の一角、食卓を彩《いろど》る味噌《みそ》や酒を扱う一軒の醤商、豊泰膳《ほうたいぜん》で趙呂《ちょうろ》老人は働いている。彼はいつものごとく重い荷を背負い、歯を食いしばり目を血走らせて立ち上がる。膝《ひざ》がふらつき、視界が一瞬かすむ。それでも彼は一歩、また一歩と担《かつ》いだ荷を蔵へと運んでいった。

「おい、趙じいさん。ちょっと手伝ってやろうかい」

人夫仲間の若い男がぶっきらぼうに声をかける。はち切れそうな筋肉に覆《おお》われた、老人より頭一つ以上大柄な体が南国の日に焼けててらてらと光っている。しかし老人はくすんだ白い髯《ひげ》と垢《あか》に黒ずんだ深い皺《しわ》に覆われた顔をわずかに振って断った。

「無理すんなって。足、ふらついているじゃねえか」

「触るな！」

親切にも荷を一つその手に取ろうとした若者を、趙呂は怒鳴って拒絶する。

「なんでえ、気を遣ってやってるってのに」

若者はぺっと趙呂の足元に唾《つば》を吐いて立ち去る。確かに普通の老人であれば、若者の申し出は涙が出るほどありがたいことであろう。人に荷物を背負ってもらったところで賃金が下がるわけでもない。それを承知の好意を断るのには、理由が当然ある。趙呂はその理由を誰にも明かすつもりはなかった。

重い荷を黙々と運び続ける。

他の人夫たちは既に命じられただけの仕事を終え、思い思いの格好でくつろいでいる。

「なんでえあのじじい、頭おかしいんじゃねえか。人がせっかくよ」

例外的な親切さを発揮した若い男が、聞こえよがしに中年の人夫に文句を言っていた。

「まあそう言うなって」

中年男は出がらしの茶をすすりながら若者をなだめる。

「お前さんはまだ新入りだから知らないだろうがよ、あの爺《じい》さんは好きでやってんだから」

「好きで？　ほんとかよ」

「ああ。家には寝たきりの婆《ばあ》さん一人で子供もいねえってのに、ここ数年精が出ることった。街の遊女になじみでも出来たんだろうよ。放っておいてやんな」

若い人夫は理解できない、という風に首を傾《かし》げた。

趙呂は同僚たちの話をちらりと聞いて、内心せせら笑っていた。

（わしの頭はおかしくなどないわい。おまえらこそ一生そのままでいるがいいんじゃ）

よそ見をしたせいで趙呂はつまずき、せっかく担いだ麻袋に押しつぶされるように倒れる。

「お、おい」

誰も助けようとしない中、先ほど悪態をついて唾を吐いた若者が再び老人に駆け寄った。大力の持ち主らしく、豆百斤《きん》が入った麻袋を気合と共に投げ飛ばす。

「おい、大丈夫かい」

「……余計なお節介じゃわ」

再び鼻白んだ若者であったが、それでも袋を両肩に担いでやった。

「これ、蔵に運んどけばいいんだろ」

そう言って数歩進みかけた彼は、横で二人の遣《や》り取りを見ていた仲間たちの妙な視線に気付いて振り向いた。彼の真後ろで老人が嚙《か》み付きそうな顔をして、自分の背負《しょい》子《こ》を指さしている。

「……積めってか」

「そうじゃ。余計なことはせんでええ」

若者は仲間の方をもう一度見る。全員が一様に首を振っていた。

「わかったよ。好きにしな」

若者もついに折れて、老人の背負子に麻袋を積んでやる。老人は顔を真っ赤にし、青い血管を浮き立たせて耐える。若者は心が痛んだが、これ以上好意を無にされるのもいやだった。

「気をつけて行きなよ」

「……どうせなら、死んじまえ老いぼれ、くらいは言えんのか」

趙呂はそう捨て台詞《ぜりふ》を吐いて、ゆっくりと醤蔵のほうへと歩を進めていった。さすがの若者も、老人の歩いていく方にもう一度唾を吐いてそれに応《こた》えるしかなかった。

二

薄妃《はくひ》はごとん、ちゃりん、という音が耳につき、ふと目を醒《さ》ました。

相思水《そうしすい》から再び南下を始めた一行は、賀州の臨賀城に入っていた。暦は十一月に入っているのに、気候は南国の趣をますます加えて暖かい。住民の半ばは王弁に訛《なま》って聞き取れない言葉を話している。

鮮やかな装束で身を包んだ苗だけでなく、体に密着した軽装で交趾《こうし》（ベトナム北部）や真臘《しんろう》（カンボジア）の人々が足早に行きかっている。さらに、肌の色は黒く無表情ながら眼だけは炯々《けいけい》と光らせている身毒《しんどく》（インド）の人々がたむろするなど、街は異国の匂《にお》いがさらに濃い。

そんな城の一角で僕僕一行はいつも通り一夜の宿を取り、南の美酒と佳肴《かこう》に舌鼓《したつづみ》を打ってきたばかりであった。

(何の音かしらこんな夜更《よふ》けに)

薄妃はもったりとした夜気に乗り、音のするほうへと向かう。王弁が眠っているはずの部屋には、まだ灯がともっていた。

覗《のぞ》いてみると、王弁は腕組みをして何やら考え事をしている様子。その目の前にはいくつかの大両銀と、銅銭の束が二つ三つ転がっていた。

「お金の算段ですか」

薄妃は灯りから立ち上る風を受け、漂いながら話しかけた。

「うん。このままだとあと数日で路銀が底を尽きそうなんだ」

僕僕は基本的に金勘定というものを一切しない。王弁も旅に出るまではほとんどしたことがなかった。しかし王弁は、僕僕とできるだけ〝普通〟の旅がしたいと考えていて、僕僕もそのこと自体には反対していない。

普通に旅をしようとすればいろいろと出費がかさむ。これまでは桂州での流行《はや》り病の治療、潭州《たんしゅう》で豪雨を降らせていた雷神の子供、砰《ぱん》の一件で不空上人《ふくうしょうにん》を手助けしたことなどでいくばくかの報酬を得ていた。

僕僕も王弁も相手に請求したことなど一度もない。仙人とぼんぼんではそのような考えが頭からないのだ。それでも病が癒えればいくばくかの金銭を置いていく者がいたし、長沙《ちょうさ》での一件では不空が己の報酬の半ばを吉良《きら》の行李《こうり》の中に放り込んで都へと帰って行った。

そんなわけで適当に飲み食いしていても窮乏することはなかったのである。

「先生は何ておっしゃってます？」

「特に興味なしって顔してた」

王弁はため息と共にぐるりと首を回して薄妃を見上げた。

「第狸奴《だいりど》があれば凍えることはないし、ボクがいれば飢えることはない、だって」

「確かにそうですわね。一文なしでも全然平気」

僕僕の釣りの腕は大したもので、どこに竿《さお》を垂らしても水のあるところなら必ず何か釣り上げている。懐《ふところ》には王弁が持参した甕があり、酒は無尽蔵だ。

「ですよね……ってだめだめ！　それじゃ何にもなりゃしない」

納得しかけた王弁だが、あわてて楽な考えを振り払った。

「そんなもんですか」

薄妃は王弁の妙なこだわりがおかしかったが、それはそれで男の子らしい、とも思った。

「そんなもんなんだよ。先生とは出来る限りきちんと旅をしたいんだよね」

「きちんとした旅、ね」

思わず彼女は笑ってしまった。

劫鰓《こうし》もそうだったが、誰かにまっすぐ向いている気持ちは見ていて快いものだ。

「じゃあ明日から路銀稼ぎに？」

「うん。多分先生は好きにしたら、としか言わないから明日の朝から早速動いてみるよ」

この青年は少し前まで働くことを何よりも嫌がっていたと聞いている。初めて彼女が王弁に会った時も、頼りないのが売りみたいな男だったのに。

「どうしたの？」

薄妃の微笑を含んだ視線を受けて、王弁はまっすぐ薄妃を見る。

「いえ。私にお手伝いできることがあったら何でも仰《おっしゃ》って下さいませね」

ありがとう、と王弁は嬉《うれ》しそうに頷《うなず》いた。

「とりあえず街の薬種屋に行って、稼ぎ口がないかどうか探してみるよ」

臨賀の街の夜明けは南国ならではの暖かさで、水気を含んでしっとりと重かった。

朝もやが覆う街路からは、既に四方へと出て行く物資を運ぶ荷馬のいななきと、人夫の罵《のの》り合う声が響き始めている。似合わない早起きをした王弁は大きなあくびと伸びを一つずつして、水場に向かった。

宿を出た王弁にはあてがあった。病人はどの街にもいる。そしてその地の医者に満足しない患者は必ずいるのだ。まるで知らない土地にもかかわらず自信があるのには、もちろん根拠があった。

（あれは確かに湘潭《しょうたん》の蔣実《しょうじつ》さんだ）

かつて衡山《こうざん》で出会った薬種屋兄弟の弟の方である。

兄の蔣誠《しょうせい》は商売を嫌い、家業を捨てて記憶を失ったふりをしていた。店から離れて剣の修行に明け暮れていた弟の蔣実が店を預かることになった。彼は商売の緊張感を楽しみながらも、店を守らなければならない義理や剣の修行を続けたい願望、そして蔣誠の妻や店員たちから寄せられる想《おも》いの間で悩み続けていた。

結局、蔣誠の記憶喪失が嘘《うそ》であることは明らかとなり、僕僕は記憶を完全に消す薬を二人に残し、結論を彼らに任せて一行は湘潭を後にしたのであった。だから王弁は最終的に誰が薬を飲んだのかを知らない。ただ――。

昨日王弁が城門をくぐって宿屋に至る途中、別の宿の表で荷を解いている旅商人の一行とすれ違った。その隊商の先頭に立って大剣を担ぎ、堂々とした体軀《たいく》を持つ商人らしからぬ男。あれは間違いなく蔣実だった。商人たちの中に王弁の知っている顔は他になかったが、彼がここに来ているということは、薬種屋として取引に来ているということだろう、と王弁は考えたのだ。

(蔣実さんの紹介ともなれば、悪いようにはされないいんじゃないかな)

きっと金回りのいい働き口を紹介してもらえるはずだ、と王弁はほくそ笑んだ。

(先生も俺のこと見直すぞ)

どうも最近、僕僕との距離が遠く感じられる。王弁はそこがちょっと不安だった。薄妃や劫鯤といった連中や殺し屋には強い興味を抱くのに、弟子の自分には冷たい気がしている。

ただでさえ芸がないのに、このままでは僕僕の中で影が薄くなってしまう。

王弁は蔣実が泊まっているはずの商人宿を訪れ、湘潭からの一行はいないかと訊《たず》ねた。しかし宿屋の主《あるじ》は首を横に振る。

(もう出立してしまったのかな……)

隊商の朝は早い。王弁も普段よりは早起きしたが、それはあくまでも普段より、ということでしかない。出立したとしたらどちらに向かったのだろう。臨賀はそれほど大きくない城市であるとはいえ、それでも門は東西南北に四つある。

王弁は道端に落ちている木片を拾うと地面に十字を描き、区切られた四つの部分に東西南北と雑に書いた。線の交点に念を込めて小枝を突き立てる。ゆっくりと手を離すと、小枝はぴたりと止まって動かなかった。

(うわ、微妙)

な結果に王弁は頭を抱えたが、こうなったら東だと決めて門まで走った。何組かの旅人を追い抜いてもう城外に出るというあたりで、ついに王弁は目指す人影を見つける。大剣を背負った大柄な男が隊列の先頭に立って、馬上豊かに進んでいるのが見えた。

(さすが俺。いい勘してる!)

大喜びで蔣実の前に走り出る。湘潭での一件は王弁にとっても印象深い事件だった。ましてや当事者の蔣実が忘れているはずはないだろう。

「蔣実さん!」

王弁は思わずそう声をかけていた。蔣実は王弁を見たものの、困ったような顔をして答えない。

「俺ですよ。衡山でお会いして、湘潭でお世話になった王弁です」

自分の顔を指差して旧知の仲であることを強調するが、やはり蔣実は黙ったままである。他の商人たちはざわざわと囁《ささや》きあって、たちまち妙な雰囲気になった。

「あ、あれ……？」

人違いだったか、ともう一度馬上の人物の顔を見るが、やはり蔣実その人に間違いない。馬上の剣士は心底困った顔で、王弁を見つめているばかりだった。

こうなると弁舌の立たない王弁にはもう打つ手がない。気まずい沈黙の中心に立って進退ここにきわまってしまった。

「あの……」

それを救ったのは、隊商の中でもっとも年かさと見える商人であった。彼は一行にしばらく待つように命じ、王弁を街路の脇《わき》に呼んだ。

「もしかしてあなた。李武《りぶ》さんのお知り合いでいらっしゃいますか」

「李武？　あ、やっぱり俺間違って……。すみません！」

と慌《あわ》てふためいて謝る王弁を押しとどめ、声を潜めるように、

「あのお方は湘潭から南に下ったところにある街、湘源《しょうげん》郊外でわれわれが山賊に襲われた時に剣をふるって助けて下さったお方。なれど名をお聞きしてもお聞きしても一切お答えなさらぬのです」

「それって」

「ええ、まるで全《すべ》ての記憶をなくしておいでのようでした」

「全ての記憶を……」

そこで王弁はようやくはっと気づいた。

僕僕が湘潭を出立する際、蔣誠と蔣実に渡した丸薬。あの薬を飲んだのは蔣実だったのだ。

老人は声をひそめるように、王弁にささやく。

「記憶を失ってはいたものの、あのお方の剣の腕、それはそれは素晴らしいものでした。我ら旅の商人は大なり小なり武術を修めておりますが、あのような凄《すさ》まじい剣さばきはちょっと見たことがありません」

「へえ……」

王弁は大剣を背負ったその姿を見たことはあるが、実際に戦っているところは見たことがなかったから感心するばかりである。

「もしよろしければ、事情をお話し願えませんか」

とその老商人は深く探るように、王弁の目を覗き込んだ。王弁はちら、と蔣実の方を見た。彼は剣を背負い、すっきりと背筋を伸ばして前を向いている。その表情は薬屋を背負っている時に比べて、穏やかに見える。

「すみません。それはちょっと……」

どうして蔣実が薬を服したのか事情がわからない以上、あまり不用意なことは言いたくなかった。王弁は申し訳なさそうに頭を下げた。

「そうですか」

老商人は落胆するどころか、むしろほっとした表情を浮かべていた。

「我ら一行の若い者たちもあの方には心を寄せている。それに剣の腕も素晴らしい上に、李武……蔣実さんでしたかな、あのお方は並外れた商才もおありだ。何より人を惹《ひ》きつける力がある。出来ることなら手放したくないのです」

熱中した剣の腕と、彼自身が戸惑うほど性に合っていた商人の才覚は、体に染《し》み込んでいるらしい。

「じゃあ、俺はこれで。失礼しました」

この商人たちといい関係を築いているのなら、過去を知る自分があまり近くにいるのは良くないと王弁は考えた。つてがなくなってしまうのは残念だったが、それは致し方のないことだ。

「すまぬ」

立ち去ろうとした王弁の前に、今は李武と名乗っている、蔣実が立っていた。

「ご主人、お願いがあるのだが」

複雑な表情で蔣実は老商人に頼んだ。

「何でしょうか。李武さんがそんな改まった表情で」

王弁は一礼してそこを去ろうとする。その袖《そで》を蔣実がつかんだ。

「このお方」

剣を背負った男は、じっと王弁を凝視する。

「どこのどなたかはどうしても思い出せないのだが、かつて恩義をこうむったことのある人のような気がするのだ。私がかつてはまり込んでいた苦しみから救ってくれた人と関わりがある気がしてならないのだ」

何か王弁が言いかけるのを老商人は止めた。

「わかりました。李武さんは我らにとって大恩のある方。何より旅の仲間です。その仲間が恩義を受けた方であるなら、我らの恩人と何ら変わりません」

ぱっと蔣実の表情が明るくなる。

「かたじけない」

彼は深々と頭を下げ、拱手《きょうしゅ》した。

「私が責任を持って、この方が李武さんに頼もうと思われていたことを果たしましょう」

老商人ははっきりそう言った。蔣実は王弁の顔をしばらく見つめ、また隊商の中に戻っていく。

「さて、これであなたのご依頼は私に引き継がれました。どうぞ何でも仰ってください」

王弁は安堵《あんど》しつつ、この街の病人事情に詳しい人間につてはないか訊ねた。

「ございます。我らは手広くやっておりましてな。賀州の霊芝《れいし》はよそに行けば高く売れるので、この街の薬種屋はなじみです。そこでは薬種だけでなく醬《ひしお》や酒なども商って、なかなか顔も広うございますよ。いや、がめついところはありますが、なかなかいい男ですわい。何より働き者だ。一行にはしばらく待ってもらい、お望みとあれば紹介いたしましょう」

王弁は恐縮しながらも礼を言う。

「お気になさらず。我ら商人は人のご縁を頼りに生きております。ああして李武さんに出会えたこともご縁なら、李武さんの昔を知る王弁さんに出会えたこともまたご縁。きっとそこに利を生む何かがあるのでしょう。この程度の手間、何ということもありません」

そうににこと笑った。

臨賀の醤商は取引を終えて街を旅立っていったはずの老商人が店に入ってきたことに驚いたが、事情を聞いてなるほどと頷いた。

「わかりました。貴陽の李さんといえば、私どもの上得意さま。その方のご紹介とあれば無下にするはずがございましょうか」

と胸を張った。老商人は王弁の方を向いて片目をつぶると、蔣実を先頭に再び旅路へと戻っていった。

三

薬種屋の主人は周典《しゅうてん》と名乗った。五十を過ぎたと言っているが四十前の男盛りにしか見えない、恐ろしく立ち居振る舞いのきびきびした小柄な男だ。

「貴陽の旅商人、李馬太《りまたい》さんは南方で商いを営んでいる者であれば知らぬ者とていない男です。そんな方に頼りにしていただけるとは実に嬉《うれ》しいですな。……おい張三、その行李《こうり》は蔵の二番目の棚右側だぞ。この前間違っていたから、次間違いやがったら首だからな！」

「……へえい！」

手に短い鞭《むち》を持ち、それを振り回しながら周典はがなった。やけくそのような返事が聞こえる。

「不服だったら今すぐ出て行け！」

店で働く若い者を怒鳴りつけながら王弁の相手をする。

もともと人の下で仕事をしたことのない王弁は、こういうぎすぎすした情景が苦手である。何というか、胸のあたりがそわそわして落ち着かなくなってしまう。

「で、病人がいないかとおっしゃる。おいじじい！　いつまで同じ仕事やってんだ！」

開け放たれた大きな門から入ってすぐの所にある建物、前房の一室に店の主人は座っている。卓の上には帳簿が山積みとなり、仕事をする場所からは下働きの様子がわかるように、異様なほど窓が広く取ってあった。

「…………」

老人が口の中でもごもごとつぶやいて、よたよたと重そうな甕《かめ》を担《かつ》いで蔵の方に歩いていく。

「で、ええっと、病人ね。もちろんいくらでもおりますよ。医者はこのあたりじゃ引っ張りだこです。南は瘴癘《しょうれい》の地と言われて久しいですからね。腹下し、原因不明の熱病、傷口が腐る、虫や蛇の害、何でもござれです」

「な、なるほど」

王弁に説明しながらも、周典の視線は左右に忙しく動いて止まることがない。

「王弁さんは李さんのご友人ですから、ぜひ上客をご紹介したい。ああ、ちょっと待ってて下さいますか。ちょっと店のやつらに活を入れてきますから。店の奥でしばしおくつろぎを」

王弁を置いて、店主は肩を怒《いか》らせて出て行ってしまった。一人残された王弁は湯気もまだ収まらない茶杯を呆然《ぼうぜん》と見ている。

それっきり主人はなかなか帰ってこなかった。店の中にいるのはわかった。客が来ればその応対。客の相手をしていないときは雇い人をとにかく怒鳴り続けている。

（疲れないのかな……）

穏やかなのが好みの王弁は辟易《へきえき》する。しかし蔣実と老商人の好意を無にして帰るわけにもいかない。

調子よくつてを頼ろうと考えたことなど棚に上げて、ぐったりとする。ぐったりしたついでに、王弁は机に突っ伏した。

陽光が広く取った窓から差し込んできている。宿にいる僕僕は酒の一杯でも呑《の》んで機嫌の良くなっている頃だろう。その相手をするのが楽しみの王弁は、似合わぬ勤労意欲を出してしまったことを悔やむ。

店主の忙しげな怒鳴り声が遠くなったり近くなったりしているが、部屋にやってくる気配はない。王弁はいつしか眠りに落ちてしまっていた。

とその眠りかけた意識を何かが落ちるような鈍い物音で醒《さ》まされた。

「な、なんだ」

あたりを見回す。広くとられた窓から外の様子が見える。蔵と蔵の間の地面に人が倒れていた。

「い、いけない」

それが老人であることに気付いた王弁はあわてて起き上がると、大きくとられた窓から飛び出して老人の側に駆け寄った。甕の下からわずかに見える足を引っ張り出す。何ということか、顔中を皺《しわ》で覆《おお》われた小柄な老人が巨大な甕に押しつぶされるようにして倒れていたのだ。

「だ、大丈夫ですか」

呼びかけに老人は答えない。王弁は懐中の薬籠《やくろう》から気付けの丸薬を取り出し、口に含ませる。

「う……」

と呻《うめ》いて老人は意識を取り戻す。やがてかっと目を見開くと、激しい音を立てて王弁の顔をひっぱたいた。朽ち果てそうな体に似ず思わぬ力がこもっていて、王弁は目を白黒させる。

「余計なことするな。どこの誰かは知らんが」

「だ、だってお爺さん甕の下敷きになってたんですよ」

ごろごろと転がっている三つの甕を王弁は指差す。幸いなことに割れはしなかったらしい。老人は答えず、背負子《しょいこ》を担ぎなおして王弁に背中を向けた。

「さっさと積まんか」

「は、はあ……」

老人から伝わってくる有無を言わせぬ気迫に押されて、王弁は甕を持ち上げる。

「重っ！」

荷物を持ちなれていない彼は、甕を落としそうになる。横から手を出して支えてくれたのは、体格が良く年若い荷運びだった。

「なんだ。趙呂のじいさん、また人に迷惑かけてんのか」

老人は答えない。ただじっと背中を向けて甕が積まれるのを待っているだけだ。

「ちっ」

舌打ちしながらも、若者は老人の背中に甕を乗せてやった。三つの甕を渾身《こんしん》の力で支えながら、老人は蔵の方へと歩いていく。そこに通りかかった、老人の雇い主でもある薬種屋が何事か怒鳴りつけていた。老人は黙ったまま頷《うなず》いているばかりである。

「おっといけね。おいらも戻らないとどやされちまう」

潑剌《はつらつ》とした笑顔を一つ王弁にふりまいて、若者はさっさと仕事へと戻る。

「いやあ、すみませんすみません。どいつもこいつも怠け者ばっかりで。私の心労は募るばかりですよ」

汗を拭《ふ》き、王弁を再び部屋の中へと招じ入れながら周典は愚痴をもらした。

「退屈させてしまいましたかな。まま、こちらへこちらへ」

周典は王弁を仕事部屋の奥にしつらえてある客殿へと案内した。手の込んだ浮き彫りで四方が装飾された、瀟洒《しょうしゃ》な部屋である。王弁に席を勧めた主人の顔は汗でびっしょり濡《ぬ》れ、よくよく見ると青ざめていた。

「ふう……」

王弁よりも先に席に腰を下ろした彼は懐《ふところ》から出した手ぬぐいで汗をぬぐうと、酒を持ってくるよう下働きをしている少年に命じた。

「薬のようなものでしてね。昼を過ぎてくるとこれがないことには始まらない」

照れくさそうに笑いながら、主人は二つの杯に酒を満たし、一つを王弁の前に置いた。昼から酒を飲むことについては抵抗のない王弁であったが、主人のあおるような飲み方が気になった。

「は、一息つきましたよ。すみませんね、どうも」

薬種屋はくちびるの端からこぼれた酒のしずくをぬぐう。

「どいつもこいつも満足に働かない。だから私がね、率先して仕事をして見せなければならないんですよ」

「でも、繁盛《はんじょう》されているんではないですか？」

店に客の途絶えることはなく、何人かいる手代はひっきりなしに訪れる客の相手に忙殺されている。

「いえいえ。こんなものまだまだですよ」

主人の着ている服も色合いこそ質素な薄緑の衣であるが、絹で織り上げられたらしく上品な光沢を放っている。杯に入っている酒もごく上等なものだ。

「働いて働いて稼ぎまくる。それこそ商人の醍醐味《だいごみ》」

そう言って笑うが、どこか苦しげな顔だ。

「その、あまりご無理なさらずに」

と王弁は言うしかない。

「で、病人でありましたな。さて、どの方を紹介いたしましょうか。ううむ……」

腕組みしてあごをさすりながら、主人は首を捻《ひね》る。酒のせいか、動き回って仕事をし続けているせいなのか、主人の額から襟足にかけて汗が止まらない。

王弁は周典が考え込むようにしながらも、ちらりちらりと自分を見ていることに気づいた。

「そのお、先生のお名前は確か……」

「王弁と申しますが」

「王弁、またの名を通真《つうしん》先生という凄《すご》い薬師《くすし》がいらっしゃると風の便りで聞いたことがあるのです」

どうも自分の名前と僕僕の功績がごっちゃにされて広まっているようだ、と困惑する。

「あなたがその通真先生でいらっしゃる」

「はあ、まあ」

王弁は自分の腕に自信があるわけではないので、いきおい返事は曖昧《あいまい》なものとなる。しかしその返事を薬種屋は謙遜《けんそん》と取った。

「私も商売を始めて長い。本物と偽物《にせもの》の区別くらいつくつもりだ。これまで数多《あまた》の薬師を見てきましたが、腕も見識もない者に限って己の功をひけらかしたがる」

それがどうですか、と嬉しそうに続ける。

「あなたのその奥ゆかしさ。通真先生のような偉大な薬師にお会いできたことは、臨賀の周典、この上ない名誉です」

急におだて上げにかかった商人を王弁はあっけに取られて見つめている。

「その通真先生と見込んでお願いしたいことがございます」

周典はばっと座を降りると平伏した。

「ちょ、ちょっとどうされたのですか」

「治療して欲しいのは、実は私なのです」

商人は必死の面持ちで王弁を見つめた。その真剣な表情に押されて、王弁はまず症状を教えてくれるよう頼んだ。

四

「どこに行っていたんだこのトウヘンボク」

薬種屋の長話を聞いてふらふらになった王弁は、とりあえず薬を調合して来ますと言って宿に帰ってきた。その頭上から、軽くて香りのいい塊がふわりと降ってきた。彼の前に降り立った仙人は端整な顔を崩して、大きなあくびを一つする。

「もしかして今起きたんですか」

「まあね。南国は暖かくてよく眠れるんだ。で、質問の答えは」

王弁は蔣実に会ったところから商人に妙な治療の依頼をされたあたりまで詳しく答えた。ただその目的が、路銀を稼ぐためだとは言わなかった。

(そんなことしなくていい、とか言われたら身もふたもないもんね)

「そんなことしなくていい」

すぐに心から消したつもりでも、仙人は心の中をさらっていった。王弁はもう隠さずあからさまにがっくりした。

「……と言いたいところだけど、ここはあくまでも弁の世界だ。ボクはキミと旅がしたくて、道を歩いているだけなんだから」

だからキミがそうしようと思っていることにけちはつけないよ、と僕僕は笑った。とんでもなく嬉しいことを言われたようで、でも喜ぶ時機を外した王弁は微妙な表情になる。

「その小銭を稼ぐためにキミがしっかり苦労してくるまで、ボクは薄妃とゆっくり酒でも飲んでいることにするよ」

僕僕はひらりと身を翻《ひるがえ》すと宿から出かけ、何かを思い出したように振り返った。

「そうそう。ボクは最近ちょっと夢見が悪くてね。眠りは深いんだけど」

「先生の夢見が悪い？　まさか」

「そのまさかなんだ。だからちょっと山に入って材料を集め、夢見が良くなるような薬丹を作っていくうちに、いくつか失敗作が出来た。いるかい？」

「失敗作ですか」

「もちろんただの失敗作じゃないぞ。きっとキミの役に立つ」

黒色をした小さな丸薬を一錠、王弁の手のひらに乗せた。

周典の症状はまさにその夢見の悪さだった。朝から晩まで店の主《あるじ》として身を粉にして働いているのに、夜になって床に就けば今度は夢の中で下男となって働かされるのだと、切々と王弁に訴えた。

「これを飲ませれば治るんですね」

「まあそうなんだけど、これだけでは半分だ」

そう言って僕僕は王弁にもう一錠、灰色の丸薬を渡す。

「俺、特に寝つきが悪いとか夢見が悪いってのはないんですけど」

「そんなことは知ってる。太平楽なキミにそんな高級なこと望んじゃいない」

また人をばかにして、と慣れっこになった悪態を聞き流す。

「人は眠れば夢を見る。夢というのは言うなれば魂魄《こんぱく》の揺らぎだ。この丸薬は他人同士の魂魄の揺らぎを同調させて、見ている夢を重ねる効力を持つ。つまりはキミとその周典という男が飲んで同時に眠れば、その男の夢の中に入って悪夢の原因を突きとめられるという寸法だ」

「は、はあ……」

「こちらの黒い薬丹を周典に、そしてこの灰色の薬丹をキミが飲むといい」

じゃあボクは一眠りする、と僕僕は片手を上げて部屋に戻っていった。

「夢の中に入る薬、ねえ」

僕僕ならそういう奇天烈《きてれつ》なものを作ることも出来るだろうが、問題は周典の夢の中に入るには、彼が眠る時に自分も同じく夢の中にいなければならないということだ。

(てことはあの店で一晩寝かせてもらわなければならないってことか)

欲に脂《あぶら》ぎり、疲れに黒ずんだ顔の周典と同じ部屋で寝なければならないのかと思うと気が重い。それでも、

(先生だって応援してくれてるんだ)

と気合を入れ直して薬種屋へと向かった。

相変わらず店の人間には怒鳴り散らしている店主が、王弁の姿を見て手をひくようにして奥に招き入れる。

「どうですか。薬の調合は順調に進みましたかな」

あくまでも客である王弁に愛想がいい。でもその目はまったく笑っていなかった。王弁はこの店主の心身はかなり追い詰められているのだ、と改めて感じる。

「これを……」

と差し出した薬丹を両手に受け取った主人はぺこぺこと頭を下げる。王弁はその薬丹が効果を持つにはどうしなければいけないか、説明した。

「それはまた、変わった薬丹ですな」

では、と周典は薬丹を飲み込んだ。王弁もそれに続く。

さすがに薬種にも詳しい主人は、しきりにその処方を聞きたがった。しかし僕僕が作ったものは材料が同じでも、そのあたりの薬師が作ったものとはまるで効能が違う。言いにくそうな王弁を見て主人も無作法を悟ったのか、

「治していただくのに失礼を」

と素直に謝った。

「それにしても、私が夢を見ているときに通真先生も眠らなければならないとは。まあ、今日は仕事が終わりましたら一献差し上げましょう。飲んでいるうちに眠くなるでしょうから。私は仕事を片付けてまいります」

周典は酒と肴《さかな》を用意させて、一度客殿を出て行った。出て行った瞬間から怒鳴りまくっている。

王弁はまたもや一人でぽつんと残されてつまらない。広く取られた窓の外で無表情な男たちがひっきりなしに往復しているのが見えるだけだ。王弁は仕方なく酒を飲み始めたが、一人酒をすることなど絶えて久しかったので味もしない。

ひゅるひゅるひゅると湿って重い風が吹き抜けていったと思ったら、突然雷鳴が一発とどろいた。

「夕立……」

雨粒が瓦《かわら》を叩《たた》く音が一つになり、小さな鼓《つづみ》を打つような軽やかな音を立て始める。店と蔵の間を休むことなく往復していた荷運びたちがさすがに姿を消したころ、王弁はうとうとと眠気に襲われた。

一人で黙々と杯を重ねていたせいなのか僕僕がくれた薬丹のせいなのかはわからなかったが、王弁は椅子《いす》に腰掛けたまま船をこぎ始めた。

どれだけ眠ったか、

「……先生、通真先生」

肩を柔らかく揺り動かされて、はっと王弁は目を覚ました。ほったらかしにされているとはいえ、人の家で厚かましく寝てしまう自分に苦笑しつつ起こしてくれた人を見上げる。

「えっと……」

王弁を心配そうに覗《のぞ》き込んでいたのは、年配の女性だった。白いものの混じった長い髪を上品に結い上げ、目尻《めじり》の笑い皺《じわ》が優しい。初めて見る顔だった。

「こんなところでお休みになられるとお体に障《さわ》りますよ」

と打掛を肩にかけてくれた。

「ありがとうございます。あの……」

「ご挨拶《あいさつ》が遅れました。ここの主の妻でございます」

そう言って丁寧に挨拶する。

「ああ、周典さんの奥さん」

という王弁の言葉に、内儀は怪訝《けげん》そうに形の良い眉《まゆ》をひそめた。

「周典は確かにうちの使用人でございますが、私はこの店の主、趙呂の妻でございます」

と自己紹介して、女性はもう一度頭を下げた。混乱しつつも、王弁は失礼しましたと謝る。

外はすっかり暗いというのに、誰かが怒鳴っている声が聞こえる。

「周典には主人が一所懸命に仕事を教えているのですが要領が悪く、よく主人に叱《しか》られているのです」

王弁ははっと目をみひらいた。

(もしかしてここが周典さんの夢の中……)

酒を飲んで夕立がきたところまでは憶《おぼ》えている。しかしそこから確か、うとうとした。となると、もう時刻は夜となって周典も寝ていることになる。

「間もなく主人が参りますから、いましばらくお待ちください」

と上品な表情のまま、趙呂の妻であるという女性は部屋を出て行く。こちらの世界では周典と趙呂の関係が逆転していることは王弁にもわかった。

(でもこちらの世界でもこの店の主人が俺に用があるなんて)

そのあたりは同じらしい。よく見ると、卓の上に並んでいる酒や肴も、周典の店で出されたものと寸分違わない。

しばらくして、こちらではこの店の主人ということになっている男が部屋の中に入ってきた。

「さすがは通真先生、こちらにまでおいでになられるとは」

年老いて痩《や》せているのは、昼間の世界にいる趙呂と変わらない。顔の造作も背格好もまったく一緒だ。しかしその頬には健康的な紅がさし、目は若々しくきらきらと輝いていた。王弁は、昼間助けようとした自分に悪態をついた、異臭を放つ老人との違いに驚く。

「びっくりされているようですな」

趙呂はまるで別人としか思えない悠揚迫らない様子で向かいの席に腰を下ろした。酒を杯に注ぐ様子、肴に箸《はし》を運ぶ様子、どれをとっても大商家の主人にふさわしい気品と自信にあふれていた。

「ここ、周典さんの夢の中ですよね」

「然《しか》り」

老人は楽しそうな顔をして頷《うなず》いた。

「そしてわしの夢の中でもある」

「趙呂さんの？」

「わしも初めは混乱しておったんじゃがな。昼間の世界で周典の店に奉公しだしてもう五十年じゃ。先代の頃からの話になる。前の旦那《だんな》さまは、それはよく出来たお人でな、わしのような荷運びたちにも分け隔てなく接して下さった。特に古くからお仕えしていたわしをまるで弟のようにかわいがってくださっていたわい。旦那さまの息子である周典とも幼い頃はよく遊んでやったもんじゃ」

その先代が死んで五年ほど経《た》ったある日、趙呂は不思議な夢を見るようになったのだという。

「跡を継いだ周典は商売こそうまいが性は酷薄なやつじゃ。始めこそおとなしくしておったが、わしら奉公人を馬か何かと勘違いし始めおった。だからわしも思ったんじゃ。そろそろ潮時じゃろうとな。蓄えなど一銭もない。妻も病に倒れて久しい。このままどこぞで二人野垂れ死んで、早く大旦那さまのところに行きたいと思っておったよ」

　そんな時に見た夢は、昼の自分と店主の周典の関係がまったく逆になっている夢だった。

「初めは悲しい夢を見ると思ったもんじゃ。昼間くたくたになるまで働かされて、夢の世界では思うままに店を切り盛りして美食を味わえるのじゃからな」

（趙呂さん、自分が夢の中にいることに気づいているんだ）

　王弁はどこか意外だった。夢を見ている人は、それが夢だと自覚していることは少ない。

「だったら」

　老人は幸せそうな顔で微笑《ほほえ》む。

「夢を目いっぱい楽しんだほうがいいじゃろ？　なにせこの夢、不思議なことに昼間しんどいほど夜楽しいことが起こる。人にこき使われ、冷たくされ、ばかにされ、つばを吐かれるほどこちらの商売はうまくいくんじゃ」

　だから昼間はあんなに憎々しい老人を演じているのだ、と趙呂は胸を張った。

「まあいうなれば体を張った投資じゃな」

　酒を杯に注ぐ様も、肴に箸を運ぶ表情も、ゆったりと上品で美しさを感じるほどだ。

夢というのは似た内容を見ることはあったとしても、はっきりと他人と共有しているとわかることはまずない。王弁からするとそこが不思議だった。

「さあのう。そこまではわしにもわからん。でも昼に周典が雇い主でわしが荷運び。夢の中ではそれが逆。これが現実じゃ。いや、ちょっとこりゃ妙な表現じゃが」

そこへ先ほどの老婦人が、盆に茘枝《れいし》を盛って姿を現した。

「ここが夢であることが間違いないのはほれ、三年前に倒れたはずのこいつがここにいることじゃろうな」

老婦人はちょっと困ったような顔をした。

「苦しい生活の中で熱病にかかり、意識が朦朧《もうろう》としたことまでは憶えているのですが、そこから先はもうあの世のことだと思っておりました。そこで気づくとこんなところにいたのです」

「こんなところとはなんじゃい。こんなところとは」

「私はあなたと坊ちゃんが一緒にいるところを見ているだけで幸せですよ」

「あの恩知らずめ。あいつがあちらの世界でいじめるものだから、こっちでは仕返ししないと仕方ないではないか」

「そうおっしゃらず、仲良くしてください。昔のように」

ふん、くちびるを尖《とが》らせながら、趙呂の表情には余裕があった。

王弁からすると周典こそ依頼人だったが、もし周典の夢を消してしまえば、この老人から幸せな、それこそ夢のような生活を奪うことになってしまいかねない。

(どうすればいいんだ)

と頭を抱える王弁を、趙呂とその妻は静かな表情で見つめていた。

五

「……先生、通真先生」

確かほんの少し前にも、似たようなことがあった。肩を柔らかく揺り動かされて、眠りから覚める意識の中で、王弁はぼんやりそんなことを考えていた。ゆっくりと目を開けながら、起こしてくれた人を見上げる。

「えっと……」

王弁を覗き込んでいたのは、美しい少女であった。ただその表情は心配そうというより、あきれたような顔をしている。

「いつまで寝ているんだか」

外を見るとすっかり夜が明けて、南国の刺すような太陽が棕櫚《しゅろ》の間から地面を照らしている。気付くと、僕僕たちと泊っている宿の一室に寝かされていた。

「あれ、俺、周典さんの店で薬を飲んで、夢の中に入ったらいろんなことが逆転していて……」

「また大混乱してるな。まずは落ち着くんだ」

僕僕は杯に酒を満たして、王弁に飲ませた。杏《あんず》の香りが体全体に染《し》み渡って、夢見ごこちから王弁を引き戻す。

「……あ、先生だ」

「あ、先生だ、じゃない。なかなか帰って来ないから薄妃を迎えに行かせたら、店の中で寝ているって言うじゃないか。もう朝だぞ」

王弁は思わず僕僕のすべすべした頬に手を伸ばしていた。

「なんだいきなり。大胆だな」

僕僕はにやにやしている。

「ええっと、夢じゃないかどうか確認を……」

と言い終わる前に、つむじにおなじみの釣竿《つりざお》が落ちてきた。

「いたた……」

「現実だってわかっただろ」

頭を抱えてうずくまっている王弁に向かい、僕僕はいつもどおり飄々《ひょうひょう》とした風情《ふぜい》で首尾を訊《たず》ねた。王弁が一部始終を整理し直して話すと、

「それはもう、薬だどうだって段階じゃないな」

と即座に断を下した。

「それって手遅れってことですか？」

「逆だ。その周典という男と趙呂という老人がうまく話をつけるだけでことは済む」

王弁の頭の中に疑問符が満ちた。

「ま、患者に言うことを聞かせる時には、医者がふらふらしてはいけないからな。医者が揺らげば患者の信頼は崩れる。キミは自信がなくても冷静な態度を崩さず、医者の道を全うしてこい。あ、そうだ。耳を貸せ」

僕僕は王弁の耳に口を近づけて頑張れ名医、とささやいた後、ふっと息を吹き込んだ。何かが耳の中に根を下ろしたような気がして、王弁はぶるぶると首を振る。

「な、何したんです？」

「腑《ふ》抜《ぬ》けた寝起きに気合を入れたのさ」

と仙人はにこりと笑った。

周典は王弁の言葉を聞いてこれ以上ないほどの渋面《しぶめん》を作った。

「私の夢にあの男が出てきているところをご覧になったのですな」

「ええ。それがあの薬丹の効果です。前にも申し上げたとおり、あの薬丹を周典さんと俺が飲むことによって、同じ夢を見ることが出来ます。いま原因がはっきりとわかりました」

「その原因ってのがあの役立たずの爺《じい》さんで、うまく折り合いをつけるように話をつけろってことなら、まっぴらごめんですよ。あいつが何の恨みか知らないが私を悪夢に巻き込んだんだ。老いぼれなのに雇ってやっている恩も忘れて」

店主の剣幕に王弁は辟易《へきえき》しながらも、言葉を返す。

「ここで解決しておかないと、あなたは眠る限り働かされる夢を見続けますよ」

（冷静に、名医らしく）

僕僕の助言に従う。泰然自若な態度など苦手な王弁であったが、がんばるしかない。

「……わかりました」

周典はいよいよ疲れと怒りで青黒くなり始めた顔をさらに青くして、

「では寝ないまでです」

傲然《ごうぜん》と言い放つ。

王弁も意地になり、

「あなたは俺が請け負った患者です。匙《さじ》は投げませんからね」

と思わず啖呵《たんか》を切ってしまっていた。しまった、面倒くさいことになったと思ったがもう遅い。そこからは王弁と周典の我慢比べになった。

とはいえ、王弁のほうはまだ気楽である。自分が寝る分にはまったく構わないわけだし、他に何か仕事があるというわけでもない。一方の周典は、翌日から意地を張ったことを後悔する羽目になった。

一晩寝ないこと自体はまだ何とか我慢できる。しかし不眠が二晩を越えたあたりから、仕事に支障の出ること甚《はなは》だしくなった。銭の勘定は間違う、客との約定を忘れて怒りを買うなど惨憺《さんたん》たるありさまだ。

その鬱憤《うっぷん》はいきおい、雇い人にぶつけられることになる。周典の店で働く男女は恐《きょう》慌《こう》をきたした。

(寝たらいいのに)

と思いつつ王弁は目の下に隈《くま》を作りながら怒鳴り散らす周典を眺めていた。僕僕に付き合って朝まで飲むことはあっても、その後ぐっすり眠るので徹夜の苦しさはわからない。

夕刻ともなると、目の下の隈の色が顔全体に広がり出した。こうなるとさすがに王弁も薬師《くすし》として見過ごすわけにはいかない。

「し、しかし、夢を見れば……」

荷運びに落とされて塗炭の苦しみを味わわされる。どす黒い顔をさらに青ざめさせて、周典はうつむく。寝不足は商売上手な海千山千の男をひどく弱気にしていた。

とりあえずは眠らせないと、別の病で倒れかねない。寝ても苦しむが寝ないのはもっと体に毒だ。眠らないと人は死んでしまうのである。

「こうしましょう。夢を見たとしても、趙呂さんと話をつけろとは言いません。まずは睡眠をとって体を休めて下さい。その後の話はまた明日にしましょう。あ、とりあえず薬丹だけは飲んでおいて下さいね」

王弁の言葉に微《かす》かに頷いた周典は、王弁の目の前で黒い薬丹を飲み込む。次の瞬間、ばたんと卓に顔から突っ込むと、そのままの体勢で大いびきをかき始めた。

家人を呼んで周典を寝室に担《かつ》いで行ってもらった後、王弁も寝床を用意してもらい、早々と横になった。ぐうたらが身についているので、眠ることは得意なのである。

店主がようやくのことで眠りにつき、雇い人たちもほっとした様子で散っていく物音が壁越しに聞こえる。その足音を聞きながら、王弁もいつしか夢の中へと意識を沈めていった。

そして朝の気配が部屋の中に満ち、王弁は優しく揺り起こされる。趙呂の細君が、朝食の用意が出来たとわざわざ起こしに来てくれたことに気付いた。

「おはようございます」

伸びをしながら目を覚ました王弁は、やはり屋敷の造作など全《すべ》て同じの、周典と趙呂の夢に入り込んでいることを思い出した。

「三日ぶりでございますね」

老婦人は上品に微笑む。

「え、ええ。趙呂さんは？」

「夫は張り切って仕事に向かっております。何せまる二日分の作業がたまっておりますから、店はてんてこまいでございます」

そうは言いながらも充実感が溢《あふ》れ出ているような表情である。

「じゃあ周典さんは……」

「あの人なら主人に叱《しか》られないよう、朝早くから励んでおられますよ」

なら良かった、と思いかけて何となく違和感のようなものも覚える。王弁は朝食を済ませると、店の外へと散歩に出た。臨賀の街は南国の湿気の中に霞《かす》み、道を行きかう人々の言葉は訛《なま》って聞き取れない。ここ数日で慣れた風景である。

何をするでもなく、時間が過ぎていく。酒肴《しゅこう》に不足することはない。酒場に行きたいと思えば、卓の上に過不足ない銭が置かれてある。

趙呂はたまに顔を出しては、如才なく王弁の相手をしてまた仕事に戻っていく。周典の怒鳴り声は今日は聞こえず、店の者の表情も潑剌《はつらつ》として明るい。

王弁は何度か屋敷を出て臨賀の町を歩いてみた。空は絵画のように青く、風は南国にしてはからりと乾いている。ただ、四方を囲む城壁には、分厚い靄《もや》がかかって外側の空が見えない。その様子を見ているうちに、あっという間に日が暮れた。

何かひっかかるな、と思っているうちに王弁は眠りに落ち、目を覚ましたら再びそこは夢の中の世界だった。おかしい、と思いながらこちらの方が正しいのではないか、という意識が何故《なぜ》か王弁の中で生まれつつあった。

「どうですか王弁さん。こちらの街で薬師として生きていかれては。あなたはまだ年若いがなかなかの知識と腕をお持ちです。なに、薬種については心配いりません。私が全てご用意いたします。患者も私の人脈を使えば絶えることはありますまい」

それは願ってもないことだ。仕事をして稼ぐという目的があって、この街に滞在しているのである。

趙呂の言葉通り、王弁の望むものは何でも出てきた。薬種だけでなく、薬師用にあつらえられた上質な衣服まで用意された。王弁が臨賀一の薬師として名を馳《は》せるまでに、さして時間はかからなかった。

もう何ヶ月、満ち足りた時間を過ごしたことだろうか。王弁はこの日も列をなす患者をさばいて、充実のため息をついていた。

「通真先生、今日いただいた薬代はかなりなものですよ」

趙呂がつけてくれている小間使いの少年が瞳《ひとみ》を輝かせて言った。

「ほう……」

いつもは報酬にほとんど興味を示さない王弁も、その声につられて麻袋の中を覗《のぞ》き込む。確かに、一日の稼ぎとしては大したものだ。稼いだ銭は確認することもなく趙呂に預けてある。

(あれ……?)

王弁は首をひねった。

(こんなに稼いで、俺どうするんだ)

臨賀にいるのは銭を稼ぐためだ。じゃあ何のために銭を稼ぐんだっけ。頭のどこかが臨賀の城壁のようにぼんやりと靄に覆《おお》われて大切なことが見えない。

自分をじっと見つめている少年を思わず見返す。その幼く整った顔が自分を見つめていた。

「せ、先生……」

髷《まげ》を結っていた少年の髪がみるみる腰まで伸び、身に着けたものが小間使いの動きやすい服から青くゆったりした道服へと変わった。

「やっと正気に戻ったか」

そこでようやく王弁は、全てのいきさつを思い出した。

「夢の世界に見事に取り込まれてしまったな。キミの肉体は周典の店でぐうすか寝ているんだけど、薬が効きすぎて二人の魂魄が過剰に重なってしまったらしい。その上、趙呂とさらにもう一人別の誰かの夢まで重なっているらしくて、まるで迷路のようだったよ。人の心の中はそれだけで一つの小天地なのに、それがいくつも入り交じっているもんだから探し出すのに結構時間がかかった」

僕僕はぽりぽりと頬をかいた。

「時間……」

そういえば、いつの間にか数ヶ月の時間がこちらでは経《た》ってしまっている。

「ということは、あっちの世界ではどれくらい……」

「心配するな。キミが寝入ってからたかだか二刻というところだ」

「そ、そんだけ？」

逆に王弁はびっくりする。

「ああ、それだけ。ともかく、念のためにキミに手がかりを残しておいて良かった」

急に王弁の首を抱き寄せた僕僕は、耳にくちびるを当ててひゅっと何かを吸い出した。

「何するんですか」

「嬉《うれ》しいくせに。これを返してもらおうと思ってね」

僕僕の手には小さな白い雲のかけらのようなものがつまれている。

「ボクの気を入れておいたから、それを手がかりに探せたんだ。もしこれがなかったら本当に数ヶ月かかったかもしれない」

そう言って白いかけらを口に放り込むと、こくんと飲み下した。

「誰かがこちらの世界の方を現実にしようと目論《もくろ》んだらしいな。今の状態を保つためには、周典の悪夢を解決しようとしている弁を捕らえてしまう必要があった」

「そうだったんですか……」

「キミ一人つれて帰るなら何とでもなるが、こうなると多くの者の禍福が絡《から》んでいる。本来なら向こうの世界でやってもらうんだが、ちょっと特殊な事情もある。こちらで話をつけてもらうことにした」

その言葉を合図にしたように、趙呂の妻が入ってきた。朝とは打って変わって、沈痛な表情である。

「申し訳ありません。ご迷惑を」

そう王弁たちに向かって深々と頭を下げる。そして扉の方に向かって、夫と周典の名前を呼んだ。二人はあい前後して入ってくるが、目を合わせることはない。

「さあ、二人ともそんなに意地を張らないで。あなた、典さんは一緒に遊んであげた坊ちゃんじゃないですか」

「そんなことは昔のことだ。このような人でなしには、夢の中で荷運びをしてもらえばそれでいいんだ」

目をそらしたまま趙呂が吐き捨てる。

「何て事をいいやがる。使用人のくせに恩知らずが」

周典は青筋を立てて怒り狂うが、

「こっちじゃお前が使用人じゃ」

と言い返されてさらに色をなす。他人の夢に引き込まれて、雇い人をやらされている身にもなってみろとまくし立てた。

「坊ちゃん、これはあなたの夢でもあるんですよ」

趙呂の妻がなだめるように言う。

「迷惑な話だ。大体なんでお前らと俺の夢が同じなんだ」

「それはボクが説明しよう」

黙って三人のやりとりを聞いていた僕僕がそこで口を挟んだ。

「趙呂、キミが周典と遊んでやっていた頃、どうしてくれとせがまれていた？」

「川遊び、ですかな」

趙呂がぽつりとつぶやいた。

「そこで何か起こらなかったか」

まったく話が繋《つな》がらず、王弁は首をかしげる。

「私はよおく憶《おぼ》えておりますよ」

趙呂の妻は優しいまなざしで夫と周典を見ている。しばらく考えていた趙呂ははっと目を見開いた。

「川で溺《おぼ》れた坊ちゃんを、あなたがおぶって帰って来た日のことを昨日のことのように思い起こします。川の深みにはまって一度は息が絶えた坊ちゃんに息を……」

「吹き込んだら、この世に戻ってきたんじゃ」

周典はどこか照れくさそうな顔になってそっぽを向いている。

「そうだ」

僕僕は大きく頷《うなず》く。そして周典の方を向いた。

「それこそが、キミたち二人が同じ夢を見ている原因だよ。趙呂はキミの命が帰ってくるように全身全霊を賭《か》けてキミに気を吹き込んだ。趙呂自身がその魂魄《こんぱく》を削ったからこそ、キミは今ここにいる。それだけ深かった絆《きずな》を再び結び付けようとした誰かの意思が働いた」

「ふ、ふん、そんな話は聞きたくないですな！」

周典はことさら肩を怒らせて部屋を出て行った。

「さ、これでキミの気も済んだろう」

僕僕は趙呂ではなく、彼の妻に言った。

「ええ。思い残すことはありません。夢の中とはいえ、このように豊かな暮らしもさせてもらいましたし」

「大した力だ。これだけの人間の魂魄をまとめ上げるとは」

「私はただ、互いをもう少し知って欲しかっただけなのです。若い頃、幼い頃はまるで父子のように親しかったのに、時間と立場が二人を隔ててしまった。私は坊ちゃんを苦しめたかったのではなく、夫のことをほんの少しだけわかって欲しかった」

「だから夢の中で立場を逆転させた、というわけなんだね」

一度深く頷いて、僕僕は趙呂の方を見た。

「キミはいい夫で働き手だった。これ以上無理をする必要はない。キミの奥さんはキミのために精一杯のことをしたよ。もう安心させて、見送ってやってもいいんじゃないか」

趙呂は黙ったまま頷くと、妻の肩を抱くようにして姿を消した。それと同時に、王弁は途方もない眠気を感じ、卓に突っ伏した。


王弁の目の前にはかなりの額の銀が入った麻袋が置いてある。二人の男が見ていた夢から帰ってきて三日が経っていた。極度の疲労で、動けなくなっていた王弁も、ようやく床から起き出せるまでに回復した。

「どうした。これはキミの勤労の対価としては正当なものだと思うよ」

僕僕は王弁の枕元《まくらもと》に座り、第狸奴の大きな耳をふにふにと触りながらそう言った。

「もらっていいのでしょうか」

「患者は悪夢を見ていて、その解決を依頼してきたんだ。それを果たしたんだから立派に務めたというべきじゃないか」

どうにも王弁には納得がいかない部分もあった。結局最後は先生が出てきた。出てこなかったら、一生趙呂の夢の中で薬師をしていたかもしれない。知らないうちにしくじっていたようなものだった。

「ま、自分のことをダメ人間だと責めるのは勝手だけど」

僕僕はひょいと麻袋を懐《ふところ》に収めながら王弁の顔を覗き込んだ。

「この街を出る前にちょっと彼らの様子を眺めておこうか」

しょげ気味の王弁を彩雲《さいうん》の上に引っ張り上げると、周典の店ではなく、城内の粗末な家が建ち並ぶ一角へと向かった。

「もしかして、趙呂さんの家ですか」

「そうだ」

僕僕と共に見下ろすと、ちょうどその一角では葬列が出されようとしていた。訊《き》かずとも、王弁には誰の葬列かわかった。沈痛な面持ちで列の先頭に立っているのは、趙呂老人だったからである。

しかし、憔悴《しょうすい》した老人の傍らに立ち、葬儀の一切を取り仕切っている男の姿を見て、王弁は思わず声を上げそうになった。

「周典さん……」

僕僕は、驚きながらもどこか納得した表情になった王弁の前に麻袋を突きつけた。

王弁はしばらくその持ち重りのしそうな麻袋をじっと見ていたが、ゆっくりと頷いて、それを自分の懐の中に入れた。

天《てん》蚕《さん》教《きょう》主《しゅ》 惑う殺し屋

ごうごうと降り続く雨の中、錐刀《すいとう》の先端が追跡者の眼球に擬せられている。劉欣《りゅうきん》は疲れ切った声で、

「泰蓬《たいほう》、このまま帰れ。俺は胡蝶《こちょう》を抜けたわけじゃないんだ」

と刃《やいば》の先に組み敷いた者に命じた。柿色《かきいろ》の覆面で顔を隠した相手の正体は一手交わした時にわかっていた。宮中の裏仕事を一手に引き受ける機関、胡蝶房から差し向けられた追っ手である。胡蝶から脱走した者はその命が尽きるまで追われる宿命を負う。脱走者として追われることは何としても避けたかった。

こうして相手を組み伏せるのはもう三度目だ。追われる恐怖というものを、劉欣は初めて知った。標的の恐怖を先読みして罠《わな》をはったことは何度もある。訓練では追われることもあった。しかし実際に追われる立場になる苦しさは、想像を絶していた。

「このまま都に帰り、もう少し待ってくれとお頭に伝えろ。事情があるんだ」

満足に眠れた日などない。何かを口にしても味もしない。世界で唯一《ゆいいつ》心を許した集団が狩人《かりゅうど》となって自分を追っているのだ。

「ではなぜ都に上って、その事情とやらの申し開きをしない、劉欣」

蔑《さげす》むような声を聞いて、劉欣は相手が女であることを思い出した。しかし胡蝶においては性別は何の意味も持たない。評価の基準はただ一つ。胡蝶と与えられた仕事に対して忠実かどうかだけだ。

劉欣は言葉に詰まった。都に上って頭領に会ってしまえば、選択肢はなくなる。その圧倒的な力と命令に逆らうことなど不可能だ。そうなれば母の命が危機にさらされてしまう。

錐刀の先端から雫《しずく》が一滴、追っ手の眼球へと落ちる。しかし双方微動だにしない。

「頼む。次を出すな」

「行動で示すと誓え」

斬《き》りつけるような口調で泰蓬が返す。誓って務めを果たす、とどうしても劉欣は口に出来なかった。

下になっている泰蓬は余裕すら感じさせる表情を浮かべている。命を扼《やく》しているのは自分の方だというのに、これではどちらが優位に立っているのかわからない。

「四度目は誰が出てくるか、教えてやろうか」

その口ぶりとこれまでの経験から、およその見当がついた。

「わかっている。お頭だろう」

「そうだ。三度の失敗は胡蝶の恥となる。胡蝶の恥をそそぐためにお頭はいるのだからな」

「聞いてくれ、俺は……」

「蘿卜《らぼく》」

泰蓬はそう吐き捨てた。蘿卜、すなわち水気が多く辛味のない大根と言われることは、殺し屋の間で最大の侮辱だ。だが劉欣は、裏切っているわけではないんだ、と言葉を連ねる。

泰蓬は冷笑を浮かべ、もう劉欣が何を言っても表情を変えない。彼は仕方なく口をつぐみ、相手の四肢にある腱《けん》を切った。組み敷かれた暗殺者は苦痛の声一つ上げない。劉欣はとどめを刺さなかった。腱を切られたくらいで動けなくなるようなやわな連中ではないことは、重々承知の上でのことだ。

(何をやっているのやら)

激しい雨の降りしきる中を、劉欣はため息をつきつつ走り出した。全《すべ》ての始まりはあの奇妙な仙人どもと関わり合ってからのことだ。

仕事をしくじっただけなら、最後まで仕事をし遂げる掟《おきて》さえ守ればなんとかなる。桂州《けいしゅう》の始安城《しあんじょう》で的となった仙人を仕留めようとした時、劉欣の懐《ふところ》で母が持たせてくれた護符が割れた。胸騒ぎと共に帰った故郷で見たのは、瀕死《ひんし》の母であった。

消すよう命じられていた僕僕という名の仙人、まさにその当人から得た薬で母親の命を救ったが、そのことが心に引っかかって、どうにも命を奪う踏ん切りがつかない。

一方で劉欣は、好きこのんで胡蝶を逃れたのではないという意識も捨てきれない。自分が胡蝶を裏切っているとは、どうしても思えないのだ。だからこそ、劉欣はいま、こうして〝標的〟である僕僕たちを追い続けている。

(お頭はいずれきっとわかってくれるはずだ)

という甘えに似た希望にすがっているのが自分でもおかしかった。

山賊すら眠りに落ちる深更の街道を、彼は南下し続けている。道はやがて、臨賀《りんが》のある賀州《がしゅう》からさらに南に下った梧州《ごしゅう》へとさしかかりつつあった。

その頃。

王弁、吉良《きら》、薄妃《はくひ》を率いた僕僕はいつもの彩雲《さいうん》に乗ってふわふわと街道の上を漂っていた。中ほどがぽっこりと膨れた幹と団扇《うちわ》のような丸く大きな葉を茂らせた棕櫚《しゅろ》の並木の間を、一行は進む。上空をひゅんひゅんと勢いよく飛び回っていた薄妃が吉良の手綱を引く王弁の隣に着地すると、あっと小さな声を上げて袖《そで》をまじまじと見つめた。

「どうしました？」

「ほら、ここにほつれ」

覗《のぞ》き込んだ王弁の目の前に、彼女は袖を差し上げて見せた。

「ほんとだ。最近多いですよね」

「飛ぶ力をうまく使えるようになってから激しく飛びすぎだ」

僕僕が苦笑いしながら口を挟んだ。

「これじゃあ、恋人に会う前に衣がぼろぼろになるぞ」

そう言われて薄妃は表情を曇らせた。

「それは困ります。賈震《かしん》さまに会う時につぎはぎだらけの衣だと面目が立ちませんわ」

「だったら飛ぶ速度を落とすなり新しい衣を調えるなり、工夫するんだね」

「王弁さん買って下さい」

「何で俺が！」

騒いでいるうちに道は梧州の境を越え、南国の香りがますます濃い。太い金管で出来た首飾りを身に着けた苗《ミャオ》の女たちが賑《にぎ》やかに話しながら田から田へと歩いてのんびり働いている。

不意に僕僕が足を止めて何かに見入った。王弁もつられて見ると、一堂の祠《ほこら》が建っている。芋虫のような神様を祀《まつ》っていた。しばらく考え込んでいた僕僕は、不意に彩雲から下りて馬子《まご》に姿を変えたのである。

(何かあるんだろうな)

そう王弁は思うが、何も言わなかった。

賀州の臨賀城で王弁が巻き込まれたのは、夢にも思わぬ不思議な事件だった。金儲《かねもう》けに憑《つ》かれたような商人、周典《しゅうてん》と、その主人を見限り偏屈の塊のようになっていた老奉公人、趙呂《ちょうろ》。そして、かつては父子のように親しかった二人の魂魄《こんぱく》を、なんとか再び近づけようと死の床で願った趙呂の妻。

「時の流れってのは」

臨賀を離れる時に、僕僕はしみじみと王弁に言った。

「ボクも遡《さかのぼ》ることが出来ない。やり直すことも出来ない。それが出来るのは、この世界を創《つく》り上げた老君だけだと言われているけど、本当に出来るかどうか確かめたやつなんて誰もいないのさ。仙界蓬莱《ほうらい》や神界紫微《しび》では未来に起こることは全てわかるなんてしたり顔で言うやつもいるけど、そんなものは目先の状況から一番起こり得そうなことを理屈こねて言ってるだけに過ぎない。先に起こることをいちいち考えて得意気な顔をするよりも、ボクは起こることに驚いていたいんだ。だいたい周典が趙呂の奥さんの葬儀を出すほど性根を入れ替えるなんて、ボクの予想も超えていたよ。いい光景を見させてもらった」

だから、と僕僕は続ける。

「無数の可能性があちこちに伸びている時の河をあてもなく流れている今が、楽しくて仕方ないんだよ。キミたちと一緒にね」

僕僕は予測はするが、予言はしない。王弁からするとそれがもどかしい時もある。もしかしたらこの仙人には未来の全てが見えているのかもしれない、と思う時もある。でも僕僕はそれだけは絶対に認めなかった。

「ボクがいつもと変わった何かをする時は、そこに面白そうな匂《にお》いがする時だけさ」

そんなことを常々言う僕僕が、いつもと違う格好をして雲を下りているのだから、きっと何か起きるんだろうと王弁も心の準備をした。

「最近ね」

道を歩きながら僕僕は王弁を見上げる。

「面白そうな匂いがどんどん強くなってる。どこを歩いていても、何かあるような気がする。蓬莱にいる時にはこんなことなかったし、この天地に下りて黄土山《おうどさん》に庵《いおり》を構えてからも、キミに出会う前はもっと退屈だったんだけどね」

自分と一緒にいる理由が、退屈しない、でも王弁は構わない。王弁にしても、僕僕と一緒にいる毎日が何より楽しいのだ。永遠にこの時間が続けばいい。いつもそう願っている。

「ほら、また匂ってきた」

王弁のかわりに吉良の手綱を握っていた僕僕が、前方に視線を向ける。そして王弁も顔を街道の先に向けると、数人の正装した官吏と二十人ほどの武装した兵士が道をふさぐように立っていた。

「せ、先生、あれは……」

かつて僕僕を捕縛しようとした光州刺史《しし》の李休光《りきゅうこう》にしろ、南嶽衡山《なんがくこうざん》の女神、魏《ぎ》夫人に仕える歌姫韓娥《かんが》を我が物にしようとした零陵《れいりょう》の刺史にしても、そして先日桂州で襲い掛かってきた殺し屋にしても、官服を着ている人間にろくな思い出はない。

だが、意外なことに一行のうちでもっとも美しい、朱色の派手な官服を着た男が、王弁ではなく馬子の少年姿をした僕僕の前で拱手《きょうしゅ》し、深々と頭を下げたのである。

「蓬莱より来たりし偉大なる仙人、僕僕先生にご挨拶《あいさつ》申し上げます」

そのさまを見て、僕僕はわざとらしく感心したように声を上げた。

「なぜボクだとわかった」

官僚は頭を下げたまま、

「われらが救い主さまが仰《おっしゃ》いました。馬を引く者こそ我らがお迎えすべき主賓であると」

僕僕はちょっと王弁の方に目を向けると、くちびるの端で、

「な、面白いだろ」

といたずらっぽく笑って見せた。王弁はやっぱり、この仙人は世界の行く末を全て見通しているのではないか、と思い直すのだった。

二

僕僕たちを迎えた一行の態度は実に丁重なもので、非常に行き届いたものであると

言って良かった。迎えの使者は余計なことを口にせず、数里進むごとに休憩をとってはそのたびに銘茶でもてなした。

「このあたりの茶もなかなか馬鹿《ばか》にしたものじゃないな」

相変わらず少年の姿をしたままの僕僕はご満悦である。

「大丈夫なんですか」

「せっかく歓迎してくれてるんだからおたおたするな。ほれ、この米粉で作った団子もなかなかのものだぞ」

甘みの強い菓子をうまそうに口に放り込みながら僕僕は勧める。

「救い主だなんて怪しいじゃないですか、ほらあれ」

一行は揃《そろ》いも揃って、芋虫のような鋳物《いもの》をあしらった首飾りを身に付けている。

「ああ、実に怪しいね」

と僕僕は取り合わない。

「不意に街に現われて疫病《えきびょう》を無料で治療したボクたちも、さぞかし怪しいことだったろうね」

「またそんなこと言って」

王弁は顔をしかめた。

「ほんとおいしいですわね、このお団子」

不服そうな王弁をよそに、薄妃も優美な手つきで団子を楽しんでいる。薄妃はほぼ王弁たちと変わらないくらいに、飲食を楽しむことが出来るようになってきた。

「弁、そんなにきょろきょろしていては団子の味も落ちるというものだ」

「でも」

妙なのである。使者の役人も随伴の小者も、警護の兵士まで僕僕の方を見ては合掌するのである。王弁からすると、どこか気味の悪い風景にも見えた。

「自分たちをはるかに超える力を持った神仏のような連中が身近にいるとなれば、ご利益を祈らずにはいられないだろう。キミの親父《おやじ》さんのことを思い出してみろ」

「で、でも何でこの人たち、先生が仙人って知ってるんです？」

僕僕は眉《まゆ》を上げた。

「知ってる奴《やつ》に教わったんだろ」

とにべもない。さらに何か言いかけた王弁の口に団子を放り込むと、僕僕は立ち上がった。その動きに合わせて、迎えの一行もさっと隊伍《たいご》を組む。歓迎の隊列とは言いながら、まるで囚人になって護送されているかのような息苦しさを、王弁は感じていた。

「キミもなかなか鋭くなったじゃないか」

僕僕は王弁だけに聞こえるようにくちびるを動かした。

「鋭い？」

「こいつら、ボクたちを歓迎しろと命じられたわけじゃない。必ず連れて来いと命令されているはずだ」

「どうしてわかるんです？」

「その証拠にこいつら全員の足に神行法《しんこうほう》の符が貼《は》り付けてある。すごいぞ。術者の力にもよるが、普通の人間でも一駆け十里、一昼夜で三百里は行ける」

僕僕は隊列の誰かからちょろまかしたのか、一枚の符を風に透かすようにして眺めている。

「神行法、へえ……」

僕僕の彩雲や吉良の天地を越えるすさまじい速さを知っている王弁には驚きの速度ではない。それでも不気味は不気味である。

「とかく腹に一物のある連中ほど愛想のいい顔で近づいてくるもんだ。その点を考えれば、はなから殺しにかかる連中の方がよほどかわいい」

「じゃ、じゃあさっさと逃げましょうよ」

「面白いとわかっていることから逃げたら仙人の沽券《こけん》にかかわる」

僕僕はふふんと鼻で笑うと、州城蒼梧《そうご》に着くまで口を開くことはなかった。

梧州の中心都市である蒼梧はすっかりおなじみになった南国の風景である。暦は十二月に入ろうかというのに、幅広の青々した葉を広げた木々があちこちに茂り、薄桃色の花まで賑やかに咲いている。

蒼梧の周辺は漢代以前は南越《なんえつ》の勢力範囲だったこともあるが、中原《ちゅうげん》から南下してきた漢人との度重なる戦いの末、南越人の姿はほとんど見られなくなっていた。それでも城内には漢人に混じって苗族や壮《チワン》族などの姿が多く見られる。

「今日の夜会服はこれでいいかな」

日が暮れて王弁が師の部屋を訪れると、珍しいことに妖艶《ようえん》な若い女性の姿になっていた。

「さっきとえらく違いますね」

と王弁がびっくりしていると、

「わかってる。でも向こうはこちらが仙人ご一行様とわかっているみたいだから、芸の一つも見せてやらないとな」

と僕僕は片目をつぶった。恐ろしく煽情《せんじょう》的な格好である。一見普通の胡服《こふく》なのだが、うなじが大きく出て脚の線が透けて見えるような薄絹である。

「何もそんな誘うような服装をしなくても」

普段が道服姿であるだけに、王弁は美しいと思うよりも違和感が先に立つ。

(先生はやっぱりいつもの先生の方がいいな)

そんなことを思っていると、脂粉が霞《かすみ》を立てそうなほど妖艶な顔を王弁の前に突き出し、

「実はこういう姿で長いこと過ごしていたこともあるんだよ。久しぶりにやってみたが、これはこれで男が沢山寄ってきて面白いぞ」

王弁は鼻白んだ顔で、そうですかとしか言いようがない。

「こういう時のキミの顔は実にいいなあ」

くくく、と僕僕は笑うと、くるりと回って着物の裾《すそ》を翻《ひるがえ》した。

三

もったりと重く、そして熱い空気の中で、劉欣は一筋の汗が胸元を流れて行くのを感じていた。王族の者たちが近侍に使わせる巨大な扇のような葉を持つ木の下に彼は

腰を下ろしている。物心付いたときから共にいる懐中の大百足《むかで》は、彼が胡蝶から逃亡を始めてこのかた身じろぎ一つしないで彼の胴に巻きついていた。

(滑稽《こっけい》な男だな。俺は)

青い香蕉《バナナ》を熾《お》き火《び》の中に突っ込みながら、劉欣は苦笑した。

中原とその周辺にある山川草木ならば知らぬものはまずない殺し屋も、ここまで南方に下がると知っているだけで口にしたことのない果実もあった。その中でも一尺ほどの刀の鞘《さや》に似た果実、香蕉は一本食べれば半日は動けるので重宝していた。そのままでは渋くて食えたものではないが、熾き火で蒸し焼きにすると、ほくほくと甘く柔らかくなって最高の一品となるのだ。もっとも今の彼に味を楽しむような余裕はない。

一見暢気《のんき》な光景だが、劉欣は四方の警戒を怠らない。自らの五官を張り詰めさせるだけでなく、殺し屋稼業《かぎょう》が通りそうな道には罠《わな》を仕掛けておいた。

「蒼梧、か」

標的の仙人一行は、蒼梧の城に入っていることを突き止めてある。街道沿いの茶店で蒼梧から出てきた商人たちが、州兵に囲まれて城に入った一団のことを噂《うわさ》していたからである。

(狙《ねら》われていることもわかっているだろうに、目立つ奴らだ)

都の闇《やみ》を担《にな》う集団、胡蝶が消しにかかっているほどだから、お偉方の中には秘《ひそ》かにこの仙人の動向を注視している者がいるのだろう。相当に目端が利《き》く奴ならば、地方官でも情報を得ていて不思議はない。

だが、梧州の刺史、杜《と》憲《けん》は名族杜氏の一門とはいえ官僚の中では傍流に属する。宮中に位を得て間もなく、失敗を犯して帝の不興を買い、南方の僻《へき》地《ち》へと飛ばされていることを劉欣は知っていた。

(そんな男が仙人に何の用だ)

わからないことだらけである。

母の命を救われてからも、劉欣は僕僕たちがどこかに足を止めるたびに情報を集め、詳細な暗殺計画を頭の中で立て続けていた。しかしどうしても実際には、手を下せないのだ。

「なにをぐずぐずしてるんだい、劉兄ぃ」

思案に沈む彼に声がかかった。劉欣は一瞬体が強張《こわば》るのを感じたが、表情には表さない。まるで一尺の距離から話しかけられているように声がする。しかし彼の前には、熾き火の炎が静かに揺らめいているばかりだ。

(もう来たか。お頭も自分で来ずにこいつを差し向けるとは、よほど信用していると

見える)

驚きを抑えて鼻腔《びこう》からゆっくりと息を吐き、硬直しかけた体を柔らかくほぐす。言葉をかけてくるということは、いきなり殺そうというわけではない、と劉欣は判断していた。殺すことだけが目的なら、頭領が自ら来て声もかけずに命を奪っていたはずだ。

(北辺に出張っていたのではなかったか)

今この木立のどこかで自分を見ている人間のことを、劉欣はよく知っていた。家族ぐるみの付き合いをしてきた、弟分にして胡蝶最強の使い手、元綜《げんそう》である。

「兄ぃの考えていることはよくわかるよ。俺だって妻にあんな脅迫をかけられたら、心が揺れる。でも俺は根っからの胡蝶だ。何よりもお勤めを優先させる」

「考えていること?」

劉欣はとぼけてみせる。しかし元綜はまるで見ていたかのように、桂州での出来事をすらすらと詳述して見せた。

「母上さまのことが重荷なのはわかるが、胡蝶の人間がお勤めを投げるのは感心しないな」

そう元綜の声は付け加える。親がいようが妻がいようが胡蝶にいる以上、仕事を最優先にするのが掟《おきて》だ。下命こそ全《すべ》てと誓った者だけがそこで働くことを許される。一生安泰な報酬と安全の代わりに差し出すべきは、絶対の忠誠である。

「お頭は最初ひどく怒っていなさった。若い胡蝶を育てる役割を任せるほどに信用していた兄ぃが逃げ出したんだ。このままではしめしがつかないとね」

胡蝶の頭領が己に向ける虚《うろ》のような瞳《ひとみ》を思い出して劉欣は震えた。少年にしか見えない姿で殺し屋集団を率いる男の力は、技量云々《うんぬん》といった基準では捉《とら》えきれないものだった。ものが違うとしか言いようがない。だから強敵であるにしろ、元綜が出てきたのはまだ幸いだった。もし頭領が出てきたら、逃げることも出来ずに死ぬだけだ。

それにしても、元綜ほどの暗殺者が獲物を前にして長々と口上を述べているのが不思議ではあった。逃げろという徴《しるし》なのかとも考えた。

(そんなわけはないか……)

頭を鉄槌《てっつい》で押さえ込まれるような殺気で息苦しいほどだ。相手は間違いなくこちらを射程範囲に収めている。

「でもな、お頭は気付かれたんだ。追っ手を差し向けても止《とど》めを刺さない。しかも標的を追い続けてる。これは兄ぃが胡蝶を裏切りたいわけじゃないってことにな」

殺気は四方から来ている。しかし劉欣は元綜が一人で来ていることに確信があった。

元綜は胡蝶の中でも特に一人での働きを好む。見た目とは違う狷介《けんかい》で冷酷な性格を作り上げたのは、誰あろう幼い頃から彼を鍛え上げた劉欣自身である。

(ここで殺されるわけにはいかん)

元綜は刀だろうが槍《やり》だろうが、弓だろうが投げ刀だろうが、体術だろうが毒だろうが、もちろん劉欣得意の吹き矢だろうが、何でも使う。

真正面からでは勝ちを得るのは難しい。仮に勝ったとしても、深手を負えば負けに等しい。次の胡蝶に必ず息の根を止められる。だから無傷で脱出しなければならなかった。

「俺はお頭からもう一度機会を与えるように命じられてきたんだ。これがどれだけ特別なことかわかるだろ?」

四度目に頭領ではなく元綜が出てきたことは、確かに異例のことではあった。

「なあ、兄ぃ」

左から声がする。

「また一緒に仕事をしよう」

今度は右から来る。殺気が不意に消え、情のこもった声色に変わる。一瞬、脳裏を積年の友情がよぎっていった。だがその次の瞬間、劉欣は左右と前方の空間めがけて瞬時に吹き矢を三本撃ち、溜《た》めていた力を全て解放して跳躍した。

長い手足を目一杯使い、木立の中を山犬のように駆け抜けていく。後ろから飛び道具で狙われないように巧みに角度を変えながら、瞬《また》く間に山の頂へと出た。

十分な距離を走ったと一息ついたところで、足が止まった。地面から手が伸び、劉欣の足首をしっかりと摑《つか》んでいたのである。

「道士の術というのも面白いな。仕事の幅が広がるというものだ」

足首から手を離さないまま黒い土から湧《わ》き出るように顔を出した元綜は、無邪気ともいえる表情で劉欣に微笑《ほほえ》んで見せた。

四

師匠の姿は色々と見てきたつもりの王弁であったが、こんな雰囲気で酒席に座っているのはどうにも落ち着かなかった。

「なんだその辛気臭い顔は。酒がまずくなるだろうが。ボクたちは客なんだから、もっと楽しそうに接待されないと」

僕僕と王弁は並んで座っている。しかし座の視線は全て王弁の隣に注がれていた。

自分に注目が集まるのも居心地のいい話ではないが、今の状態はもっと不快であった。

「接待されるもなにも、誰も俺についでくれないじゃないですか」

王弁の前にある杯は空のままだ。宴は盛り上がり、僕僕の前には杯を乞《こ》う人間がひきもきらない。官員たちの顔は警護の兵士も含めてだらしなく緩み、何がしかの妄念《もうねん》を含んだ視線が常に僕僕へと注がれている。

それもそのはずで、妖艶《ようえん》な女性に姿を変えた師の肌としぐさの全てから、人をとろかす蜜《みつ》のようなものが出ているように王弁には見えた。やけになって手酌で注ぎ、呷《あお》ろうとした杯を、僕僕がひったくって飲み干した。僕僕の色香に気をとられているのか、王弁以外の誰も気付かないほどの速さで、である。

「何するんですか」

「飲むな」

色をなす弟子に僕僕は過剰にいろっぽい顔のまま、声だけは冷たく命じた。

「酒宴で飲まずにどうするんです」

「ボクのことでも見てろ。いつもみたいに、こいつらみたいに」

いつも通りとはいっても、こんな時にふやけた顔で僕僕に見とれている官僚どもの真似《まね》など出来るはずもなかった。

「男が女に惹《ひ》きつけられる要因など、知れたものだ。豊かな乳房、良い香りのしそうなうなじ、思わせぶりでしどけないしぐさ。たまに遊んでみると面白いぞ」

「……そうですか」

王弁はいよいよつまらなくなって席を立った。官吏の何人かが王弁を一瞬見たが、僕僕の濃厚な流し目に、すぐに視線を奪われてしまった。

「おや、どこへ行く」

「厠《かわや》ですよ」

どういうつもりかは知らないが、鼻の下を伸ばした官僚どもに媚《こび》を売る師匠なんぞ見たくもなかった。淫《みだ》らなおふざけを許すような僕僕ではないと信じてはいても、見なくてすむなら見ないほうがいい。

（俺の酒まで飲むなんてひどいよな）

王弁は不機嫌なまま厠に向かう。別に尿意を覚えているわけでもないから、庭先の回廊にもたれて月を見上げることになる。

（それにしても、どうして俺たちが来ることがここの刺史にはわかっていたんだろう）

冷静になって考えてみると、非常に不気味な話である。やはり桂州での殺し屋の一件がどうしても頭をよぎる。自分たちのような、というか僕僕のような仙人の存在をこころよく思っていない連中がいることは、僕僕と出会った頃からよくわかっていた。それに王方平《おうほうへい》という仙界蓬萊《ほうらい》の有力者が僕僕を仙界に引き戻そうとしていることも身にしみて知っている。

（もしかしたら先生は何かから逃げようとしてるんだろうか。また別れ別れにならないために敢《あ》えて気楽な旅を装《よそお》って自分を何かから引き離そうとしてくれている……。違うなあ。寄り道ばっかしてるし。それに全くこう、先生との距離も縮まっていかない）

ぼんやり考えているうちに本当に催してきた彼は袖《そで》に手を入れてひょいひょいと厠に滑り込む。気分を変えて快適に用を足していた彼の目の前に突然、何かがぬっと姿を現した。

「ごきげんよう」

抑揚のない口調でそう挨拶《あいさつ》したそれは、一尺四方に満たない白い布である。恐慌《きょうこう》をきたした王弁は、下帯の中にしまいかけたいちもつを厠の扉にぶつけそうになる。

「これは失礼致しました。わたくしは厠の外で待っておりますから、ごゆっくり」

何とか呼吸を整えて何が現われたのかをよく見ると、顔を白い布で覆《おお》ったその男には見覚えがあった。

(砰《ばん》の時に董虔《とうけん》を殺そうとしたやつだ。何でこんなところに……)

長沙《ちょうさ》で雷神の子、砰とその親友となった人間の少年、董虔に王弁は出会った。雷の子は友に会うために雨を降らせ続け、人の子は友のためにその身を捧げようとした。董虔の友を思う気持ちにつけこんで、その心臓を盗み取ろうとしたのが目の前にいる面縛《めんばく》の道士であった。王弁の怒りを嘲笑《あざわら》った道士は結局、砰の放った銀叉《ぎんさ》の一撃を受けて姿を消した。

(長沙での仕返しかよ)

僕僕にも知らせなければ。あわてて回廊を走り出す。

しかし、

(お、おかしいな)

どれだけ走ろうと回廊が終わらない。一つ角を曲がったところにある広間に、何度角を曲がってもたどり着かないのだ。道士の術中にはまったことを悟って青ざめた王弁は、とっさに後ろを振り向いた。声を上げて尻餅《しりもち》をついた彼の目の前で白い布がひらひらとはためく。

「わたくしはずっとあなたの後ろにいたものを」

王弁は警戒心をあらわにして、尻餅をついたまま二、三歩あとずさった。

「そう怖がらないで下さい。わたくしはあなたに謝りたいのです」

「謝る？」

「そうです。長沙での出来事を謝罪したい」

声には真心がこもっているように、王弁には思えた。彼が体の緊張を少し解くと、道士はわずかに頷《うなず》き、その顔を覆っている白布が揺れた。

「あの時はご迷惑をおかけしました。わたくしも随分と反省いたしました」

そう言って拱手し、深々と頭を下げる。

董虔の体から心臓を取り出した後、砰の雷撃を受けて姿を消した不気味な姿と、目の前で謙虚に謝罪の言葉を述べる姿がどうしても重ならない。布の向こうは違う人間が入っているのではないかと疑いたくなるほど雰囲気が違った。それでも不気味なことに変わりはない。

「あなた一体何者なんですか」

王弁は立ち上がり、布の下の表情を窺《うかが》おうとした。

「申し訳ありません。この布の下を見せることだけは師に止められておりまして。あの時はですね、わたくしも焦《あせ》っていたのですよ」

すいと道士は距離をとって拱手する。

「人のためになることをせよ、と命じられておりましてね。師匠には目的はいいが手段がよくないと、それは叱《しか》られました」

「……師匠？」

「ええ、蓬萊では知らぬ者とていない、立派な仙人でいらっしゃいます」

「それはもしかして、王方平さん？」

僕僕のことに関しては因縁のありすぎる相手だ。しかし王弁の問いをはぐらかすように、

「今度は僕僕先生や通真《つうしん》先生のお役に立って来いと命じられました」

とだけ答えた。

(ほんとかよ)

優しげな物言いがかえって胡散臭《うさんくさ》い。警戒と疑いの入り交じった眼差《まなざ》しを向ける王弁に対して、道士は安心させるように両手を広げて見せた。

「ところでどうですか、この街は。なかなか良い街でしょう」

蒼梧の街自体には文句はない。漢族だろうと異民族であろうと、平穏に暮らしている。王弁たちは迎えの一行に先導されるまま城の客殿に入ったので詳細には見ていな

いが、街の雰囲気は良かった。

「実はこの蒼梧には素晴らしい神様がいらっしゃってですねえ、刺史《しし》を含め、皆を導いているのですよ。みなそのご加護を願っておられたでしょう？」

「はあ……」

確かに路傍の祠《ほこら》や兵たちの首飾りに、芋虫のような神さまがくっついてはいた。

「あなたにもっと明確な道を示して下さいますよ。興味がおありでしょう？」

「いえ、全く」

話が怪しげな方向に流れ出した。王弁はとりあえずこの場を離れようと踵《きびす》をかえす。

「じゃあ俺はこれで。回廊にかけた術、解いておいて下さいよ」

「術なんてかけてはいませんよ」

また妙なことを。王弁は仕方なく振り向く。

「王弁さん。あなたがわたくしの話を聞きたいと思っているから、この回廊からあなたは出られないのです。あなたはただ心に思うまま、行動するべきなのですよ」

詭弁《きべん》もいいところである。自分はこの面縛の道士に用事もないし興味もない。つまらない宴会にしろ、僕僕の隣に座っているほうがいい。

「あなたは今誰かにすがりたいはずだ。手を伸ばしても届かぬ想《おも》い人にはいつもじりじりさせられているでしょう。あれほど一緒に時を過ごしていながら、一度も体を重ねてすらいない」

「そ、そんなのあなたには関係ないことじゃないですか」

「そうでもありません。師にあなたの役に立てと命じられた以上、無関係ではない」

余計なお節介だ、と王弁は舌打ちしたくなる思いだった。本当に立ち去ろうとした背中に、

「僕僕先生とあなたの関係を劇的に変える手段をその神が知っていて、わたくしがその手引きをして差し上げることが出来るとしたら、いかがなされます？」

と声がかかる。王弁はもう一度振り向かざるを得なかった。

五

蚕《かいこ》を育てるために温度が一定に保たれた土づくりの小ぶりな建物を見て、劉欣はちょっと眉《まゆ》をしかめた。

宮中にある蚕室《さんしつ》は、ただ蚕を飼うだけの場所ではない。公《おおやけ》になっている刑罰の中で、もっとも陰湿な腐刑、つまり男性器の切除によってその人間を男でも女でもない宦官《かんがん》

にする工場としての役割も持っていた。

腐刑を施されて宦官となったものは、皇帝の奴隷《どれい》としてしか存在を許されない。死ぬ時にようやく、安寧を得る。しかし死んだとしても、その葬《ほうむ》られる先は不浄の地として忌《い》み嫌われる荒れ野だ。宦官たちはその苦痛から逃れるために、ほぼ例外なく権力を追いかけることになる。

仕事の絡《から》みで蚕室を度々訪れたことのある劉欣も、粘度の高い怨念《おんねん》に満たされたその場所があまり好きではなかった。幼い頃に暮らしていた寿州《じゅしゅう》のどぶを思い出して憂《ゆう》鬱《うつ》になるのである。

蒼梧手前の山中で土中より現われて足首を摑んで劉欣の命を押さえ込んだ元綜は、一つの取引を提案してきた。

「両親の身柄はこちらで保護している。仕事を最後まで勤め上げると誓うならば、胡蝶で再び働くことを許そう。そうお頭は言っていた。従え、兄ぃ」

それは取引という名の脅しでしかない。一方でその脅迫は魅力的でもあった。また胡蝶に戻れるのなら、それ以上のことはない。どちらにせよ元綜は劉欣の足首を気配も悟らせず摑んだ。その手にもし鋭利な刃物が握られていたら、今頃劉欣の命はなくなっている。彼は頷くしかなかった。

劉欣が元綜から行くように命じられた蚕室は、蒼梧城内の奥まったところにあった。背の低い梧桐《ごどう》が植えられた場所に、ぽつんと一つだけ建っている。そこで、まず弟子の青年を殺せという。

蚕室自体、一見何の変哲もない。宮中の蚕室のように暗い影に覆われてもいない。しかし劉欣が暗殺者の習慣として周囲を探った時、異様なものを目にした。蚕室を取り巻く梧桐の木々に畳針のようなものが一本ずつ刺さっている。

注意深く見ても、針に毒が塗られているわけでもなく、仕掛けにつながっている様子もなかった。しかし仕事前に、面倒ごとを招きかねない要因は一つでも少ないほうがいい。劉欣は指先に力を入れて全《すべ》て抜き取ると懐《ふところ》の中にしまった。

(それにしても元綜のやつ、どこかで見ているのか)

気配はまるで感じさせない。かつては自分が教えた若い胡蝶にこうも踊らされているのが不快だった。

「兄貴が自らの手で仕事をやり遂げたら、その果実を持ってお頭のところへ行こう。俺も口添えしてやるから」

最後に元綜はそう言っていた。

(くそっ。胡蝶の劉欣ともあろうものが)

お前の命などいつでも奪える立場にあるのだと力の差を突きつけられたばかりである。

（まあいい、ここまで来たらなるようになる）

そうとでも思うしかない。自分に出来ることは、誰かを殺すことだけなのだ。

四方に注意を配りながら、標的を狙《ねら》う位置を探す。相手の背後には、不気味な力を持った仙人が控えている。警戒されると殺害がさらに難しくなることを考えれば、念には念を入れて万全を期さなければならない。

（この巴蛇《はじゃ》の毒を使うか）

懐の隠し袋を一つ開き、象牙《ぞうげ》作りの小さな印章入れを取り出した劉欣は、その細工錠をかちりと開ける。銀で鋳《い》られた三本の吹き矢に鮮やかな青が着色されている。元綜が頭領からの贈り物だと別れ際《ぎわ》に手渡してきたものである。巴蛇は洞庭湖《どうていこ》周辺に生息する、象をも喰らう伝説の大蛇だ。その毒を塗り込んだ吹き矢は使用者の肉体にも大きな負担を与えるため、胡蝶でもめったに使われない特殊な兵器だった。

王弁が相変わらずひょこひょこと緊張感のまるでない歩調で現われ、蚕室の前で立ち止ってあたりを見回している。

「来たぞ。しくじるなよ」

元綜の気配が一瞬よぎって、言葉だけが耳に残っていく。

今は獲物と狩人《かりゅうど》がいるだけだ。音を一切立てず、懐から吹き矢を取り出す。その根元に巴蛇の毒が塗られた特製の矢を装塡《そうてん》すると、吹き口にそっとくちびるをつけた。

「くっ……」

猛烈な瘴気《しょうき》が劉欣の意識を曇らす。強烈な毒が、毒に強い肉体をもつ彼ですら蝕《むしば》んでしまう。劉欣は袖の中にいる百足《むかで》の足を一本素早く飲み込み、気を落ち着かせる。こうすると毒に勝てるのだ。

再び狙いをつけた時、王弁の姿はちょうど蚕室の中へと消えようとしていた。

（まあ、かえって好都合だ）

密室の中であれば、たとえ外したとしても巴蛇の瘴気が標的を殺すだろう。闇《やみ》に体を溶かし込んだ劉欣は、蚕室の窓へと取り付いた。

六

蚕室の扉を開けた王弁は、その中にこもる桑の葉の匂《にお》いを嗅《か》ぎ取った。その匂いは蚕室特有の生暖かさでくるまれ、あまり心地よいものではない。

厠《かわや》で突如姿を現した道士は言っていた。

「蚕室におられるご本尊にお会いになれば、あなたの求める答えが見つかるでしょう」

普段は意識もしていなかった、いや、意識しないようにしていた。でも改めて言われてみれば確かに気になる。普通の人間である自分と、仙人である僕僕はいつまでも一緒にいることは出来ない。自分は老い、師は老いない。自分はいつか死に、師は何千年も生き続けるだろう。

「滅びるあなたと不滅の仙人が永遠を共有するには、あなたが仙骨を手に入れればいい」

僕僕からは出会った時に既に、仙骨というものがなければ仙人になれないとはっきり告げられている。自分に仙骨がないために、僕僕と離ればなれにならざるを得ず、五年も待つ羽目になった。いつまた、どんな事件が起こって僕僕との距離が広がってしまうかわからない。もちろん、それが〝たった〟五年とは限らない。

「手に入れる？　そんなこと出来るんだ……」

「あなたが諦《あきら》めず、望み続ければ」

道士はごく気軽な口調で言った。

「仙骨とは心を覆《おお》う目に見えない外殻であり、人を超える力の源となる炉のようなものです。ただの人間に触れることは出来ず、また見ることも出来ない。ましてや手に入れることなど不可能だ。しかしある力を持つ者はそこへの道筋をはっきりと認識できる。まずあなたが身につけるべき力は」

徐々に芝居がかった口調になってきた面縛の道士は、大きく胸をそらせると、

「他者が持つ仙骨を見る力。見えないものを得ることは出来ません。見ることが出来れば、そこへと近づく方策もおのずと明らかになるでありましょう。仙骨への道筋が示されるはずです」

そう歌うように言った。そして蚕室に行って、「ご本尊」に会えと指示されたのである。

(それにしても蚕室にいるご本尊なんて、変なの)

道観や寺なら見たことあるが、蚕を飼う温室に神仏を拝みに来るのは初めてだ。

(気味悪いとこだな……)

もったりと重く漂う桑の香りを掻《か》き分けるように、室内へと足を進める。蚕棚が三段しつらえてあり、桑の葉が敷き詰められた竹製の籠《かご》が整然と並んでいる。壁際には灯火が点々とともり、虫の住処《すみか》を薄暗く照らしていた。

こぢんまりした外観に比べて、中はやたらと広く見える。面縛の道士が術にかけた回廊のように延々と続く蚕棚の間を行くと、やがて奥にひときわ大きな竹籠が見えてきた。

三段の棚に薄暗い灯火、という同じ光景が延々と続く。後ろを見ても前を見ても全く同じで、左右に窓はない。桑の葉の香りと湿気が重く全身を包み、首筋を汗が流れていく。

やがて廊下は行き止まりとなり、先ほどから見えていた大きな竹籠まで、王弁はようやくたどりついた。籠の中の葉の山が、命を持っているかのようにうごめいている。

（ここかな？）

とその前に膝《ひざ》をついた王弁は、叩頭《こうとう》して祈りを捧《ささ》げた。どうか、仙骨を手に入れる方法、仙骨をこの目で見る方策をお示しください、と頭を下げた。

桑の葉の山が一瞬静まり、やがて中から赤ん坊の頭ほどの何かが姿を現した。王弁は息を呑《の》んだ。

それが蚕の頭であることに気付き、

「よく来た」

と若い女性の声を発した時には完全に言葉を失ってしまっていた。

（何だここは……）

劉欣は奇妙な建物に舌打ちしたくなる思いだった。外から見れば、たかだか二間ほどの奥行きしかない蚕室のはずなのに、中に入れば先が見えないほど奥に広いのである。

先を行く王弁の背中が暗闇に浮かんだり消えたりしているのを追いながら、殺し屋は梁《はり》の上を進んでいた。

（蚕棚には蚕が一匹もいないな）

蚕室の周囲を調べた時には、木に数本の針が刺さっていたのみで罠《わな》の気配はなかった。外になかったからといって中に罠がないとは限らない。最大限の警戒をしながら前進しているが、何者かの気配が濃厚に漂っているくせに何も現れない蚕室は、劉欣の神経を逆撫《さかな》でした。

標的である青年が何かに向かって跪《ひざまず》いているのが見えた。劉欣は蜘蛛《くも》のように梁に貼《は》りつきながら、そっと懐の得物を取り出した。巴蛇の矢はまだ出していない。撃つと決めた瞬間に装塡しないと、先ほどのように時機を失ってしまう。当たれば必ず標的の命を奪える毒は、わが身も蝕む諸刃《もろは》の剣だ。

膝を突いた標的はぶつぶつと何かをつぶやいている。劉欣が周囲を注意深く探ると、一つの気配に行き当たった。

(気配と言葉の方向が違う……)

暗殺者の鋭い聴覚は、その声が向いている方向まで把握できる。標的は誰かと話しているが、その声が向かっている方向に気配がない。そのかわり、よく訓練された、かすかな気配が標的の上方にある。

(元綜の気配でもない。誰だ)

注意を払いながら、王弁の声に集中した。つぶやきが言葉となって明瞭《めいりょう》に聞き取れるようになる。

「穴、ですか」

標的の青年が誰かと話している。その相手の声は若い女のものであった。

「そうだ。人の顔には目、耳、鼻、口、の七穴があり、腰には陽、肛《こう》の二穴がある。肉体に九穴があるのが人間の正常な姿なのは、知っているな」

さらに近づいて、劉欣はようやく王弁が話している相手を理解した。王弁の正面に置いてある竹編みの籠からは、見たこともないような巨大な蚕が顔を出している。その目は暗い蚕室の中でひときわ赤く光り、口は人のように滑らかに動いていた。

面妖《めんよう》な、とは劉欣は思わなかった。

本来いる場所でないところから聞こえるように声を発する術は、胡蝶に属する人間なら大抵出来る。もちろん劉欣も使える。彼はその声の本当の出所を正確に摑《つか》んでいた。王弁の頭上、屋根の上である。

「肉体に九穴があるように、精神にも九穴がある。その九穴から気を取り込み、また悪《あ》しき気を吐き出すことのできる者が、術を操り、大気と一体となれる」

じっと蚕を見つめながら、青年は話を聞いている。

(何の話だ)

劉欣には理解できない内容である。

「普通の人間は精神の九穴のうち、せいぜい一つ二つが開いているのみ。それでは、仙骨を持った聖人に近づくことも出来ない。九穴を開き聖なる気で精神が満たされたとき、お前の望む仙骨を見ることが出来るであろう。そこに仙人への道がある」

蚕の声は、抑揚を極端に抑えたしゃべり方である。

「じゃ、じゃあどうすればその穴が開くのですか」

つっかえながら王弁が訊《き》いている。

「我にその身を任せよ」

「身を、任せる？」

「汝《なんじ》の精神に穴を開ける際に出る〝糟《かす》〟をその代価として我に支払ってほしい。それが仙骨を持たぬただの人間たるお前が仙道に近づく第一歩」

蚕に喋《しゃべ》らせている屋根の上の気配が気にかかる。しかし、とりあえず劉欣に対する害意はないようだ。

（ともかく、まずはこちらから仕掛けてみるか）

劉欣は懐から吹き矢筒を取り出し、吹き矢を装塡する。そして口をつけて狙いを定めるまでを瞬息の間に行った。もちろん、衣擦《きぬず》れの音すら立てていない。

体腔内に満たした空気が巴蛇の毒に冒される前に、凝縮された気の塊を細い筒の中に充満させる。呼気に押し出された小さな鏃《やじり》が、蚕と懸命に話している青年の首筋に突き立つ、はずであった。

（なに！）

それまで気配のかけらもなかった人物が、王弁の前に立ちはだかっている。屋根の上にいた何者かとは別人だ。必殺の巴蛇毒を含んだ鏃が、その女が持つ剣に触れて、粉々に崩壊した。さらに、その飛沫《ひまつ》の一滴でも触れればあらゆる命が絶えるというのに、剣は鏃の残骸《ざんがい》を吸い込むようにして消してしまった。

劉欣の狼狽《ろうばい》は一瞬である。続く一呼吸で二の矢、三の矢を装填し続けさまに放った。その女が鮮やかな身のこなしで身を翻《ひるがえ》し、甲高い金属音と共に鏃を砕いてしまったのを見て、劉欣は再び仕事をしくじったのだと判断した。

（くそ、ヤキが回ったもんだ）

こうなれば逃げるしかない。来た方向を振り返ると、廊下も蚕棚も消え去り、ただ薄暗い闇が広がっているばかり。屋根上に逃げようと決めた劉欣は吹き矢にひときわ大きな矢を装填すると、全力で打ち出した。さきほどから屋根の上にいる、邪魔な気配の主を排除するためである。

吹き矢が屋根板を砕き割ったところでくぐもるような悲鳴が聞こえ、顔を白い布で覆った一人の男が落下していった。それに一瞥《いちべつ》をくれることもなく、劉欣は屋根の上に向かって跳躍する。気配の持ち主が何者かを確かめるよりも、今は逃げることが最優先であった。だが――

（しまった……）

飛び上がった先が、いま自分が飛び立った場所とまったく変わっていないことに、劉欣は驚愕《きょうがく》しつつ、すぐに事態を把握する。

（また術にはまった……）

長安《ちょうあん》の司馬承禎《しばしょうてい》という男の屋敷に忍び込んだ時と同じ現象が起こっている。

「そ。悔しいかい？」

笑いを含んだ少女の声に劉欣は振り返る。

劉欣の前で梁に座り、足をぶらぶらと揺らしているのは、あの僕僕と名乗る仙人であった。

「でも結界の要《かなめ》になっていた太乙針《たいおつしん》をいとも簡単に見つけ、さらに取り除いてくれるとは助かったよ。さすがに司馬承禎が見込んだだけのことはある」

さも感心したように僕僕は言った。

「太乙針？」

「蚕室の外で見ただろ。確か梧桐の幹に刺さっていたはずだ。太乙針は空間を縛りつけ、その空間を術者の思うままに操るための道具だ」

「お前が結界を張ったのか」

僕僕は首を横に振って見せた。

「ボクが弁に術をかけても仕方あるまい。まあとにかく、今回はあっちこっちがそれぞれにボクたちをはめようとするもんだから整理するのが大変だった」

細い梁の上に無造作に座った僕僕は、楽しげに言った。その声は悪意も殺気も含んでいない、のんびりした少女のものだった。

「まあ、キミは下の顚末《てんまつ》でもゆっくり見てろ」

言われて下を見ると、巨大な蚕をわしづかみにした面縛の男が、劉欣の吹き矢を叩《たた》き落した若い女と対峙《たいじ》している。

「その子を放しなさい」

若い女が凛《りん》とした声を放つ。劉欣はその女の体さばきに舌を巻く。何百人という敵を倒してきた戦士の構えである。

「薄妃は普通の人間ではない。あの娘の中にはボクの気が吹き込まれているからね。並みの奴《やつ》では勝てないさ」

（この仙人、心を読むのか）

「普段は読まないようにしてる。弁で遊ぶ時以外はね。それよりキミ、ボクの手伝いをしないか」

「命令するのか」

「そうだ、ボクにはキミに命令する権利がある。何せキミの母上の、命の恩人なのだからな」

「俺はお前の命を狙《ねら》っているんだぞ」

「らしいな。で、どうする？」

僕僕は余裕たっぷりに押し込んでくる。その薬指から、一本の銀糸が闇《やみ》の中へと伸びていた。その糸は、風のない蚕室の中で微《かす》かに脈打っている。

「キミの母上が飲んだ薬丹は、いまでも彼女の魂魄《こんぱく》に作用している。この糸は母上につながっているんだ。体の具合から食べたものまで、すぐにわかる。今はすっかり回復して、身を隠している山中に畑を拓《ひら》いていなさったよ」

劉欣はそこでふと首を傾《かし》げた。

「お前の言葉にどう答えるか決める前に、疑問がある」

元綜は「両親の身柄は保護している」と言った。もちろん、それは「いつでも人質にできる」という意味の脅しだ。両親が胡蝶の手の中にある限り、仙人たちを殺さなければならないのだ。しかし仙人には母の命を気にかけている風が少しもない。

「親御さんのことになると平常心を失うのが殺し屋として最大の欠点だな。こっちは母上の命脈を摑んでいる。キミの心一つで、すべては決まるんだよ」

僕僕から発せられてくる圧力は、これまで劉欣の味わったことのない類《たぐい》のものだった。かろうじて近いと言えば、胡蝶の頭領に似た得体の知れない巨大な気配だった。

「ボクはあまりやる気になれないんだよね」

ふわわ、と欠伸《あくび》の音がする。彼女からの圧力に不似合いなほど、その言葉には緊迫感がない。

「でも旅の道連れがあの道士の摑んでいるお蚕さんをどうしても欲しいと言ってるから、キミに手伝ってやってほしいんだ」

「……断る、と言ったらどうなるんだ」

「それはキミ次第だ。どの道を進むのかも、何を信じるのかもキミ次第」

母の命脈を左右できるというのは本当だろうか。胡蝶が両親の命を奪おうとした時に、この仙人はどう振舞うのか。劉欣は深い逡巡《しゅんじゅん》の中に取り込まれた。

目の前の指から伸びている糸が、何百里も離れた母親の魂魄に繫《つな》がっているなど、普通に考えればありえない。しかしありえないことを、この仙人はしてのけるだけの力があるようにも思える。

(くそ)

何十度目かの悪態を心の中でついて、劉欣は吹き矢を取り出した。

「あの面縛の男を撃てばいいのだな」

いま仙人の依頼に応じることは、少なくとも胡蝶への裏切りにはつながらないはずだ。胡蝶にあのような道士はいなかった。

「その前に、これをキミの吹き矢の先端につけてくれ」

僕僕が爪《つめ》ではじいた小さな球形の物体を、劉欣は中指の腹で受け止めた。奇妙な弾力と粘り気がある。

「母さんに繋がっているのと同じ物か」

「そろそろしつこい追っかけの正体もつかんでおきたいと思ってね。あらかた予想はついているけど、今ひとつはっきりしない」

劉欣は黙って吹き矢の先端に小さな糸玉を付けた。こちらを警戒もしていない相手を一人撃つことなど、たやすいことだ。

下では薄妃が裂帛《れっぱく》の気合と共に、道士に斬《き》りかかる。王弁は腰が抜けたように、壁際《かべぎわ》に座っているのみだ。

「待て」

僕僕が止めた。集中が途切れるのは劉欣の嫌うところであったが、我慢して吹き口からくちびるを離す。

「百穴を撃て。それ以外では効かない」

「頭頂だな」

途端に仕事が難しくなりやがった、と内心舌打ちする。

劉欣は道士の足取りから、焦《あせ》りを感じ取っていた。

(足取りがおかしい。逃げ道を探っている。壁を破るつもりだな)

男の体に気が集まり始めている。苦しそうに身をよじる蚕を摑み、激しい攻撃をかわしながら自らの力を高めるのは、かなり練達の体術を身につけていなければならない。それでも、劉欣の気配に気を配る余裕がないほど、道士は追い詰められているようだった。

「おい」

道士がふいに薄妃に声を飛ばした。

「これが欲しいのだろう?」

そう言いつつ、摑んでいた一尺ほどの蚕を薄妃めがけて投げつける。蚕は空中で大きく身をひねり、瞬時に巨大な蛾《が》に身を変えた。

王弁と薄妃がその鮮やかな変貌《へんぼう》振りに圧倒されていると、道士の右手が一度袖《そで》の中に消えた。

(暗器か)

一瞬の虚を作り出して、針の穴ほどの隙《すき》をつく。暗殺者の劉欣にしてみたら当然の戦術であった。薄妃という女はまばゆい鱗粉《りんぷん》を振りまく蛾に気を取られ、道士の作った罠《わな》にはまったかに見えた。

道士が袖を振って何かを放とうとした刹那《せつな》、道士の百穴を劉欣の吹き矢が貫く。膨らんだ紙風船を破るような音と同時に、道士は跡形もなく消えた。

「見事なものだ。さ、ボクたちも舞台に降りよう」

僕僕が自分の横を通り過ぎ、ゆっくりと下って行くのが見えた。劉欣が感じていた押しつぶすような圧力は消え、杏《あんず》の花のような華やかな気配が蚕室に満ちていく。そのあまりに鮮やかな気配の変貌振りに、劉欣は一瞬陶然となってしまった。

「さ、おいで」

王弁と薄妃の間に立った小柄な少女は、薄暗い蚕室の中で人差し指を中空へと差し出す。

「おいでって、誰に言ってるんです」

ようやく正気を取り戻して立ち上がった王弁が、僕僕に訊いた。

「この蚕室の真の主さ」

そう答える僕僕の指先に、面縛の道士に捕らえられていた巨大な蚕蛾《かいこが》がためらいがちにふわりと降り立った。

「もう大丈夫だ。キミの自由を奪っていた呪縛《じゅばく》の糸は既に断ち切られた」

劉欣は今さら戦う気にならず、静かに蚕室の梁《はり》から飛び降りた。

「この男のおかげでね」

蚕蛾の大きな目が劉欣を捉《とら》える。殺し屋は、ふと胸を衝かれるような不思議な感覚に包まれた。いつも胸に抱いている、大百足《むかで》を見るときに近い感覚であった。

「こ、こいつ桂州で俺たちを狙った……」

素《す》っ頓狂《とんきょう》な声で王弁が叫んでいる。

「俺たちを殺そうとした！」

「ああそうだ」

と平然と僕僕は答える。

「でもな、こういうわかりやすい殺し屋を前にしている方が安心だ。さっきの宴席でも、キミは虎口《ここう》にいたんだよ」

「はい？」

「ボクたちの前に置かれていた酒壺《さかつぼ》、あいつらがボクたちに注いでいた酒。あれはどれもどんなつわものも酔い潰《つぶ》す薬が混ぜられていた」

「な、何のために？」

「仙人の骨肉は不老長寿に効くといった類のおとぎ話を、役人どもにする知恵者がいたんだろうね」

薄妃は剣を収め、蛾の姿から蚕に戻り気を失ったようにじっとしている虫の背中を優しく撫《な》でている。

「ま、お色気でごまかせる程度の執念でこちらは助かったけれど」

呆然《ぼうぜん》としているばかりの王弁を見ながら、好きになれない類の男だと劉欣は思っていた。自分とはまるで正反対だ。何不自由なく生まれ育ってきた人間特有の臭気がする。

「さて、旅の道連れが増えたところで、さっさと出発しよう。お色気の見せる幻など、たかだか一晩しか持たないものだ」

僕僕が暗闇になっていた蚕室の壁へと手を伸ばす。するとそこに浮かび上がるように、扉が現れた。

「み、道連れってちょっと先生、こいつは……」

王弁はさらに食い下がる。

「殺し屋だって言うんだろ？　だからそんなことは知ってるよ。ああ劉欣、紹介しておこう。この子は王弁。ボクの不肖の弟子だ。そしてこちらが薄妃。ボクのことは僕僕とでも呼ぶがいい」

道連れにする、という言葉を理解するのに、劉欣はしばらく時間がかかった。うまく理解がつながらない。

「どうしてこんな奴連れて行くんですか。危ないですよ」

王弁も怪訝《けげん》そうな表情を崩さない。

「それはね」

足を止めて振り返った美しい少女姿の仙人は、

「劉欣には仙骨があるからさ」

とこともなげに言った。

回《かい》来《らい》走《そう》去《きょ》

誰かのために流す涙

一

艶《あで》な若い女が糸を紡《つむ》ぎ、杏花《きょうか》の蕾《つぼみ》のように可憐《かれん》な少女が織り機を器用に操りながら衣を織り上げている。その傍らで一人の青年が喇叭《ラッパ》を吹き鳴らし、暗い顔をした痩《や》せぎすな男が青年から顔を背けるようにして座っている。

「もう少し盛り上げてよね。糸の出が悪くなるわ」

王弁が腰を下ろす草むらの中から、勝気な声が聞こえてくる。

「そう言われても」

蒼梧《そうご》から東進を続けている僕僕とその一行は、ついに大陸の南端、広州へと差し掛かりつつあった。彼らはこれまでの道中よりも人通りの多くなってきた街道を見下ろす草原に、足を止めている。

王弁が喇叭から口を離して、声のする方を見た。すると、一尺ほどもある大きな蚕が、口吻《こうふん》を動かしながら五色に輝く糸を吐き出している。

「蚕嬢《さんじょう》のご機嫌を取るのがキミの仕事だぞ。しっかりやれ」

ぱたぱたと織り機を小気味よく動かしながら、僕僕が命じる。王弁は仕方なく哨吶を再び口につける。

（あんなやつ信用するんじゃなかった）

蒼梧の城内で声を掛けてきた面縛《めんばく》の道士を思い出して、王弁はぶるぶると胴震いする。

人語を話す蚕は自らの出自について、苗《ミャオ》人の国から来たこと以外は語ろうとしなかった。苗は大陸南西部に広く住む少数民族で、浅黒い肌と鮮やかな衣、そして勇敢な戦いぶりで漢人の脅威であり続けた。衡陽《こうよう》という街で黒卵《こくらん》という化け物じみた漢人の男に怯《ひる》むことなく挑んでいった、双子のようによく似た苗人を、王弁は憶《おぼ》えている。強敵を怖れぬ凜《りん》とした若者たちを僕僕が助けたのだった。

その苗から来たという蚕を僕僕が蚕嬢と呼んでいるので、他の者もそうすることにしている。薄妃《はくひ》が面縛の道士の手中から救い出したのである。

不思議な蚕を使って、面縛の道士は王弁に何かをしようと企《たくら》んでいたらしい。長沙《ちょうさ》でも雷神の子、砰《ぱん》とその友人の少年、董虔《とうけん》を騙《だま》そうとした男だったことを考えれば、裏があることに気付くべきだった。

（苗国から連れられてきたあの蚕を使って俺の魂魄《こんぱく》を縛り取ろうとしていたなんて。でも、そんなことなら先生もさっさと助けてくれたらよかったのに）

ただ、それほどまでして男が手に入れたがる自分の魂魄は、もしかすると特別な存在なのではないか、と王弁は秘《ひそ》かに期待した。あの一件でも、雨止めの祈禱《きとう》にやってきた不空上人《ふくうしょうにん》は王弁の血を使って二人の少年を救ったではないか。

僕僕は、

「それは残念。キミに特別な力は一切ないよ。修行をせず仙骨もなければ、変わった術も力も何もない。ただ平々凡々と生きてきたから扱いやすい魂だと思われているだけだよ」

とにべもない。だからこそ余計に、一行に加わった仙骨を持つという殺し屋が気に食わない。暗い場所で見ても不気味だったが、太陽の下で見るとなおさら気味の悪い男である。やたらと長い手足に、小さな胴体と暗くて深い眼窩《がんか》を持つしゃれこうべのような顔がくっついている。

その懐《ふところ》からは禍々《まがまが》しい顔をした大百足《むかで》が顔を出し、王弁の方を見て時折かちかちと牙《きば》を鳴らして見せるのである。

劉欣《りゅうきん》というその胡蝶房《こちょうぼう》の男に命を狙《ねら》われたのは二回。いずれも僕僕や薄妃の活躍によって助けられてはいるが、自分の命を狙った人間を道連れにするなど、王弁には耐えられないことであった。しかも仙骨があるときた。魂魄を鎧《よろい》のように覆《おお》い、人を超えた力を作り出す炉のような存在である仙骨は、王弁が欲しくてたまらないものだ。

何度か強く抗議した王弁であったが、

「キミより劉欣の方が仙骨のある分ボクに近いんだよ。気に食わないならキミの故郷の光州まで送ってあげるけど」

などとにやにやしながら言われては引き下がるしかない。仙骨があろうがなかろうが、自分の方が弟子としても道連れとしても筋目が正しいのに。

一行に入ると決まったその日、一体誰の指図で自分たちを狙ったのかと詰め寄った王弁に、

「読んでみろ。仙人のお仲間ならな」

と馬鹿《ばか》にしたような冷たい笑みを浮かべただけであった。それ以来、王弁はこの男とろくに口を利《き》いていない。

「ねえねえ、もっと聞かせてくれないと、もう糸吐いてあげないわよ」

蚕がきょんきょんと明るい少女の声で、物思いにふける王弁を見上げる。蚕は吐き出した糸を手の形に作り、その白い指で彼の頬をつねり上げた。

僕僕によると、薄妃のほつれを繕う時に使っていた蓬萊《ほうらい》にいる天蚕の糸と同じくらい強くて軽い糸を、この蚕は吐くのだという。ただ、その糸はご機嫌麗《うるわ》しくないと出ない。

「わかった！　わかりましたよ」

明るく楽しい曲を演奏して気分を盛り上げてやろうとは思うのだが、どうしても視界の隅にいる暗い空気をまとった男が気になって、いまひとつうまくいかない。

「ちょっと休もう」

ちらりと王弁を見て、僕僕は織機をぽんぽんと優しく叩《たた》く。物に変身するのが得意な僕僕のしもべ、織機に化けていた第狸奴《だいりど》は、ふっさりした尻尾《しっぽ》をぴょこぴょこと振って主《あるじ》に応《こた》えた。

「何よ、あんたがもたもたしてるから作業全体が止まっちゃったじゃないのよ」

蚕は不服そうに顔をもたげると、ぴゅっと小さな塊を王弁の顔に吹きつけた。顔にくっついた糸は蜘蛛《くも》の巣状に広がり、哨吶とからまってわずらわしいことこの上ない。

「ほんと役に立たないわね」

粘りつく糸と格闘している王弁を横目に、もぞもぞと尻《しり》を振って薄妃のところへと地面を這《は》っていった。

（妙な道連ればかり増える）

王弁は頭を抱えたくなる。

「ほら見て、王弁さん」

薄妃が嬉《うれ》しそうな顔をして、少しずつ織りあがっていく生地の一部を胸に抱き、舞うように王弁に差し出した。

「これが完成したら、いよいよ……」

故郷へと帰るのだという。

はっきりした目的を持ちそこへまっすぐに進む薄妃が王弁にはまぶしく映る。彼女は常に、恋人と共にいる方法を探し続けてきた。死者の骨から僕僕の気へと体を満たすものを変え、そして少しずつ人の食物や飲み物で自らの形を維持する修行もこなしてきた。

あとは維持した体を包む軽くて丈夫で美しい衣が必要だった。僕僕は、気が抜け続けて止まらなかったり、体が破れて自分で繕えなかった時に戻って来られるだけの力が付けば、恋人のもとに帰ってよいと言い渡していた。

「体を張って蚕嬢ちゃんを護《まも》ったかいがありました」

「あの、俺を助けてくれたんじゃ……」

「それはもちろん」

薄妃は取って付けたようにそう言い、袖《そで》で口元をおおって微笑《ほほえ》んだ。

まあ、薄妃の衣には蚕嬢の吐く糸が欠かせないとなれば、必死にもなるというものだろうと、王弁も納得する。そして、面縛の道士に操られている時は抑揚のない口調だった蚕は、呪縛《じゅばく》がなくなった途端に闊達《かったつ》な少女の本性を現した。

蚕嬢と薄妃はすぐに意気投合したものの、気が乗らないと糸なんて吐けないとのたまう。僕僕はそれを聞くや、すぐさまご機嫌とりを王弁に押し付けた。

「不思議な生き物の相手は得意だろ？　吉良《きら》を手なずけたときみたいにやってみろ」

そういうわけで、渋々ながらも哨吶を吹くことになったのである。

二

織り上がった衣を身にまとった薄妃の表情は、街道脇《わき》で陽光を受けて輝く棕櫚《しゅろ》の葉のように瑞々《みずみず》しい。

「ありがとう、先生、王弁さん、蚕嬢ちゃん、それに劉欣さん」

一行は広州に連なる大平原が遠望できる、小さな丘の上に立っていた。そこからいよいよ、薄妃は恋人のもとへと帰還の途につくのだ。

僕僕の気によって風に自由に乗る力を身につけ、天蚕に等しい上質の糸で織り上げられた衣が彼女を彩《いろど》っている。皮一枚の妖異《ようい》であった彼女は限りなく人に近く、また人を超えた存在となって恋人の住む街へと帰っていくのだ。その姿を王弁は眩《まぶ》しく見つめていた。

一緒に旅をするようになってほんの数ヶ月。なのに醴陵《れいりょう》で初めて出会った時とは大きく印象が違っていた。最初は僕僕に襲い掛かった時の鬼のような印象が強く、恋人のことだけで頭が一杯の人だと思っていた。人骨を掘り出しては皮一枚の体に入れ、人型を保っていたなんて気味が悪かった。

しかし僕僕の気を取り込むようになった薄妃は明るくて美しいだけではなく、衡陽で親の敵を討とうとしていた王達《おうたつ》とその妻を助けようとしたり、湘潭《しょうたん》の薬種屋蔣誠《しょうせい》の妻が記憶を失ったふりをした夫を刺そうとした一撃を身をもって遮ったりと勇敢な一面を見せるようになった。そして王弁自身も劉欣の襲撃から助けられたりするうちに、いつしか彼女を敬するようになっていたものである。

僕僕も薄妃に対しては、上からものを言うことはほとんどなかった。助言をする、という姿勢に徹しているように王弁には見えたが、それを不服に思うことはなかった。

いつしか、頼りになる姉が出来たような、そんな安心感のほうが先に立っていた。

(行っちゃうのか)

もともとそういう前提で旅についてきているとわかっているにもかかわらず、恋人のもとに帰ることを祝福する気持ちと、旅の仲間がいなくなる寂しさが複雑に入り交じっている。

自分が旅に出る時は、その行く先への期待で頭が一杯だから、寂しいと思うことはない。だけど、見送る者には残される寂しさがある。王弁もそのことは、僕僕のいない五年間に痛いほど経験していた。幸い、五年の間には多くの小事件が起こったから退屈はせずにすんだものの、そうでなかったら、狂い死にしていたかもしれない、とも思う。あの切ない感じはもうごめんだった。しかし引き止めるわけにもいかない。

「じゃあね、王弁さん」

最後にもう一度、一人一人の手を取るように挨拶《あいさつ》していた薄妃は、最後になって王弁の目の前に立った。

「気をつけて帰って下さい」

「ええ、ありがとう」

ぎゅっと手を握った感覚は皮一枚のあやかしではなく、柔らかくて温かい人の感触

だった。そして身を翻《ひるがえ》した薄妃は何かを思い出したかのように振り返って王弁の肩に手を置くと、

「先生をお願いね」

とそう小さく、しかし力強い声で言った。

頬骨の下のあたりが急にきゅんと痛くなる。まぶたが熱くなって、自分の顔がゆがんでいくのを王弁は止められない。

「先生や王弁さんとの旅、本当に楽しかったわ。きっとずっと忘れないと思う」

頷《うなず》くことしか出来なくなった王弁に背を向け、薄妃はゆっくりと上昇を開始した。風が小さく舞い、南国の緑が小さく波打つ。

僕僕と劉欣は表情を消し、黙って空を見上げている。王弁は幼児のように顔をゆがませながら、遠ざかっていく旅の仲間を見送っていた。

やがて王弁の視界からその姿は消え、劉欣の常人離れした視界からも消えた。僕僕は王弁よりも先に視線を戻し、広州へとつながる平原を見ながら豊かな髪を風に遊ばせている。

「劉欣」

不意に僕僕が胡蝶の殺し屋を手招いた。耳打ちするように何か話している。しばら

く首を傾《かし》げるようにしていた劉欣は僕僕から一枚の護符を受け取ると、無造作な足取りで丘の下へと姿を消した。

そんな師の行動は、落胆している王弁の気持ちをさらに落ち込ませた。薄妃は「先生をお願いね」と言ったけれど、自分は相変わらず何かを言いつけられることもなく、ただそこにいるだけだ。

「いじけるな」

不意に目の前に移動してきた僕僕は、つま先で地面にのの字でも書きそうな弟子の鼻を、指ではじいた。

「劉欣には薄妃の後を追ってもらった」

「どうしてです？」

「ま、用心のためとでも言っておこうかな」

「そりゃ、俺が行くよりは頼りになりますもんね」

と王弁のいじけは止まらない。

「あんたばかね」

草むらから顔を出した蚕が心底さげすんだように吐き捨てた。

「そう言うな。弁はこう見えても、その自覚だけはあるんだから」

僕僕の言う通り、王弁は自分がばかな態度をとっていることをわかっていた。

「大切な仲間が去った寂しさを慰めて欲しいのならそうしてあげるけど」

僕僕はごくあっさりした口調で王弁の心中を説いて見せた。王弁は、ああ、そうか、と納得する。僕僕が優しく甘い言葉をかけてくれたら、気が紛れると思ってすねて見せていたのだ。

(俺すっごいかっこ悪いな)

丘の上に駆け登った王弁は喇叭《ラッパ》を取り出し、力いっぱいに吹き鳴らした。

一方、丘から下りて街道脇の木立に腰を下ろした劉欣は、僕僕から預かった護符をしげしげと眺めていた。

(これを足に貼《は》り付けると、一晩に千里は走れる、だと)

文字の両端がひげのように垂れた不思議な書体である。胡蝶の連絡で使う符丁に似ていなくもないが、情報収集のために様々な書体を解読できる劉欣にも何が書いてあるのか皆目見当がつかない。両親からもらったお守りに書かれている文字ともどこか趣が違った。

(あの仙人が言うのだから本当なのだろうか)

劉欣は今でも迷い続けていた。いまだに指令を遂げられずにいる自分に対し、胡蝶は両親の身柄を確保したと言ってきた。仙人たちを手にかけないまま都に戻れば、自分だけでなく両親も無事では済むまい。一方で、母の命脈を握っていると称する仙人は、刺客である当の劉欣を旅の仲間に加えると言う。この奇妙な仙人は、信用するに足りるのか。万が一の起きた時、胡蝶から母を守る力はあるのか。

（それにしても妙な奴《やつ》らだ）

若い娘の格好をしている仙人も奇妙なら、皮一枚で人間になろうと努力を続けていた女もおかしかった。それに、仙人に付き従っている若い男は、やたらと劉欣の感情を逆撫《さかな》でした。自分のような稼業《かぎょう》では、人に対する好悪《こうお》を持たないように訓練されている。そんなもの、仕事の上では邪魔でしかない。

なのにその若い男を見ていると、苛立《いらだ》って仕方がない。何かといえばうじうじと悩み、かと言ってそれを打開する能力もなく行動もしない。

なぜこの男が皇帝から直々に通真《つうしん》先生の名を授けられたのか不思議であった。仙人の色小姓にでもなっているのかと考えたが、そういった劣情を僕僕が抱いているようには見えない。

（とにかく今は、あの仙人の命令を聞いているフリをするしかあるまい）

現状ではすぐ胡蝶に戻るのは難しそうだ。仙人は母の命脈を握っていると言っているが、それが真実として冷酷にそれを断ち切るとも思えない雰囲気だった。だったらここは「待ち」であると劉欣は判断した。

（一晩千里の速さならさすがに胡蝶の追っ手も捉《とら》えきれまい）

油断はしないものの、劉欣はそう考えつつ護符を足に結わえ付けた。

三

風が軽い。

薄妃は自分が美しいかどうかはさほど興味はなかったが、彼が愛してくれるだけの外見は取り戻せたことを喜んでいた。僕僕が吹き込んでくれた気のおかげで、死体を取り込んでいた穢《けが》れが除かれ、清らかさを手に入れた。僕僕の気の思わぬ副産物か、これまで縁のなかった剣技まで身に付いている。

中国南部の山がちな一帯は、仲間たちと下った道である。多くの人に出会い、訪れたことのない街を見た。その光景は彼女の中では既に懐《なつ》かしいものとなっていた。

（この空をたどるのも三回目ね）

一、二回目は桂州始安城《けいしゅうしあんじょう》郊外を流れる川、相思水《そうしすい》の女神に助けてもらった時だ。

その時は薄妃自身の準備も万全でなく、女神劫鰓《こうし》の気持ちに引っ張られ、途中で気を失って墜落する羽目になった。

薄妃自身もどこか後ろめたさのようなものを感じながら醴陵へと飛んでいたことを思い出す。あれはきっと、自分の自信のなさや、相思水の女神が抱いていた鬱屈《うっくつ》した思いが折り重なっていたからだ。そして結局、あの時は恋人の賈震《かしん》には会えず、女神の想《おも》いも恋人に届かなかった。

(相思水の女神、劫鰓様の想いも何とかしてあげたい)

諦《あきら》めの中で石碑の中に沈んでいった横顔が今でも忘れられない。薄妃自身も危うく落ち込みかけた絶望の淵《ふち》に、彼女は落ちてしまったのだ。薄妃は彼女の親切に報いるためにも、まず自分の想いを遂げることに集中していた。そうすれば次の光が見えるはずだ。新たな光が見えれば、劫鰓を手助けすることも出来るだろう。

(きっとこういう楽な気持ちを持てるようになったのは、王弁さんのおかげね)

王弁という青年は、自分の愛情の深さをどう表現していいか知らない未熟な人間だ。むしろ自分の気持ちの強さすら認識できていない、と薄妃は思っている。だが、得体の知れない気持ちにのたうちながら、それでも一人を想い続ける姿が薄妃には好もしかった。

(次に先生と王弁さんに会う時、二人はどうなってるのかしら)

それを想像すると何だか楽しい気持ちになってくる。その時には、彼に二人を紹介しよう。私があなたの傍にいられるのは、この二人のおかげです、と。

空を行くと、風は刻々と向きを変える。時には背中を押してくれるが、多くは横に流そうとしたり、前から押し戻そうと吹きつけたり、下から吹き上げ上から押さえつけてくる。しかし今の薄妃には、どのような風も怖くなかった。

内側から湧《わ》き出る力を、五色の蚕糸《さんし》を織って仕立てた衣が柔らかく、そして堅牢《けんろう》に包んでくれている。

(そう言えばあの蚕嬢ちゃんも妙な子だったわね)

見た目は芋虫なのに、口を開けばきゃんきゃんと明るい少女なのである。何でもぺらぺらとしゃべる割に、僕僕たちがその来歴を訊《たず》ねると黙ってしまうのである。何を気に入ったのか、王弁の袖《そで》の中に住み着いている。

初めは気味悪がっていた王弁も、いつの間にか夜寝るときには寝返りを打って押しつぶしてしまわないように気遣って眠っているのがおかしかった。第狸奴と王弁の頭の上をめぐって喧嘩《けんか》しているのがさらに微笑《ほほえ》ましい。

（こう思い出してると、何だか寂しくなってくるわね）

それが旅というものなんだな、と薄妃は心の引き出しに懐かしい思い出をそっとしまった。これからは、愛し合う二人の新しい日々が始まるのだ。

（これが仙術というやつか。すごいな……）

一晩に千里を走るという触れ込みの符の力に劉欣は舌を巻いていた。

劉欣は街道を行かない。胡蝶が自分に目をつけているとわかっている以上、闇《やみ》に沈んでいるほうがよい。

尾根から尾根、谷から谷と道なき道を疾走している劉欣の目算では、一晩で七百里は進んでいた。空を行く薄妃との距離は埋めるべくもないが、このままいけば、先行する薄妃とそれほど日を空けずに醴陵にたどり着けそうだった。

それにしても仙人というものは何を考えているのかわからない。恋人のもとに帰ろうという薄妃が無事に醴《うろ》陵で想いを遂げるまで見届けろ、と彼は命じられた。余計なことだ、と思ったが、虚のように深い瞳《ひとみ》の底がまったく窺《うかが》えずにいるうちに、引き受けてしまっていた。

（うまく使われていると命を縮めそうだな）

そう苦笑しながら、彼は深山の中を飛び走っているのである。湘源《しょうげん》の城を横切ったあたりで、薄妃の脈拍が急に上がったことを感じ取った。

手首に結わえられた透明な細い糸に目を凝らす。僕僕は薄妃の手首に一方を、もう一方の端を劉欣の手首に結わえていた。ただし、薄妃はそのことを知らない。

自分が使えたら、これほど強い武器はない。そう劉欣は考える。相手の状態を摑《つか》んで、最高の時機を見計らいながら仕事が出来るのだから。

(仙骨、か……)

断片的に聞こえた王弁と蚕の会話からすると、それがあると仙人のような力を身につけることができるようだ。そして僕僕が王弁に向かってはっきり言った言葉を劉欣は憶《おぼ》えている。

(俺にはその仙骨がある……)

劉欣は自分が殺し屋としてこれまで積んできた鍛錬や力に疑問を抱いているわけではない。しかし空を飛んだり千里離れた所にいる人間の脈を測ることは出来ない。無数にある胡蝶の技にも、そのようなものはなかった。

(とすれば、俺は胡蝶の誰をも超える力を手に入れることが出来るのではないか)

そうなれば状況は一気に有利なものへと変わる。問題はそこまで自分が生きていられるか、だ。

だが、それはかなり難しい問題のようだった。竹や笹が密生する茂みの途中で、劉欣はぴたりと足を止めた。自分を遠くから見つめている一つの気配を感じ取ったからである。

(きりがない……)

ため息をつく。その気配は劉欣自身と同じ種類のものであり、易々《やすやす》と切り抜けられる類《たぐい》の人間ではなさそうだった。その気配を元に誰かを探ろうとしたが心当たりのある胡蝶はいなかった。

いまだに胡蝶と真っ向から遣《や》り合う気にはなれない。だから止《とど》めを刺さずに追っ手を送り返しているのだ。

足元に貼り付けられた護符を確認する。ひらひらと頼りない護符だが、どれだけ高速で走ろうと剝《は》がれることはない。

空を見て星の位置を確認し、劉欣は茂みからするりと体を滑り出させた。敢えて気配をさらし、相手を釣る。こちらが気づいていることを知らせることで、戦闘の放棄を暗に求めるのだ。

(止めてはくれん、か)

相手は劉欣が足を止めると動きを止めたが、気配を消すこともなくじっとしている。ただし、戦うことを止めたようには思えなかった。

(まだ経験の浅いやつだろうな)

もし熟練の殺し屋なら、相手がこちらの気配を察知したかどうかをすぐに悟るだろう。第一、相手に気配を悟られるような愚は冒さない。

人の倍はある細長い四肢を器用に使って、劉欣は道なき道を滑るように走り出す。巨大な山犬のように追っ手の気配を振り切ろうとしていた。

(速い……)

おかしいのだ。劉欣の全速力は、胡蝶でも遅いほうではない。しかも今は僕僕から速足の護符までもらっている。普通の人間に追いつけるわけがなかった。

追っ手との距離は広がるどころか、縮まり始めている気配さえあった。これではまともに遣り合わねばならない。

手足の一本でも叩《たた》き折るか、経絡を点穴して動きを止めて先を急ごうと心に決める。しかし劉欣は異変に気付いた。空を見上げる。この一帯に入った時と、星の位置、月の角度、全《すべ》てが微動だにしていないことに気付く。

(方術か)

兵法の中に奇門遁甲陣《きもんとんこうじん》という罠《わな》があることを劉欣は思い出す。定められた入り口と出口を経由しなければ脱出することの叶《かな》わぬ、敵軍を絶対の死地に追い込む兵法だ。活路を探して奮闘しているうちに、罠にかかった一軍は殲滅《せんめつ》されるという寸法である。

さすがに劉欣はじたばたと騒ぐことはしなかった。一丈ほど跳躍する。すると相手も同じく跳んだ。劉欣は一つ大きく息をついて体の力を抜いた。それでも相手は近づいて来ない。

奇門遁甲の陣は脱出方法を間違うと、永久に陣内をさまよい結局は身を滅ぼされる。

「……巽《たつみ》に抜けよ」

すると耳の奥で僕僕の声がした。劉欣は暗闇の中で頷《うなず》き、巽（南東）の方角に向かって全力で駆け出した。

四

醴陵の街は変わらない。薄妃がかつて住んでいた三獅洞《さんしどう》は荒れ果ててしまっていた。いかにも妖怪《ようかい》の一匹でも出てきそうな雰囲気である。

（そりゃこんなとこに住む女と付き合っていれば、あの人の精気も失《う》せるわよね）

薄妃はおかしくなって小さく笑った。しかしこれからは違う。奪うのではなく、与えるのだ。それだけの力が自分にはある。

漉水《ろくすい》の黒い流れに沿うように、うねりを含んだ丘陵地帯に築かれた醴陵の街でも、ひときわにぎわっている一角にその人の住処はある。街の名物であり、欠かせない食材である臘肉《ろうにく》の大店《おおだな》は今日も人の出入りが激しい。

その様子を風に乗って見下ろしながら、薄妃はどうやって彼の元へと戻ろうかと思案していた。妻にしてくれると彼は言っていた。しかし素性の知れない女が大店の嫁に入ることが難しいことであることも、薄妃はよくわかっている。それでも、二人なら乗り越えていけるはずだ。

だから二人でこの狭い街を出て、二人だけの生活を送るのだ。どこかの街道沿いで茶屋をやってもいい。違う街で商売を始めたっていい。薄妃は僕僕たちとの旅で多くの街と人を見てきた。人に交わるのは苦痛ではなく、新しい世界を見ることは楽しかった。自分が力を尽くして働けば、恋人の一人や二人養える自信もある。自分には僕僕に吹き込まれた蓬萊《ほうらい》の気が満ちているのだ。

(夜に彼の寝室へと降り立とう。枕元《まくらもと》に私がいれば、きっとあの人はびっくりして、そして笑って抱きしめてくれる。そして二人の人生が始まるんだわ)

そう考えるだけで薄妃は体がとろけそうになるのであった。

日はまだ高い。薄妃は三獅洞に戻って洞内を清め始めた。何かしていないと、気が落ち着かないのである。埃《ほこり》を払い、巣くっていた蛇蝎《だかつ》の類を追い払い、香を焚《た》いて花を生ける。一つ部屋を清めるたびに、気持ちまで晴れ渡っていくようだった。

（そういえば、いつ私はここに来たのかしらね）

どういう経緯で自分が皮一枚になり、ここにたどり着いたのかよく思い出せない。思い出そうとすると、不快で重い何かが心の奥を覆《おお》っているような気がして、どうでも良くなってしまう。

（いえいえ、大切なのは未来。これからよ）

薄妃はすっかり美しくなった洞内を満足気に見渡して、両手を腰に置いた。洞の外に出て太陽を見れば、まだ高いところにある。

（待ってる半日ってのは本当に長いわね）

そういえば逢瀬《おうせ》の時もそうだった。付き合い始めた当初は、夕刻に逢《あ》っていた。なのに、四半刻《しはんとき》、半刻と早まっていき、最後には朝餉《あさげ》の後に待ち合わせることが二人の間の約束になっていた。一瞬でも会っている時間が長くなるように、全力を尽くした。

（醴陵の上にいよう）

少しでも彼の近くにいたい。

軽やかになった気持ちでふわりふわりと風に乗ると、薄妃は恋人の住む街の上空へと再び向かった。

劉欣は割れた鏡をしげしげと眺めていた。径三寸ほどの鏡の周囲には、八卦《はっけ》が刻まれている。八卦の他にも見たことのない蚯蚓《みみず》ののたくったような文様が描かれているが、彼にその意味はわからない。

僕僕の声に従って林の中を巽の方角に走った。すると先ほどまで一定の距離を保っていた気配が急速に近づいてきたものだ。彼は吹き矢を手に持ち、いつでも発射できるように構えながら一心に走ると、彼の視界の隅で何かがきらっと光った。

(射よ!)

という少女の声より先に、劉欣はそこへ渾身《こんしん》の一撃を放っていた。ぱりんと小さな音とともに光は消え、そして自分に迫りつつあった気配も消えた。

(自分の幻影と追いかけっこをしていたというのか)

げらげらと笑いたくなってくる。自分が小さな山の周囲をぐるぐると廻りながら、鏡に照らし出された自らの気配とどう戦おうか考えたり、逃げようと決心したり、じたばたしている姿を思い出したからである。

野垂れ死にするまでぐるぐると同じところを行ったり来たりするなんて、なかなか乙な最期《さいご》かも知れない。そう考えて、初めて背筋が寒くなった。僕僕の声が聞こえなかったら、ここで骸《むくろ》となっていた。

(ここはあの仙人に一つ借りが出来た、と考えるべきなのかな)

母の命脈を握られたり、胡蝶から追い掛け回されるきっかけを与えられたりとひどい目にあわされているのに、そんな風に考えてしまうのが不思議ではあった。

鏡の破片が陽光をちらりと反射する。既に夜は明け、昼を過ぎていた。

(芝居の書割《かきわり》のようなところにずっといたわけか)

劉欣はそう理解した。そして何かに気づいたように割れた鏡を懐《ふところ》にしまうと、醴陵に向かって駆け出した。二の罠、三の罠があることは当然考えられたが、彼の指に結わえられた蚕糸が急を告げていた。

臘肉の大店はいつにも増して人の出入りが激しい。

(相変わらず繁盛《はんじょう》してるのね。あの人、今でも家の人に叱《しか》られているのかしら)

もともと勤勉でない若旦那《わかだんな》は薄妃にのめり込むようになってから全く家業を手伝わ

なくなった。そのことで家の者とうまくいっていないことを彼女は聞いていた。でも、その点に関しても、薄妃にそれほどの心配はなかった。二人だけの暮らしの中で自分が助け、立派にやっていく自信があった。夫の長所を伸ばし、短所を補うのは妻の務めだと彼女は考えている。

（自分たちで出した店を大きく育てて、この臘肉店を買い取ってしまうのも面白いかも）

僕僕たちと旅をするうちに、思いついた商売の種がいくつかあった。知り合いも増えた。出来ることはいくらでもありそうだった。

体にみなぎる力は僕僕のもとを去って数日経《た》つというのに衰えることがない。自ら力の源を口から摂《と》り入れることが出来る、というのがこれほど便利なことだとは思わなかった。人間とは贅沢《ぜいたく》な生き物だ、と薄妃は思う。自分もその一員になれたのだ。

ようやく太陽が西の峰に沈んでいこうという頃、上空から街を眺めていた薄妃は、奇妙なものを目にした。長く、華やかな行列である。

赤く鮮やかな紙で装飾された提灯《ちょうちん》を全員が提げ、行列の真ん中にはひときわ華麗に装飾された輿《こし》が、八人の屈強な男たちによって担《かつ》がれている。

（葬列……じゃないわね。婚礼の行列だわ）

何とまあおめでたいことだ、と薄妃は心から祝福を送る。恋人と再会出来るよき日に嫁入りするなんて、なんとご縁のあることだ。

薄妃は高度を下げ、行列の上を飛ぶ。百人からなる行列の先頭には祝いの言葉を大書した幟《のぼり》が二本。楽隊が心の浮き立つような曲をかき鳴らし、道化が見物人に提灯を渡している。婚礼の列が、暗くなり始めた醴陵の街に光を灯しているかのようであった。

（これは盛大な嫁入りね。どこかしら）

ここまでの名家なら、いずれお付き合いも出来るだろう。薄妃は行進曲の旋律に身を委《ゆだ》ねながら、その行く先を確かめようとした。

街を練り歩くように進む行列は、見覚えのある場所に近づいていく。

近くに住んでいる新婚さんなら、何かと話も合うだろう。行列は臘肉店のある一角へとさしかかり、薄妃はどの家に一行が向かうのか、興味深く見ていた。行列はゆっくりとした速度のまま大路を行き、やがて一軒の屋敷の前で歩みを止めた。

（あの人の家だ……）

彼女の中の自信がゆらりゆらりと頼りなく揺れだす。

近くに住む親族なり誰かが結婚し、その道中挨拶《あいさつ》に訪れているだけかもしれない。

きっとそうに違いない。でなければこのように華やかな行列、この屋敷に用はないものの。こんなおめでたい行列が来る時は、その中心に自分が座っていなければおかしいのだ。

光と音を撒《ま》き散らすようにして、臘肉店の前に壮麗な輿が下ろされる。恭《うやうや》しい手つきで世話役らしい老人が簾《すだれ》を上げると、初々《ういうい》しい化粧で表情を覆った少女がゆっくりと姿を現した。

楽隊は音を収め、爆竹は鳴り終わる。大きく開かれた店の扉から、一人の若い男が姿を現し、こちらもゆっくりとした足取りで歩み出てきた。

じっとりと手のひらに汗が浮かぶ。全ての希望と願いが急速に溶けて流れ出していく。

(どうして……)

青年は静かな表情で花嫁の手を取り、屋敷の中へと導く。あれはきっと弟か誰かのための露払いで、彼自身には関わりのないことなんだ。そんな最後の望みも、花嫁のはにかんだような笑顔と、それを見守る青年の優しいまなざしに打ち砕かれてしまう。

気力が毛穴から全て流れ出したような気がして、薄妃は気が遠くなってしまった。これまで軽く感じていた風が急に体を押しつぶそうと重さを増す。

抗《あらが》おうとする気も起きず、彼女はただ風が流れる方向へとその体を委ねていった。

(悪い夢を見ているのね。きっとそうだわ)

気を失うように、薄妃の意識は遠のいていった。

五

醴陵西の城外にたどり着いた劉欣は、小指を伝ってくる薄妃の魂魄《こんぱく》が放つ規則的な拍動が一度全力疾走したように高まった後、瀕死《ひんし》の病人のように弱まったことを感じていた。

(何かあったらしい)

考えられるのは、自分や仙人だけでなく、その随員である薄妃にも追っ手が差し向けられていたという可能性である。

しかし薄妃も、ただの女ではない。劉欣の得物である吹き矢を完封するほどの腕前を持っているのだ。胡蝶といえども簡単に倒せるとは思えなかった。それに今は、僕の気を体内に秘め、天蚕の衣をまとっている。

気配を探る。消えそうな拍動が近くで震えている。ふと劉欣は頭上を見上げた。夜の先触れのような明るい星々が瞬《またた》く下に、見覚えのある姿を発見した。

(何をやっとるんだ、あの女は)

薄妃は路傍の柏《かしわ》の枝に引っかかって、呆然《ぼうぜん》とした表情で風になびいていた。

「おい」

視界に自分が入っているはずなのにまるで反応を示さないのに業《ごう》を煮やし、劉欣は普段あまり開かない口を開いた。

「男のところに戻ったんじゃないのか」

男、という単語に反応したように、薄妃は視線だけを劉欣の目に向けた。

「幸せのあまり空でも飛びたくなったか」

とりあえず追っ手に襲われて、ということではなさそうだと安心した劉欣は、似合わない冗談を言った。

「……殺して」

「何？」

不穏当な言葉に思わず見上げると、殺し屋のこけた頬に冷たい滴《しずく》が数滴、立て続けに落ちてきた。ため息をついて木に登った劉欣は、力なく風に漂っている娘を指に引っ掛けるようにして枝から外した。

「なるほどな」

会話の間、劉欣が発した言葉はそれだけだった。女に縁がなく、また興味もない彼にとって、薄妃の話は脂身《あぶらみ》だけを煮込んだ土鍋《どなべ》のようにくどかった。

どれだけ自分が賈震という男を愛し、その人のために努めてきたか、何度となくかき口説いた。右から左に聞き流しているだけでも、苦痛であった。それでも劉欣は、それを打ち切らせて立とうとは不思議に思わなかった。

「……劉欣さん。あなた、殺し屋でしょ」

「ああ、そうだ」

殺し屋だ。自分がそうなのだと意識することは、この仙人一行と関わってから多くなった。殺し屋の中にいるときは、殺し屋であることは日常でしかない。

刃物でやるのか飛び道具でやるのか、それとも毒でやるのか体術でやるのか。殺しの標的に近づく方法と仕事を実行する手段を考えることが仕事だった。殺す相手と殺すための手段が常に身の回りにあった。

(ああ、だから俺はあの男が嫌いなのだな)

二十歳はとうに越えているらしいのに、いまだにぬくぬくとむつきに包まれたような顔をしている。自分にはそんな時期すらなかった。気付けばどぶの中で、友である百足《むかで》とともに生きた蛙《かえる》や虫を喰らって命を保っていた。その時から、劉欣は狩人《かりゅうど》であり、殺し屋なのだ。生きるために殺す。それが自分だ。何にでも無邪気に驚き、何の目的も手段となる能力も持たないあの男とは違う。

「で、殺し屋の俺に何の用がある」

普通の人間が殺し屋に望むことは唯《ただ》一つだ。誰かを殺して己の目的を果たしたいのだ。

「殺して」

「誰を」

薄妃の顔は、鬼の凄愴《せいそう》さを湛《たた》えていた。数日前の、希望と愛情に満ちた表情ではない。絶望と憎悪《ぞうお》がその美しい顔を覆《おお》っていた。

こんな顔を数え切れないほど見てきた。劉欣にとって人の感情とは、こちらのほうが自然なものだった。

「私を裏切った男と、あの人を奪った女と……」

うつろな目で薄妃は続けた。

「そして私を。あの人がいないこの世の中で生きていても仕方ありませんから」

なるほど。と劉欣は頷《うなず》いた。今ここでこの女を殺すのは容易だろうが、一つだけ気になることがあった。

「お前を殺したとして、俺の母さんに危害が及ぶことはないのだろうな？」

「私が死んでもあなたのお母さんは死にません。先生が無意味な人殺しをすることなど、あり得ない」

「……信じていいのか」

あの仙人は劉欣に、

「見届けてやってくれ」

とささやいた。命を失《な》くす本人から「殺してくれ」と頼まれるのは初めてだが、仙人はこれを見越していたのだろうか。

「私にもその場に立ち合わせて下さい」

殺し屋の袖《そで》を捉《とら》え、瞳《ひとみ》に必死の気配をみなぎらせて薄妃は懇願した。仕事に他人を立ち合わせることなど初めてだったが、相手は素人《しろうと》。それに今の薄妃であれば邪魔にはなるまい、と劉欣は同意した。

王弁はとんとん、という規則正しい機織《はたお》りの音を子守唄《こもりうた》に、眠ってしまっていたようだった。胸の上には蚕が仰向けになって眠っている。

「蚕のくせに鼻提灯かよ」

王弁は呆《あき》れて、蚕の鼻から膨らんだりしぼんだりしている泡を指で割った。

「な、何すんのよ」

蚕が小さな口吻《こうふん》を動かして、王弁の鼻に噛《か》み付く。

「いてっ！　かわいくないなあ、もう」

「あんたに言われたくないわよ」

ふん、とそっぽを向いた蚕は地面を這《は》って僕僕のもとまで行くと、体を伝って肩に登った。

「もうあんたなんか構ってやんないんだから」

そういうと、もぞもぞと懐の中に姿を消した。

「仲良しだなキミたちは」

手を休めず、僕僕は苦笑いする。

「仲良しっていうか、一方的に絡《から》まれているような気がしますけど」

ここ数日、王弁はいつにも増してぼんやりした気分に支配されていた。

「薄妃さん、ちゃんと恋人とうまくやってますかね」

「さあな。便り無きは良き便り、と言うから」

静かに機を織る横顔には穏やかな無表情が浮かんでいるのみで、その心中は窺《うかが》えない。

（もし俺に仙骨があったなら）

と悔しい。僕僕と同じような力を使えたなら、きっと考えていることもわかるだろう。そうしたらもっと近くにいられるかも知れないのに。

王弁は小さくため息をついて、今日の夕飯を釣りにでも行こうかと伸びをした。

「勘違いしているようだけど」

振り向くと僕僕が機を織る手を止めている。

「仙骨はそんな都合のいいもんじゃない」

「どういう意味です？」

「どうもこうも、そのまんまの意味さ。キミにあっても仕方がないものかもしれない」

（どうせ俺には無理ですよ）

いじけた気分になって、王弁は竿《さお》を手に河原へと降りていった。僕僕は半ば織り上がった二着目の衣のための生地を広げながら、くちびるの端をちょっと上げて笑った。

仕事は実にたやすく終わりそうだった。

初夜に夢中になっている若い男女など、手の内の小鳥をくびり殺すよりも簡単だ。しかも今回は上空で哨戒《しょうかい》にあたる相方までいるときた。万に一つもしくじる可能性はなかった。薄妃は劉欣の邪魔をする者が現われないよう、臘肉店の屋敷の上空に浮かんでいる。

眼下には、まだあどけなさの残る妻を、巧みに導く青年の姿が見える。その巧みさは、上空で血の涙を流している女が教えたものだと思うと、その機微がおかしかった。

(哀れなものだな)

という余計な感慨がふと浮かんだ。初夜の床で死ぬ二人も哀れなら、己の死を願う女も哀れだった。そんな感情を抱くようになったのもここ最近のことだった。

柔らかそうな夜具に包まれている二人の命を散らそうと吹き矢筒にくちびるをつける。しかしすぐに外し、視線を向けずに表情を歪《ゆが》めた。

上空にいるはずの薄妃が隣にいた。

「気になるのか」

「……別に」

（迷っているな）

劉欣にしてみれば、どちらでも良いのである。殺さなくてもいい殺しをしたことだって何度もある。姿を見られたから、その可能性があるから、己の姿を笑ったから、いくつの命を奪ったことだろう。

「見ていくか」

薄妃は暗い表情で微《かす》かに頷き、止めてくれとは言わなかった。

（ますます哀れな……）

いや、馬鹿《ばか》な感情だと劉欣は自分を嘲《わら》う。この女が哀れなら、これまで手にかけてきた連中はどれほど哀れなことだろう。

自分でも理解できない感情が仕事の邪魔をするようになってはいけない。余計な雑念をさっさと払うと、劉欣は再び静かに吹き筒を口につけた。

体にゆっくりと気が満ち、それが狭い筒中に圧縮され、必殺の小さな鏃《やじり》を押し出す。一息で三発撃てる劉欣にとって、その仕事は一瞬にして終わるはずであった。

「……」

鏃が筒を出る寸前に、劉欣は息を収めた。苦笑して横を見る。薄妃がその吹き矢筒をつかんでいる。

「未練だな」

「……そうよ。私、ひとこと言わないと気がすまない」

女心の微妙なぶれは、劉欣にはよくわからない。しかし、

「好きにしろよ」

と吹き矢筒を下ろした。

（まったく、俺も困ったもんだな）

ゆっくりと下へ降りていく薄妃のすらりとしたうなじを眺めながら、劉欣は梁《はり》の上で寝そべった。

床の二人に、ゆらりと薄妃が近づく。その表情は劉欣からは見えない。まず下になっている新妻の少女が気付き、その表情に異変を感じた賈震が振り返った。

「はは、薄妃……」

男はやっとのことで言葉を搾《しぼ》り出した。声が裏返っている。新妻は布団《ふとん》を頭からかぶってがたがたと震えている。

「……どういうこと」

男は後ずさりして、寝床から転げ落ちた。薄妃の目がじっとりとその姿を追う。粘液に囚《とら》われたように、男は動けない。

「どうして私のことを待ってくれなかったの」

「ま、待つって、勝手にいなくなったのはきみの方じゃないか！」

「必ず帰ってくるって、信じられなかったの？」

薄妃の声が尖《とが》った。

「し、信じていたさ。でも寂しいのに耐えられなくなって……。それにきみがいなくなって私は気付いたんだ。やはり私がしっかりしなくてはいけない。店を継いでここに働く多くの者たちを養わなきゃいけないって。だから薄妃がいなくても一人でも何とかしなければならないって」

「じゃあ私が帰ってきたからもういいわよね。さ、この女を追い出して」

震えている布団に薄妃が手をかけた時、思いもかけず強い力がその手を振り払った。恋人であるはずの男が示したあからさまな拒絶を、薄妃は信じられない目で見ていた。

「……どうして止めるの？」

（ほう）

と劉欣は梁の上で座り直した。

「ど、どうしても、こうしても、きみは出自を全く教えてくれなかった」

「私たちの間にそんなものいるの？」

「いるよ！　店を背負っていく人間が、素性の知れない女と一緒になれると思うかい？　結婚は家と家との繫《つな》がりだ。きみに両家が交わさなければならない婚姻の六礼《りくれい》を望んだとして、それが可能なのかい？」

男の顔は顔面蒼白《そうはく》である。薄妃も顔を蒼白にして口をつぐみ、ゆっくりと新妻に手を伸ばそうとした。その手を買震がもう一度振り払う。

「こ、この人はぼくの妻だから！　そ、それにきみは妖異《ようい》のものだったんだろ？　人間はそんな者と一緒にいることはできないって……」

（決定的な一言を言いやがった）

身を乗り出すように事の推移を見守っている殺し屋に向かって、薄妃が叫んだ。それはもう、取り乱しているといってもいいほど甲高く、そして悲痛だった。

「殺して！　この人たちも、私も！」

（そうかい。ま、気が済んだのなら良かった。これで十分見届けたぜ、仙人さんよ）

劉欣は吹き筒を口につけた。

一息で仕事は終わる。拳《こぶし》を血が滴《したた》るほどに握り締めて立ちすくんでいる、哀れな女に狙《ねら》いを定めた。

（いやいや、先にあっちだな）

女の無念を晴らしてやる方が先だ、と狙いを変える。小刻みに震える布団めがけて、一の矢を放つ。分厚い綿布などお構いなしに貫いて、中で無事を祈っているであろう少女の命を奪うはずであった。しかし恐怖に顔をこわばらせていた男が思わぬ素早さを発揮して、布団の上へと覆いかぶさったのである。

吹き矢は男の無防備な背中に向かって、一直線に飛んでいた。

そして次の瞬間、さすがの劉欣も驚きに目を見開いた。妻をかばう男の上に、さらに薄妃が覆いかぶさったのである。

ぱん。

と悲しいくらいに軽い音がして、彼女の体が破裂した。怒りと失望と悲しみを帯びた風が部屋の中にいる全員を包み、流れて消えた。

そこにいる誰もが、次にどう動いていいか、判断がつかなかった。劉欣ですら、何がどうなっているのか意味がわからず、吹き筒にくちびるをつけたまま、しばらく動けなかった。

「薄妃……」

男は自分をかばった女の残骸《ざんがい》に目を落とした。破れて気が抜け、皺《しわ》の寄った布切れを見て、安堵《あんど》と後悔の入り交じった表情を浮かべて立っている。続いて音も立てず目の前に立った異相の劉欣を見て一瞬たじろいだが、それでも毅然《きぜん》と妻を護《まも》るように立った。

「……どうする」

どう判断していいか、劉欣は混乱している自分を叱《しか》りつけていた。しかしどうにもわからない。人の死に際《ぎわ》をいくつも見てきた劉欣も、わけがわからなかった。

男は、硬い表情のまま黙っている。とにかくここに薄妃の残骸を置いていくことも出来まい、と破れた薄皮一枚になった女をきれいにたたみ、懐《ふところ》に入れた。

醴陵にはもう用はない。混乱した頭を冷やしながらゆっくりと歩き、城門を越えたところで、懐から微《かす》かに呻《うめ》き声がした。

「……生きていたか。あれだけでは死なないのだな」

「桂州始安城外の縁切り寺に行って、私を燃やしてください」

つぶやくように懐中の薄妃が哀願する。

「燃やす？」

「あのお寺にある浄化の炎であれば私を消すことが出来ます。あの人の心が去った今、もうこの世にいる意味がありません。もう何もかも終わったのです。誰も私など必要としていないのだから」

「……そうかい」

そういう時に人間は死にたくなるのか、そう劉欣は思った。彼も幼い頃、寿州の暗《あん》渠《きょ》で死のうと思ったことがあった。大百足と共に潜むどぶの中は臭くて暗くて、生きている意味がわからなかった。幼すぎて死に方がわからなかったが、あの時死んでいたらどうだっただろう。それはそれで楽になっていたかも知れない。この女もそれを望んでいる。しかし劉欣はふと思った。

(あの仙人の意見を聞いてからでも遅くはあるまい)

そしてそう思った自分に驚きながら、どんどん先を続けていた。

「ま、ちょっと待つってもんさ」

「……どうして」

「そうだな……、あんたのために泣いた人間がいたろう」

劉欣自身も、涙を流してくれる両親のために懸命に生きているのだ。

「王弁さんのことですか。でもあの人は……」

「まあ待ちなって。誰も必要としていないのかいるのか、見定めてから燃やされても遅くはあるまい」

劉欣にするといけ好かない男だが、ふと心に引っかかった。それ以上に、薄妃を助けようとしている自分がおかしかった。

「いい殺し屋はいつ殺すか自分で考えて決めるんだよ。殺して欲しけりゃ殺されるまで黙ってろ」

薄妃はそれ以上、何も言わなかった。


仕立て上がった二着目の衣を広げて、僕僕は非常にご満悦の表情だった。明るく青い色を基調にした女性用の胡服《こふく》は、僕僕の衣としては少し大きすぎるように王弁には思えた。

「弁、ちょっと手伝ってくれ」

王弁が背中に回り、衣を僕僕に羽織らせてみると、やはり裾《すそ》も袖《そで》も余る。それがかわいらしい、と彼は目尻《めじり》を下げる。

「先生、これ大きいですよ」

「いいんだ。これはボクが着るんじゃないから」

「誰が着るんですか」

「ま、すぐにわかるさ」

首をかしげている王弁の前で、僕僕はふわりと回って見せた。

「うん。たまにはこういう衣も悪くない」

（うん、悪くない）

どうしても顔が緩んでしまう。

「そうか。じゃあボク自身のためにもう一着分織ろうか」

嬉《うれ》しそうににこっと笑って仙人は袖をつまんだ。

「もう糸がありませんよ」

蚕が吐いた糸は、王弁が四苦八苦しながらも何とか紡《つむ》ぎ、僕僕に渡していた。

「だったらまた蚕嬢のご機嫌を伺えばいいじゃないか。キミの名演奏で」

僕僕が華やかな衣を着てくれるなら、いくらでも哨吶《ラッパ》を吹こう。王弁は哨吶を吹き鳴らす。吉良《きら》が足踏みをし、蚕が頭を振り始める。僕僕も花びらのような衣をひるがえして舞う。

しかし一曲吹き終わった時、

「明るい曲だけを吹く必要はない。今は悲しい曲でいいんだ」

そう僕僕は注文をつけた。空に伸ばしたその指先から三本の糸が伸びているのに王弁は気付いた。

「それ一本は劉欣のお母さんですよね。あとの二本は？」

「キミのような出来の悪いのを弟子に取ってから、ボクは実に心配性になってね」

とだけ僕僕は答えた。しかし王弁にもその行く先はおおよそ見当がついた。妬《ねた》ましいが、先生のそういうところは嫌いではない。

「出来が悪くてすみませんね」

哨吶から口を離して頰を膨らませる王弁は、

「悲しい曲なんて吹いたら不景気に聞こえますよ」

と言い返す。

「違う。悲しい曲だからこそ、人の心を打つこともある。韓娥《かんが》の歌を憶《おぼ》えているだろう？」

南嶽《なんがく》の女神から逃げ出して人々に歌を聞かせていた歌姫は、その声を一人占めしようとした零陵《れいりょう》の刺史《しし》に幽閉されてしまった。しかし彼女の歌は僕僕たちの助けによって城内に響き、州の民を動かしたのだ。

「キミの悲しさを哨吶に乗せてみればいい」

(悲しい……俺が悲しいときって)

原初の世界の残りかすである無限の暗闇《くらやみ》を蔵する怪物、渾沌《こんとん》に飲み込まれて絶望に囚われそうになった時。僕僕がいなくなった時。そして薄妃が恋人のもとへと去って行った時。

親しい人や大切な人に会えなくなった時、人は悲しくなる。その人に会いたい時に会えないのが一番辛《つら》いんだ。

王弁が奏《かな》でだした旋律は、南国の暖かい風にくるまれて、一帯に響き渡った。吉良も蚕も、頭を垂れて聴いている。僕僕は織り上げた衣を羽織ったまま雲に乗り、風の音と弟子の演奏の調和を楽しんでいた。

「キミの哨吶はいい。実に良くなってきたよ」

曲が悲しげな余韻を残して終わった後、僕僕は弟子の頭を撫《な》でてしみじみそう言った。

恩《おん》讐《しゅう》必《ひっ》報《ぽう》

失くし物、見つけた物

一

季節は冬に近づきつつあるというのに、街道沿いに広がる田園には青々とした稲が猛々《たけだけ》しいほどの勢いで風になびいていた。

大陸の南端、広州の風景は夏のような暑さの中でゆらゆらと揺らめいている。そんな中を、僕僕一行は傍目《はため》にはのんびり南へと歩を進めていた。劉欣《りゅうきん》はのどかな顔をした従者に変装し、王弁の数歩後ろにいる。

(どこまでこいつらについて回ることになるのやら)

半ばげんなりした気分で、しかし表情には一切表さない。

「ねえ、吉良《きら》はどう思う?」

と王弁が小さな声で訊《たず》ねるが、痩《や》せて貧相な姿をとっている天馬は億劫《おっくう》そうに鼻を一つ鳴らしただけだ。仙人が薄妃《はくひ》を慰めにかからないことが、王弁には納得いかないらしい。

った。

「お前も長く生きてるんだろ。薄妃さんに何とか言ってあげてよ」

さらに八つ当たり気味に言う王弁の言葉を、吉良は暢気《のんき》な欠伸《あくび》で押さえ込んでしま

った。

薄妃は恋に破れて帰ってきた。恋人だった男が妻を娶《めと》っていたからだが、それは劉

欣を大して驚かせもしない。

「よくあることだよ」

という僕僕の言葉通りである。男と女の間柄なぞ所詮《しょせん》そんなものだ。

「よくあるって、先生、ちょっと薄情じゃないですか」

王弁はひとり、師に食ってかかる。

「じゃあキミが気の利《き》いた言葉の一つでもかけてやれ」

「う……」

そんなやり取りが何度も繰り返されていた。王弁が恋に破れた女性にかける言葉な

ど持ち合わせているわけもなく、そう言われるたびに黙りこむ。しかし今回は違った。

食い下がったのである。

「あ、あのままじゃ薄妃さん自殺しかねないですよ」

「そのための道具も持っているからな」

僕僕はさらりと言った。

「え？　うそ、あ、拠比《きょひ》の剣か」

しまった、と王弁は天を仰ぐ。王弁が僕僕のいない間に手に入れた異界の剣は、持ち主の意思に応じてその姿を変える。その剣は今、薄妃の懐《ふところ》の中にあった。あわてて薄妃に飛びついて短剣を奪おうとした王弁の胸に、いまや彼の懐が定位置の蚕が噛《か》みついたのが見えた。

「いてーっ」

飛び上がる弟子を見て僕僕はけろけろと笑う。

「穴が開くくらいで薄妃が死なないことは、もうキミもわかっているだろう。無駄なことをするな」

剣が刺さっても中に入っている気が抜けて飛んでいくだけで、死ぬわけではないのが薄妃の体質である。かつて薄妃は湘潭《しょうたん》の街で、記憶を失ったふりをした薬種屋、蔣《しょう》誠《せい》の命を助けたことがあった。夫の嘘《うそ》に怒った蔣誠の妻が振りかざした剣先にかかって破裂した後も、薄妃の命自体は無事だった。

「どうにかする力もないのに半端《はんぱ》にからむんじゃないよ。それにあの子は弁ほど子供じゃないんだ」

そう言われて今度こそ王弁はむっつりと黙り込むしかなかった。

「キミには他に出来ることがあるじゃないか」

と僕僕は哨吶《ラッパ》を吹く身振りをして見せた。

王弁は納得行かないながらも気を取り直し、哨吶を口につける。

そしてしばらく考えた後、悲しげな曲を奏《かな》で始めた。長安《ちょうあん》に住む仙人、司馬承禎《しばしょうてい》に付き従う童子にもらったこの哨吶は、音を出すまで一苦労だったが、一度音を自由に出すことが出来るようになると、曲のあらましを頭に浮かべるだけで勝手に旋律をつむぎだしてくれる。

悲しい曲を聴きながら、ぽろぽろと涙を流しているのが今の薄妃にとってはいいのだ、と僕僕は言う。哨吶の曲に合わせるようにひとしきり泣いて、そして微《かす》かな声で礼を言う。かつての明るく凛《りん》とした薄妃の姿がどこにもなかった。

「まあ放っておいたらいいのさ」

と僕僕はまるで意に介していない。劉欣もそれには賛成だった。男を他の女にとられることなど、生き死にの世界にいる自分から見ればごく小さいことだ。

風が嶺南《れいなん》地方の山の香りから、いつしか四方に勢いよく生える草の青い匂《にお》いへと変わっている。そこに劉欣もあまり嗅《か》いだことのない匂いが混じり始めていた。

「海が近いな」

「海？」

僕僕は首をかしげている王弁を雲に引っ張り上げると、ぐっと高度を上げた。南の彼方《かなた》に限りない青色がどこまでも広がっていて、その先は円弧を描いているさまが見える。そうして弟子を納得させると、再び地上へと高度を下げた。

「こうやって陸の端まで歩くというのもいいもんだ」

僕僕一行は旅に飽きるということがないように劉欣には見えた。目的のない旅をしたことのない彼にとっては、まったくすわりの悪い旅路である。

（妙なことになったもんだ）

宮中の裏仕事を取り仕切る胡蝶房《こちょうぼう》から命じられて仙人を始末しようとしたら、母親の病が明らかになった。標的の仙人から薬を得て母の病が癒《い》えたまでは良かったが、任務を果たす機会を逸してしまった。当然ながら胡蝶の疑念を誘って、追っ手まで差し向けられている。

胡蝶のつとめを果たせなければ、自分の命だけでなく、おそらく両親の命もない。

（このままですむわけがない）

そのことだけははっきりしていた。子供の頃に胡蝶の頭に見出《みいだ》されて都に上ってから彼が叩《たた》き込まれてきたものは、的を仕留めるまで追い続ける執念である。その執念を失った者は胡蝶から抹消《まっしょう》される。胡蝶を知る者が抹消されるということは、この世から消されることを意味している。

(違う。俺は的を狙《ねら》う気持ちを失ってはいない。機会があれば俺は必ずこいつらを殺す)

己にそう言い聞かせ続けて、何とか心の平衡を保っている。

ただ、胡蝶有数の技能を誇る彼の急襲を、あの時、この仙人はいとも簡単に退けた。それればかりか、母の命脈を握ったと言いながら、彼にも、母にも一向に危害を加える様子がない。

劉欣は、仙人の得体の知れなさに、次第に圧倒されつつある己を感じていた。

目の前では相変わらず暢気な会話が続けられている。

「海に出たらどうします？　方向を変えるんですか？」

「さあな、陸を行くなら歩けばいいし、海を行くなら船に乗ればいいさ」

と気楽なものである。

「お前たちはどうしたい」

薄妃と劉欣の方に僕僕は言葉を向ける。薄妃はふわふわと漂いながら心ここにあらず、劉欣は黙ったまま答えない。

「弁に任せるそうだ。どうする」

答えの返って来ない道連れを見て肩を一つすくめた僕僕は弟子に話を振り戻した。

「ちょっと待って。わたしは海に行きたいわ」

懐中から甲高い声がして、王弁は握っていた哨吶を落としそうになる。

「ほう、蚕嬢《さんじょう》には行きたい所があるのかな」

興味深げに僕僕は耳を傾けた。

「山生まれだから、海みたいな広い所に出るとすっとすんのよ」

「山とは、どこの山かな」

「……忘れたわ」

「生まれ育った場所を忘れることはあるまい」

「当ててごらんなさいよ。当てたら招待してあげるわ」

自分から口を挟んでおいて、蚕嬢は先に口をつぐんだ。しばらく王弁の懐のあたりをじっと見つめていた僕僕は、ま、いいか、と彩雲《さいうん》の上で座り直した。

「大体あてなんてないんだから、広州の城に入ってから考えるさ」

「あの、それなら……」

師にあてがないなら、王弁には探したい物がある、と申し出た。

「あの面縛《めんばく》の道士に蚕嬢が言わされていたことが、どうしても気になるんです。肉体の九穴と同じく開いた精神の九穴っていうのがあって、その九穴が完全に開いてこそ、仙骨を目に見ることが出来るんですって」

「それで」

興味なさそうに僕僕が先を促す。

「見ることが出来れば、仙骨を手に入れることが出来るかもしれないって。だから穴の開け方ってのを探したいんです」

仙人はしばらく黙っていた。仙骨、という言葉を聞いて劉欣は耳をそばだてる。彼には、まさにその仙骨があるのだと、仙人は言っていた。

「遠いところにある物を手に入れたいと願うのであれば、まず目か心でその姿を捉《とら》えなければならない、というのはあながち間違いではない」

と雲の上で寝そべりながら、面倒くさそうに僕僕は答えている。

「そうだなあ……例えば術の力、もっと手近なものなら剣技なんかでもいい。キミはボクの振るう剣の動きを見切ることが出来るか」

「そんなこと出来るわけないいじゃないですか」

「じゃあ真似《まね》出来るか」

「見えないのに真似するのは無理です」

「そういうことだ」

「へ？」

　と王弁は首を傾《かし》げる。

（まあそうだな）

　長きにわたり激しい鍛錬を積んできた劉欣には自明のことだ。

「わかりやすく言うと、欲しい物の正体を自分で理解できないのに、手に入れるなんて無理だってことさ」

「じゃあやっぱりだめなんですね……」

　がくりと王弁は肩を落とした。

「でも、一つ気休めを言ってあげよう」

　雲から顔を出して僕僕はにやりと笑った。

「どれだけ無理なことに見えようと、そちらに向かって歩き出した時点で、それはもう不可能ではない。どれほど小さくとも目的へ到達するという可能性が生まれるんだ。ただしその代償は途方もなく大きいかもしれないけどね。明るい未来を信じて進んでしまったばかりに、悲劇的な結末に終わる場合もある。そういう負の可能性込みだってことを忘れない方がいい」

劉欣はちらりと薄妃の方に目をやった。恋人のもとへと帰ろうとあくまでも前向きに努めた彼女に突きつけられたのは、これ以上ない拒絶だった。

「残念な結果に終わってしまったが、あの子はいま、ここにいる。ここでボクたちと生きている以上、実はもっと幸せな方に向かって歩き始めているのかもしれない」

「じゃあ薄妃さんは幸せになれるんですね」

と、今度は顔を輝かせて王弁は言った。

「かもしれない、と言ってるだろうがこの慌《あわ》て者。ま、キミは旅の道連れが戻ってきて嬉《うれ》しいかもしれないが」

そんなことはありませんが、と口ごもる弟子を見て、僕僕は苦笑いを浮かべ彩雲の高度を上げた。王弁も吉良の手綱を引いて、ゆっくりとその後を追う。

広州城の数里手前にある丘を横切ると、城壁の威容が正面に迫ってきた。

「海が見えるぞ」

雲の上で両手をいっぱいに開き、僕僕はにこにこと笑う。

「しばらく広州にいるのも悪くない」

珍しくはしゃいだ口調で、僕僕はそう宣言した。

「そりゃいいですね」

「……一ヶ所に滞在するのは避けたほうがいい」

王弁と劉欣が口を開くのがほぼ同時だった。目を合わせた二人は、王弁はぷいっと、劉欣はゆっくりと、目を逸《そ》らす。

（ばかが）

心の中で劉欣は舌打ちする。王弁に対して、ではなく自分自身に対してであった。狙っている相手の心配をしている場合ではないだろうが。

「二人とも打ち解けてきたじゃないか」

僕僕は懐から絹糸の小さな玉を取り出すと、ふいに王弁に投げつけた。彼の体の直前で広がった白い塊が全身を覆《おお》う。

「ぷわ！」

顔に絡《から》みついた粘り気のある美しい糸に王弁がもがいているところへ、

「疾《し》ッ」

と鋭い気合がかかり、彩雲の一部が霧となって王弁の全身を包む。五色の霧は暫時《ざんじ》彼の姿を消し、次に姿を現した王弁はそれまでのゆったりした道服とは違う、一見奇抜な衣服に身を包んでいた。

黒い生地に色鮮やかな赤、青、黄、緑、黒の五色の横線が胸から腹にかけて縫い付けられている。足元は膝《ひざ》の上で絞られ、脛《すね》は布でしっかりと固定されている。作りにゆとりのある大きな道服よりも軽く、体に密着する綿の感触が心地よい。

「苗人《ミャオ》の衣服か」

劉欣がぼそりとつぶやいた。

「そうだ。これからボクたちが訪れる広州は異国の船やその産物を商う各地からの商人で賑《にぎ》わっている。隠れるなら人込みと相場は決まっているだろう、なあ劉欣」

(ま、それも一つの考えだな)

殺し屋はひと呼吸おいて頷《うなず》いた。

「苗はもともと山の民だが、それだけに海の産物を珍重する。苗の商人が数多く広州に来て仕事をしているから、旅商人のふりをして潜り込むとしよう」

僕僕はもう二つ糸玉を取り出すと、劉欣と薄妃にも投げた。

「疾ッ」

二人が苗の男女に装《よそお》いを変え、僕僕もその出来に満足すると、その場でぽんと宙を舞った。

「どうだ」

服の意匠は薄妃と変わらない、苗の若い女性が身に着ける質朴なものであったが、髪には銀で作られた杏《あんず》の小さな花が一輪、挿《さ》してあった。

「どうだと訊《き》いているんだ」

「は、ええと……」

道連れの薄い反応に頬を膨らましながら胸を反らす。王弁が顔を赤くしたり青くしたりしているうちに、

「まったく頓智《とんち》の利《き》かない男だ。行くぞ」

とぷりぷりしながら、僕僕は広州城へ向かって歩き出した。

二

異国との貿易に加え、大陸各地と膨大な量の商品をやり取りすることによって膨張を続けている大都市広州は、都とも違った熱気に包まれていた。城楼と見まごうばかりの商館が軒を連ね、嶺南のどこかひなびた異国情緒のある城市とはまるで雰囲気が違う。

「今日は何か祭りでもあるんですか」

と王弁が思わず師に聞いてしまったほどの喧騒《けんそう》である。

「これが日常なんだ。常に千里の向こうから人がやって来て、そして千里の彼方へと去って行く。だから街の気がいつまでも若く、熱いんだ」

その熱気を大きく吸いこむようなしぐさを、僕僕はした。

「苗の商館に行くぞ。仲間たちが多くいる」

「え？　だって俺たち漢人ですよ」

浮いてしまうんじゃ、という王弁に向かって、

「ボクはキミと同じ漢人じゃない。仙人だ。それにキミは今、苗人の服装でここにいることを忘れるな」

と僕僕はあっさりと言ってみせる。

「漢だの苗だのはあまり意味のないことだ。同じ生き物で、多少意匠が違っているだけさ。忙しい連中の中に混じっていれば、見た目で大方判断される」

「そんなもんですかね」

劉欣は王弁の間抜けな反応を鼻で笑った。

服一つ、仕草一つで人間はまったく別の存在になれる。それは胡蝶で身につける基

本技能だ。

「わかったなら行くぞ。広州には各地の苗人が交易に集まっている。いずれにしても蚕嬢の手がかりを探すには好都合だ」

「先生、どうしてさっきは蚕嬢の心を読まなかったんですか」

「前に薄妃が言っていただろう。女が口に出さないことは暴《あば》き立てるもんじゃないって」

「はあ……」

「とにかく、蚕を故郷に帰してやるにしても、まずこの蚕の正体をはっきりさせなければならないからな」

「苗に知り合いでも？」

「今はいないよ。でも手がかりくらいはあるだろう」

「あたしはどっちでもいいんだけどなあ」

王弁の懐《ふところ》の中から声が上がる。

「キミがその姿をとっていても死にはしないが少々無理がある。薄妃や劉欣とは事情が違うのだから、故郷に帰るべきなんだよ」

そう僕僕は諭した。蚕嬢は王弁の臍《へそ》に口吻《こうふん》を当て、ぶぶー、と息を吹く。悶絶《もんぜつ》している弟子をよそに、僕僕は苗人の姿がひときわ多い一帯に気軽に踏み込んで行く。その中心に、苗の商館は堂々と建っていた。

赤土で礎《いしずえ》を築き、古木を組み上げた屋敷は城内でも目を引く。朱色の釉薬《ゆうやく》がかけられた屋根の両端がぴんと勢いよく跳ね上がり、ふた抱えほどもありそうな巨木で作られた柱が床を一丈ほどの高さに持ち上げていた。広州に滞在する苗人相手の屋台や店舗がその周囲に立ち並び、交わされる言葉は劉欣にも聞き取れないものが多い。

楽しげに店を覗《のぞ》き込んでは冷やかしている僕僕に、

「もしやあなたは」

聞き慣れた漢語で声をかける者がいた。劉欣が懐の中に右手をすっと隠し、ふらふらと漂うように歩いている薄妃の帯を左手で摑《つか》む。

さっきまで少女の姿ではしゃぐように異民族の市を見て回っていた仙人が、いきなり若く涼やかな男の姿になっていたので劉欣は秘《ひそ》かに驚く。

「黒卵《こくらん》の一件ではお世話になりました！」

二人の若い苗人がきびきびした歩調で近づいてくると、若者姿の僕僕の手を取って礼を言った。

「おお、キミたちはたしか衡陽《こうよう》の市場で黒卵とかいう乱暴者に難癖をつけられていた……。あの男は危なかった。鋼《はがね》の塊のような刀で殴られれば、勇敢なキミたちでもひとたまりもない」

「そうです。命を助けていただいたお礼を申し上げることも出来ず心苦しく思っていたのですが、まさかこのようなところで再会がかなおうとは。それにしても、そのお姿は……」

二人を知らない劉欣は無関心を装っているが、懐に隠した手の中には既に吹き矢筒を握っていた。

「この格好か。ボクは一念発起して、世界の病人を癒《い》やさんと天下を旅しているのだ。漢人の住む国だけではなく、苗や吐蕃《とばん》、身毒《しんどく》や月氏《げっし》、大秦《たいしん》など命続く限り各地を回ろうと考えているよ。そして郷に入っては郷に従え。苗の国で働こうとするのであれば、苗の人々に安心感を与えなければと考えてね」

熱心に聴いていた若者たちは、

「それは素晴らしいお志です。苗にも山野草や虫を使った医術がありますが、進んだ漢医の技法があればさらに病人は減るでありましょう。国への案内は我らにぜひとも務めさせていただきたい」

と申し出る。鷹揚《おうよう》に僕僕は頷き、王弁たちを、

「彼らは旅の途中で出会った、志を同じくするものたちだ。よろしく頼む」

と紹介した。

「それはそれは」

二人の若者は王弁たちに向かっても丁重に礼を執る。

「われら峰西《ほうせい》苗《ミャオ》の男は受けた恩も仇《あだ》も決して忘れません。大恩ある皆さんの旅路の安全は我らが命をかけて保障いたします」

(害意はなさそうだ)

劉欣はゆっくりと懐から手を戻した。

どんなものが出てくるのか用心している劉欣の前に並んだのは、広州の近海で獲《と》れたという蝦《えび》やら金槍魚《きんそうぎょ》の佳肴《かこう》だった。

「やはり広州の食は格別だな」

楽しげに飲む僕僕の様子は、まさに痛飲といってよかった。若い医師という態《なり》の僕僕を中心に、王弁や劉欣、そして苗の二人の若者が座っている。食欲のない薄妃は蚕嬢とともに、宿泊用にと用意された部屋に残っていた。

「山のものであれば我らの故郷でも自慢できる逸品がありますが、やはり海のものはここでないと口に出来ません。苗の者の中には腹を下すと言って中々口にしないものもいますけどね」

六寸ほどある蝦をねぎ油と大蒜《にんにく》でさっと炒《い》りつけた一皿に箸《はし》をつけながら、苗の若者は闊達《かったつ》に笑う。彼らは、引飛虎《いんひこ》、推飛虎《すいひこ》、とそれぞれ漢名を名乗った。苗語の発音も聞いたが、劉欣にも一度では記憶できないほど複雑なものだった。見分けがつかなくなりそうなほどよく似た二人は、やはり双子の兄弟だという。

「互いの区別をつけるために、我らは髪飾りを欠かさないのですよ」

兄弟がそれぞれの頭を指差す。兄の引飛虎が薊《あざみ》、弟の推飛虎が竜胆《りんどう》の、小さな銀製の花飾りを挿していた。小麦色の肌と黒を基調とした衣に、銀の髪飾りは実に似合っているると王弁は感心する。

「我らは兄弟で商いをしておりますので、取引相手が間違うと都合が悪うございますから。恋人のもとに通う時には交換してみようか、などと冗談を言うこともありますが」

「そういうことをするのか?」

僕僕が実に嬉《うれ》しそうな顔をして訊《たず》ねた。

「とんでもない!」

双子はあわてて両手を振って否定する。

「よその連中はいざ知らず、われら峰西の苗人は苗の中でも特に義理堅いことで知られています。恩にも仇にも必ず報いる信義の民。それはたとえ男女間であっても変わりはありません。真心には真心で、裏切りには必ず裏切りで報いられるでありましょうから」

そんなことは絶対にしないのだ、と弁じた。

「浮気もたまにはいいもんだぞう。実に蜜《みつ》の味だ」

酔ったふりなのか本当に酔っているのか、僕僕はそんな軽口をたたく。浮気、という言葉を聞いて王弁が顔をしかめていた。

「浮気、ですか」

しばらく顔を見合わせていた兄弟は、やはりそれはだめだ、というように強くかぶりを振った。

「漢人を始め他の商人たちは妻がいる者でも必ず女の話をしますが、よくそんなことで嫁に殺されないな、といつも感心しています」

「愛情は一種の契約だからな。ただ、通常の商いにおける契約と違って感情も大きく絡む。感情が食い違ってくると契約を破られたような気がして喧嘩《けんか》になったり刃傷沙《にんじょうざ》汰《た》に及んだりと激しくなるもんだ。そのあたりも見越してうまくやらないと痛い目にあうのさ。キミたち以外の集団では男女間の契約とそこに絡む感情がもう少し緩いんだろ」

なるほど、と苗の若者たちは頷きあって感心している。そして、

「先生のお話をさらにうかがいたく思っておりますが今日はお疲れでしょう。今宵はこのままわれらの商館にお泊まりください」

と勧める。喜んで世話になろう、と僕僕は杯を挙げた。

三

苗の商館のぴんと跳ね上がった屋根の先端に立って、劉欣は眼下で繰り広げられている騒ぎを見ていた。僕僕の依頼で、劉欣は周囲の警戒に当たっている。言われなくてもそれくらいのことはするが、何かあった際には弟子のお守りも頼まれていた。

僕僕の依頼を劉欣は断らなかった。これまでの人生を通じて忠誠を誓ってきた暗殺者集団、胡蝶房と、標的として追いかけてきた仙人。指令を果たせずにここまできてしまったことで、殺し屋としての誇りも、あるいは仲間からの信頼も、もはや完全に

損なわれてしまったと考えるべきだろうが、日を追うごとに苦しみが減っていくのが不思議ではあった。

（それにしても、まるで俺たちがここに入るのを待っていたかのようだ）

偶然ではない、と暗殺者の直感が告げていた。自分たちが苗人の商館に入った夜に騒動を起こしている連中の背後を、劉欣は屋根の上から見極めようとしていた。

素早く動き回る者たちのうち、一方には秩序があり、もう片方は浮き足立っている。奇襲をかけている側に歴戦の指揮官がいるのは間違いない。人の動きをたどっていくと、一人の男が四方に指示を飛ばしているのが見えた。だが、その男の正体が誰なのか、劉欣にはすぐにわかった。

（元綜《げんそう》……）

少人数での奇襲は山の民である苗人にとっても得意とするところだろう。しかし目の前で展開されている人の動きには、相手の虚を衝《つ》くことに長《た》けた胡蝶の影があった。

屋根から下りて音もなく窓を外し、王弁の寝室に入り込む。口をあけて寝入っている王弁が劉欣の気配に気付くことはない。

ちっと舌打ちした瞬間、ぱちりと王弁が目を覚ました。

「うわぁっ！」

「やかましい」

叫びかけた王弁の口を乾いた手のひらでぴたりと塞《ふさ》ぐ。恐怖に身を凍らせているさまを見ていると、劉欣はますますこの男を殺したくなる。

「起きろ。逃げるぞ」

と殺し屋らしくない言葉を口にした劉欣に、王弁は混乱しているようだった。

「に、逃げるってどこへ？」

「説明は後だ」

さっさと背中を向けた劉欣の背中を、ほどけかけた帯を締めながら追いかけてくる。

「何があったの？」

「…………」

劉欣は答えず、商館の外にちらりと顔を向けた。聞こえてきたのは剣戟《けんげき》の音だ。集団で乱闘しているらしき喧騒が耳に飛び込んでくる。

「誰が……」

「苗同士でやり合ってる」

劉欣はぼそりと言う。胡蝶が後ろで糸を引いていることを彼は言わなかった。

「苗の人同士で？　どうして？　ここは苗の商館でしょ？　だいたい……」

矢継ぎ早に質問をぶつける王弁の顔の前に、百足《むかで》の冷たい鼻先が突きつけられた。

「ひゃあっ？」

「いいから黙ってろ」

くわっと牙《きば》を剝《む》く大百足の顔を間近で見せられれば、王弁も口をつぐまざるを得ない。仕方なく、黙って劉欣の後に続く。

劉欣は王弁を、商館周辺の様子がよく見える屋敷の塀の上にほうり上げた。

苗の商館の内外は、漢語でない叫び声や金属のぶつかりあう音、光を曳《ひ》いて何かが炸裂《さくれつ》する音で満ち溢《あふ》れていた。だが夜目の利《き》く劉欣には、状況がよくわかる。

（死人は出ていないようだな）

暗い顔で黙ったまま、劉欣は物問いたげな王弁を黙殺する。炎が処々《ところどころ》でぱっと上がり、そして消えていく。その一瞬だけ、影が右に左に駆け回るのが王弁にも見えた。

「そ、そういえば先生は？　薄妃さんは？」

この混乱状態に今の薄妃が巻き込まれては危ない、と王弁はわめく。劉欣は答えず、じっと眼下の騒動を眺めているばかり。業《ごう》を煮やした王弁は立ち上がりかけた。

「どこへ行く」

「薄妃さんを探さないと。今の薄妃さん、一人にしていたら危ないよ！」

「お前が行って出来ることはない。けが人が増えるだけだ」

その声には苛立《いらだ》ちが含まれていた。殺し屋が殺気を放つと、王弁はそれこそ蛇に睨《にら》まれた蛙《かえる》のように足がすくんでしまう。

「だって……」

そのまま座って見ていることも、王弁には出来ないようだった。

制止を振り切ろうとした王弁の腕を劉欣が摑む。前腕にある急所の一つ、孔最《こうさい》に圧力を加えると、王弁はくたくたと座り込んだ。

「心配しなくても死ぬ時になったら俺が殺してやる。おとなしく座ってろ」

そう言い捨てて、再び館の中へと入った。戦いの喧騒は商館の内ではなく外に広がり、街を巻き込みつつあった。

(奇襲をかけられた方が押し返したな)

それはつまり、襲われた方の指揮系統が復活したことを意味する。劉欣は僕僕の部屋にまず行ってみるが、姿はない。

(指揮を執るとすると……)

商館の入り口へと走ると、苗の服を着た若者姿の僕僕が仁王立ちになって前方を睨んでいる。飛虎の兄弟が僕僕の指示を持っては四方に走る。

「何をしている。王弁は」

「あの坊ちゃんなら塀の上だ。あの皮娘はどこへ行った」

「薄妃ならここだ」

暗闇《くらやみ》から力強い歩調で出てきたのは、確かに薄妃である。

「元気になったのか」

薄妃は劉欣に向かってちょっと困ったような笑顔を浮かべて答えない。劉欣はその表情に違和感を覚えた。

「少し違うんだがな」

僕僕も説明に困ったような顔をした。

「説明している暇はない、か？」

「そゆこと」

しかし片眉《かたまゆ》を少し上げてすれ違っていく横顔は、確かに薄妃のものである。彼女は僕僕の後に随《したが》って喧騒の真ん中へと歩を進めていった。

（皮娘のあの声……）

劉欣も違和感を消せないままその後を追う。

商館の外、広州城を南北に貫く大路の真ん中で、苗の集団が二つに分かれて睨み合っている。その周囲には城内の男たちが各民族ごとに集まり、街の要所では州兵が武装して身構えていた。このままだと流血の大惨事になってもおかしくない。

そんなひりひりするような緊張感の中に、ふいに二つの影が割って入った。僕僕と薄妃だ。

劉欣が一瞬びくりとするほどの鋭い声が、僕僕から発せられた。四方を威圧するような、いかずちのような声である。そして薄妃の声も続く。

(漢語じゃない……苗語か。仙人はともかくあの皮娘、苗の言葉などどこで)

二人に向けて、苗の二集団からかわるがわる言葉がかけられる。何かを訴えかけているような、切々とした口調である。それに対して、僕僕は周囲を指差し、落ち着くよう促す身振りをした。そして松明《たいまつ》を持ってくるように命じる。自分の傍らに立つ女性を照らすように命じた。

それぞれの集団から炎があかあかと燃えている松明を持った一人ずつが進み出て、遠慮がちにその女性の顔に光を当てる。松明の光と闇に交互におおわれる娘の顔は、劉欣の知る薄妃の顔ではないように見えた。

「……!」

双方が突然ざわめき出す。といっても動揺しているのは苗人たちだけで、その周囲を取り巻いている他民族と州兵は事の推移が見えず、戸惑っている。

先ほどすれ違った女性は、確か薄妃だったはずだ。多少の違和感はあったとしても、間違うはずもない。しかし松明に照らされたその顔は、薄妃の面影を残しながらも、やはり別人の雰囲気があった。

苗の人たちが一斉に膝《ひざ》をつく。中には涙を流している者もいる。その女性が三歩前に進み出て、二つに分かれた集団に向かって、穏やかな口調で語りかけた。

（これも仙人の術なのか）

威厳すら備わっている女性の話は短かったが効果は絶大だったらしく、武装してにらみ合った集団は武器を収めて商館へと帰って行く。街は静けさを取り戻した。

四

騒ぎが一段落した翌朝、劉欣は王弁に話しかけるでもなく、もちろん王弁から声をかけてくるでもない。沈黙の中で、劉欣は懐中の大百足を取り出し、その黒く光る外皮を磨いてやっていた。

何かしていないと同じ部屋にいる王弁を殺したくなるし、元綜が一方の苗たちの頭領に収まって何を企《たくら》んでいるのかをよく考えたかった。

百足の額を磨き始めたあたりで、僕僕は長い衣の裾《すそ》をずるずると引きずるようにして姿を現した。いつもの少女姿に戻っている。

「いやはや、あんな騒ぎの相手をしていると疲れる」

入ってくるなり王弁に向かって頰を膨らませて見せた。

「結局何だったんですか」

「内輪もめさ。金と面子《めんつ》があっちへ行ったりこっちへ来たり。行った先で角が立つってのはどこでも変わらない。よくある話」

一歩間違えば戦争状態のような大騒ぎに火をつけた人間を劉欣は知っていた。しかし口にはしない。

「この広州で苗を取り仕切っている連中はいまごろ州城で大目玉を食らっているよ。官僚どもはああいう騒ぎを一番嫌うからな」

「大丈夫でしょうかね」

「ここ何日間の稼ぎは賄賂《わいろ》として放り出さなきゃいけないだろうけどね。幸いなことに商館以外に被害は出なかった。ただ」

僕僕はちょっと心配そうな表情を作った。

「これで他の民族に足元を見られることにならなきゃいいけど」

「足元？」

「これで広州の苗は少なくとも二つに分かれて争っていることが露顕してしまった。どの集団内にも大なり小なり対立はあるけど、共通利益の旗の下である程度まとまって動こうという合意は出来ている」

同じものを求めているとわかっている二つの集団があれば、売主は高く買ってくれるほうに売る。そして売りたいものが同じだとわかっていれば、安く売っているほうから買主は購入する。

「簡単な原理だよ。だから広州のような大きな商いが動く街では、利害や価値観を共有するもの同士が連携を組むのさ。ま、結局は同じ地域とか同じ民族とか親族同士とか、そういうことになるんだけど」

「おい」

そこで劉欣は口を挟んだ。

「昨日の術、あれはなんだ」

僕僕は一瞬言いよどんだが、表情のない声で、

「腑《ふ》抜《ぬ》けている薄妃の体を使わせてもらった。あれは薄妃の人格ではない。騒ぎを見

ていた蚕嬢が急に言い出してな。自分ならあの騒動を収めることが出来るって。だから薄妃の体に蚕嬢を入れて表に出てもらった」

と説明した。なるほど、と劉欣は一つ納得がいった。蚕嬢は少なくとも苗から来たことだけは確からしいから、仲間割れしている彼らの間に入ることも可能だ。

「蚕嬢と引飛虎さんたち、知り合いだったんですね」

納得したような顔で王弁が頷《うなず》く。

「そうらしいな」

「でも先生、そんなだぼだぼの衣着て、どうしたんです？　それ薄妃さんが彼氏に会いに行っている間に織っていたやつですよね」

「そうだよ。薄妃が落ち込んでいてなかなか着てくれないからな。虫干しがてら羽織っているのさ」

小柄な少女姿の僕僕は余った袖《そで》を目の前に差し上げて、ふうと残念そうにため息をついた。

そして弟子の前に杯を置くと、まあ状況が落ち着くまでゆっくりしていよう、と暢《のん》気《き》に言った。そんな師匠の酒に王弁が付き合ってしばらくすると、部屋の扉がばたんと元気よく開かれ、

「いやはや、参りました」

　と入ってきたのは双子の兄の方、引飛虎であった。

「刺史《しし》に大目玉を食らってきましたよ。次に同じような騒ぎを起こしたら、商館は取り潰《つぶ》し。苗人は広州から追放だそうです」

　そう言う割には引飛虎の表情は暗くなかった。

「あそこで先生と姫が止めて下さったおかげで、苗人同士で殺し合いにならずにすみました。本当にありがとうございます」

　漢人風に拱手《きょうしゅ》して、引飛虎は深々と頭を下げる。

「姫？　ああ、蚕孃のことですか」

　王弁の言葉に引飛虎はかぶりを振る。

「蚕孃？　いえ、あのお方はそうですね、漢語なら神姫《しんき》さまとでも言いましょうか」

「神姫……」

「ええ。我らが属するのは苗の中でももっとも南へと移住した苗の一団です。貴州《きしゅう》と雲南《うんなん》の境にある六合峰《ろくごうほう》という山の麓《ふもと》に暮らしている我らをまとめるのが、峰の頂にある社の神姫なのですよ」

　王弁の懐《ふところ》の中で蚕孃が鼻先だけ出して引飛虎の顔を見て、すぐに引っ込んだのに劉欣は気付いた。

「十二年おきに下される社の神託で選ばれる巫女《みこ》は神の妻と敬われ、その言葉は六合峰麓《ほうろく》に住む苗人にとってこれ以上ないほどの重みを持ちます。ある日忽然《こつぜん》とお隠れになってしまい、それ以降我らはまとまることが出来ず、峰麓の苗人は峰西と峰東に分かれてしまった」

「それがあの騒ぎの発端か」

再び青年医師に姿を変えていた僕僕が口を挟む。

「ええ、まあ……」

引飛虎は表情を曇らせる。

「このままでは峰麓の苗は衰退して滅んでしまう、とみな心配していたのです。それにしてもまさか先生が姫を連れて帰って下さるとは、ますます国の賓客としてお迎えしなければなりません。で、姫は今どちらに……」

「キミたちはちょっと浅はかなのではないか」

上機嫌な引飛虎をさえぎって僕僕は険しい言葉を突き刺した。引飛虎は気圧《けお》されてはっと顔を俯《うつむ》かせる。

「よそ者のボクがこういうことを言う義理はないが、一歩間違えば苗の人間だけではなく漢人や他の民族の死人が出るところだったぞ。まとめ役の巫女さんがいなくなったという事情はわかる。だがそれは他の連中には関係ないことだ。キミたちがそれぞれの信条や都合で喧嘩《けんか》をするなら、城外でやれ」

俯いたままの引飛虎だったが、

「互いの譲れない誇りがぶつかり合ったとき、われらは名誉をかけて……」

そう言い訳がましい口調で言い返す。

「名誉をかけて死ぬのが恰好《かっこう》いいとでも思っているのか。黒卵の時もそうだ。従順に振る舞ってさえおけば、あのような危険な目に会うこともなかった。もしあそこでボクが手を貸さなかったら、キミたちは死んでいたんだぞ」

と僕僕は容赦ない。ぐっとくちびるを嚙《か》んだ引飛虎は、強い光を瞳《ひとみ》に宿らせて僕僕を見た。

「それでもいいと私たちは考えています」

斬《き》り合いでも始まるのかと劉欣がひそかに身構えるほどの緊張感が漂い、先に息をついたのは僕僕の方であった。

「キミたちらしいね。でも危うい」

つぶやくように言った。王弁は苗人の中にある複雑な事情についていけないらしく、ぼんやりとした表情で座っている。

「弁にもわかるように説明してやってくれ」

と僕僕は引飛虎に席を勧めた。

「苗はもともと淮南《わいなん》や湖北に居住していましたが、漢人が勢力を伸ばすにつれ、南へと逃れました。かつて苗の英雄はわれらの祖先にこう命じました。戦うことを避け、子孫を残すために各部族に分かれて散居せよ、と。以来我々は湖南から川西《せんせい》、剣南《けんなん》などの各地に散らばり住むようになりました」

一度酒でくちびるを濡《ぬ》らし、引飛虎は続ける。

「しかし離れて住むようになって時間が経《た》つに従って、それぞれの事情を背負った苗同士が衝突することが増えました。もとは同じ集団に属し、隣り合って住む峰西と峰東ですらご覧のありさま。お恥ずかしいことですが苗はいくつにも割れています」

「もうちょっと仲良く出来ないんですか。同じ苗人なんでしょ？」

「ではあなた方漢人が一つにまとまっているとでも言うのですか。同族同士で何度も大きな戦いをし、殺し合っているではありませんか」

引飛虎にきっとした表情で言われて、王弁はたじろいだ。

「苗人は西北に吐蕃、西南には南詔《なんしょう》、東一帯に漢人と強大な勢力に挟まれています。

これまではそれぞれの集団が個々に交渉相手を選び、つきしたがう相手をたくみに変えながら平和を享受《きょうじゅ》してきました」

それが近年、苗人としてそれでいいのか、という風潮が峰麓の若者を中心に湧《わ》き起こってきたのであるという。

「苗の民は恩には報い、仇《あだ》は必ず討つことを誇りとしているのに、外には奴隷《どれい》のような態度を取り続けるのはおかしいのではないか、と考え始めたのです」

商売でも国の力関係をもろに押し付けられて不利な商いとなることが多かった。ところが、これまで黙って我慢してきた若い苗人たちが、五分五分の取引を要求し始めたのである。

「それはそれでうまくいくこともあったのです。漢人の商人は相手の力量を的確に読み取って交渉の態度を変えます。こちらが強ければ相手も引く。しかしその態度は軋《あつ》轢《れき》も生み出しました。強気な商売が難しくなった漢人や、多少損をしても穏やかに商いをしたい峰東を始め他地域の苗人の中には、そんな風潮を喜ばない者もいたのです」

商館において各地の苗人を代表する者たちが集まって度々話し合いがもたれたが、特に峰西と峰東の間で議論が紛糾し、決裂してしまった。そこで昨夜の騒動となったのだという。

「これで双方に恨みが生まれました。それが清算されるまで争いは当分は続くことでしょう。しかし姫が帰って来て号令を下されたなら、峰西、峰東の苗がまとまる最後の機会を作ることが出来る」

僕僕は話を聞きながら、やれやれと首を振る。引飛虎は重ねて神姫の所在を訊《たず》ねた。

「その巫女さんはそれほどの力を持っているのか？」

「ええ。世界にあまねく存在する精霊たちと人を繫《つな》ぐ仲立ちをし、我らを正しく導いてくださる唯一《ゆいいつ》の存在ですから」

「その巫女さんはキミたちの阿呆《あほう》な所業にあきれて、また姿を隠してしまったよ」

しれっとした顔で僕僕はとぼけた。

（ほう……）

劉欣は意外な気がした。このお節介な仙人なら、口では厳しいことを言っても素直に蚕嬢を出すのではないかと思っていたからである。王弁の懐がもぞもぞと動き、その様子を見下ろした彼が何事かかすかにつぶやくのが見えた。

「どうした？」

僕僕が咎《とが》めるように王弁に目をやる。彼は何もなかったように懐から目を離し、静かに前を向く。

「いえ、何も」

「ならいい。引飛虎、峰麓苗の国にはいずれ行くから、キミたちは先に帰っているといい」

と冷たい声で言い渡した。

「はい……わかりました」

国の客を怒らせてしまった、と若い武装商人はしょげている。しかし僕僕は硬い表情のままだ。

「では事態が落ち着いたら一旦《いったん》戻ります。あちらでお待ちしています」

そう挨拶《あいさつ》して引飛虎は、肩を落として出て行った。

「ふう」

僕僕はまた少女姿に戻っていた。

「まったく疲れるやつらだ」

そう言って杯を呷《あお》った。

「見ろ。酒の気も抜けちゃったじゃないか」

と弟子に八つ当たりしている。

「何か買ってきますか。城の市を見た限りでは、いろいろありそうです」

　王弁は空気を変えようとしているのか、ことさら明るく言った。

「市には珍しい食材が山盛りでしたよ。赤い大きな蝦《えび》なんてどうですか。川蝦の味は知ってましたけど海の蝦は引飛虎さんに振舞われた時から気に入っていたんです」

「それ賛成だ」

　満足げに僕僕は頷く。

「弁は忘れた頃に気の利《き》いた良い仕事をするな。さっきも蚕嬢を差し出すんじゃないかとひやひやしたけど」

「弁」

　商館から出かけようとした王弁は、間もなく表情を凍りつかせて部屋に帰ってきた。

　僕僕は春風に打たれているようないつもの表情で言う。

「真昼にお化けでもみたような顔をしているぞ」

　真昼のお化けどころの騒ぎではなかった。その次の瞬間、劉欣の姿は部屋から消えていた。

五

仰々《ぎょうぎょう》しいほどの隊列が商館をぐるりと取り巻いていた。昨日のような仲間割れではなく、権威を背にした正規の軍隊である。

白く光る槍《やり》の穂と、引き絞られた弓の列が周囲を圧し、既に街路から人影は消えている。利にさとい広州の人々が、この騒ぎに関わりを持たないようにするのは当然のことだった。

(こんなものははったりだ)

劉欣にはわかっていた。

異民族が仲間内で少々揉《も》めたからといって、商館を攻撃して得るものなどない。商取引が円滑に進むことで利益を得ているのは商人だけではなく、官僚もなのだ。

(これほどのはったりを利かせて隠そうとしているものがある)

胡蝶は術師の力を使ってでも、僕僕という仙人を狙《ねら》い続けている。そのために元綜が広州に来ていることを、劉欣は既に先夜の苗人の内輪もめで摑《つか》んでいた。

劉欣は、びっしり密集した部隊の間を官兵の姿で難なく通り抜け、指揮官へと近づいていく。ここでも元綜は指揮官の姿をとっていた。誰一人としてその男が胡蝶の殺し屋であることに気付かない。

その元綜と、劉欣はもう一度交渉するつもりでいた。自分は胡蝶を裏切るつもりはなく、状況さえ許せばすぐにでも仕事にかかる。それに自分には仙骨というものがある。これからも胡蝶にとって大きな戦力であり続けることを約束する代わりに、両親の安全は保証してもらいたい。そう持ちかける。

向こうにとっても悪くない条件だ、と劉欣は踏んでいた。この交渉さえうまくいけば、自分は居心地の良い場所を二つ、取り戻すことが出来る。両親の愛情と胡蝶の友情、これさえあれば、やはり十分ではないか。

数人の将官が馬に乗って何事かを話し合っている。その中心にいる元綜まではもう石を投げれば届く距離だ。しかしその距離が縮まらなくなった。

異常に気付いた刹那《せつな》、劉欣は手を地に突いて全速力で駆け出した。

（罠《わな》か！）

以前にも、同じところを回り続ける術にはかかっている。

（やはり俺の動きは見破られているというわけだ）

何とか元綜と話をしなければ。そう焦《あせ》る彼の前で、地面が不意に盛り上がった。ぴたりと動きを止めた劉欣の前で、黒い土の塊は幼い頃から育ててきた稀代《きたい》の殺し屋に姿を変える。

劉欣は後ろを振り向く。そこには変わらず、官兵の士官姿に変装して馬に乗った元綜の姿がある。そして、目の前にも元綜が立っていた。

「兄ぃ、焦るのはわかるが、読みが浅くなったな」

「あの馬に乗っているのは、お前に変装した胡蝶の誰かか」

「そういうこと」

楽しそうに、元綜はくちびるのはしを上げた。

四角い顔に太い眉《まゆ》、ずんぐりした体からは、その男に劉欣も及ばない殺しの腕があると誰も想像できないであろう。両手には小さな鏨《たがね》がそれぞれ握られている。どこにでもある七寸ほどの工作道具こそが、元綜必殺の得物だ。

「頼む、聞いてくれ」

劉欣は身構えず、手を合わせる。

「俺は胡蝶を裏切ったつもりはない。元綜、頼むから俺の気持ちをお頭に伝えて欲しいんだ」

「そうさなあ」

あごを撫《な》でながら元綜は眼を細め、細めた瞼《まぶた》の間から劉欣を見た。くるりと回って背中を向けた元綜は、ううん、と考え込む身振りをしている。背中はがら空きだ。劉欣は指先をぴくりと動かしかけて止めた。誘いであることは明らかだった。

「何とかできるんだろ？」

普段の平静さをかなぐり捨てて劉欣は哀願する。幼い頃から共に過ごした絆《きずな》に縋《すが》るしかない。

「見苦しいなあ、兄ぃ。やる気がうせるじゃねえか」

心底ばかにした口調にも、劉欣は怒らなかった。目的は一つ、胡蝶に戻ること。そこへの迷いがなければ動揺することはない。どのような屈辱も受け入れる。胡蝶に戻れさえすれば、すべてがまたうまく回り始めるのだ。

「もう一つ良い知らせがある」

劉欣は次の一手を打つことに決めた。

「僕僕が言っていた。俺には仙骨がある」

「ほう」

振り向いた元綜は傲慢《ごうまん》な表情のまま続きを促した。

「この仙骨というのは……」

と説明しかけたところで元綜が引き取る。

「魂魄《こんぱく》を覆《おお》い、人をはるかに超える力を生み出す炉のようなものだ」

「知っているのか」

「そういうのに詳しい人間がいるんでね。兄ぃに仙骨とやらがあるってことは、このところ胡蝶に力を貸してくれている道士から聞いた。しかし俺はまだ半分疑ってるんだ。だって道士の力を借りているとはいえ、俺にまるで歯が立たないじゃないか」

「それは……」

ある、というだけでは力を発揮しない仙骨の使い方を、劉欣もまだ探し当てたわけではない。

「今のところは宝の持ち腐れ、ってとこだな」

元綜はにやりと笑って続ける。

「そのお宝、こちらに渡す気はあるかい」

「仙骨が欲しいのか？」

「道士が言うには仙骨と魂魄は分けられないものらしい。兄ぃの魂魄ごと欲しいんだそうだよ」

元綜の言葉を聞いて頷《うなず》きかけた劉欣の背筋に、ぞくりと悪寒《おかん》が走った。魂魄を渡せ、ということは命を渡せ、ということに他ならない。

「そうだよ。兄ぃは仙人を殺すことと母上さまを救うことと同時に果たすのは無理だと思っていたみたいだけど、ちゃんと答えがある」

太い眉を上げて元綜はにやりと笑った。

「そう、兄ぃが死ぬことだよ。兄ぃが死ねば次の胡蝶が仙人を追う。これで一つ問題は解決。そして兄ぃが先に死んでいれば、母上さまが命を落としても兄ぃが悲しむこともない。これでもう一つも解決」

「貴様……」

元綜からはあふれ出すような殺意が伝わってくる。前に襲ってきた時とは、明らかに違う。

「ああ、俺がえらくやる気まんまんに見える理由かい？」

かつて弟分としてかわいがっていた殺し屋はちょっとはにかんだような表情を浮かべた。

「それは兄ぃのことが大好きだからさ」

「どういうことだ」

「俺はね、仕事で人を殺す時にはぴくりとも気持ちが動かないんだが、近い人間を殺す時は震えるほどに気持ちがよくなるんだ。血のつながりが太いほど、友情愛情のつながりが強いほど、殺す時に強い快感を得られるんだよ」

「何を言ってる。お前には奥さんだっているだろう」

近しい者への愛情は胡蝶の人間だって持っている、そう劉欣は信じていた。

「妻のことはすごく愛しているけど、まだ殺さないさ。もっと愛して、思い出すだけで胸が痛くなるまで大切にしてから殺さないとね。これだって立派な愛情だよ」

劉欣は思わずつぶやく。しかしその呟《つぶや》きを聞いた元綜は急に哄笑《こうしょう》した。

「狂ってやがる……」

「俺が狂っているだって?」

ひとしきり笑った後、元綜は一気に間合いを詰めて劉欣を張り飛ばした。その動きを、劉欣は全く捉《とら》えられない。

「俺は胡蝶だぞ? 兄ぃは聞いていないかもしれないが、お頭が俺を見出《みいだ》した時、俺は涙と笑みで顔をくしゃくしゃにしながら両親を鉈《なた》で切り刻んでいた。生まれついての殺し屋なんだ。普通の人間から見れば信じられない話だろうな。じゃあ俺も言ってやろう。兄ぃ、あんたあの仙人に関わってから、胡蝶としては終ったんだ。迷い、ためらい、そして標的を救う。まったく、見てはいられない。本当の胡蝶なら、己の親を殺してでも仕事を果たすだろ。終っちまった殺し屋は、胡蝶に不要なのさ」

その言葉を最後まで聞かず、劉欣は地面を蹴《け》る。

「遅い、遅いな兄ぃ」

四足で駆ける劉欣のすぐ横にぴたりと元綜がついてくる。にこにこと笑いながら走る姿は追いかけっこをする子供のように無邪気で、手に光る鏨が無ければ遊んでいるかに見える。

劉欣はすっと一歩距離をとって吹き矢を構え、撃とうとした。距離はおよそ一丈。吹き矢で狙うには近すぎるが、元綜の身構えには隙《すき》があった。

まさに矢を打ち出そうとした瞬間、手とくちびるに鈍い痛みが走って吹き矢筒が飛ばされた。元綜の姿は一丈向こうにあるのに、その手に握られた鏨が劉欣の得物を弾《はじ》いていたのである。

「いや、やっぱり道術ってのは便利だなあ」

短いはずの元綜の腕が一丈の間合いを軽々と越えて劉欣に届いている。

「鏨を使うとすぐに殺しちまう。兄ぃ、体術で勝負しようぜ」

ためらい無く得物を投げ捨てると、元綜が飛び掛かってきた。

（くそ、いつもの服なら）隠し袋にある暗器で反撃できるのに、と臍《ほぞ》を嚙《か》む。今は僕僕から与えられた苗服《ミャオ》を身につけているのだ。

無論、劉欣も体術に自信がないわけではない。元綜に手ほどきしたのは他でもない彼である。手足の短い元綜は、人並み外れて長い手足を持つ劉欣に拳《こぶし》を届かせることも困難で、よくべそをかいていた。

「あれが口惜しくてね」

今は立場が逆である。劉欣の手足は届かず、一方的に殴られ蹴られ、絞められる。その鋼《はがね》のような力は、劉欣が意識を失う寸前に緩められ、痛みだけが延々と続く。

「わかるかい？　これが兄ぃにされていたことさ」

「それはお前を立派な胡蝶にするために……」

「仕方なくってんだろ？　よくわかってるよ。でもそんな事情と俺が感じていた痛みはまた別物さ」

目で捉えきれない打撃が顔面に加えられるたびに、焦《こ》げくさい臭《にお》いが鼻の奥に満ちた。反撃しようとしても、そこに元綜はいない。技量も劉欣が知っているものとは雲《うん》泥《でい》の差があった。

「愛する者を叩《たた》きのめすって、どうしてこうも気持ちいいんだろう。本当は兄ぃのご両親をあんたの目の前で殺してから、あんたも殺してやりたかったんだけどさぁ」

恍惚《こうこつ》とした表情が一丈向こうに見える。反撃の糸口すら見つけられないまま、劉欣の意識は遠くなる。

「それにしても仙骨ってのはどこにあるんだ？　体の急所にあるって俺は見てるんだが、一度抉《えぐ》り出してみたいもんだ」

元綜はぐったりと力の抜けた劉欣の頭をわしづかみにすると、人中《じんちゅう》、脊柱《せきちゅう》、鳩尾《みぞおち》と急所をがんがんと殴りだした。激痛が走るたびに劉欣は絶叫を上げる。だが喉《のど》をつぶされたのか、声もかすれてきた。

「なあ兄ぃ、俺にもその仙骨ってのが欲しいぜ。今の胡蝶はあの道士が絡《から》んできてからどうも気に入らねえんだ。どうして頭領があいつの言うなりに動くのかわからん」

攻撃の手を緩めることなく、元綜はそんな愚痴をこぼす。

「俺が殺してやるから、その仙骨を俺にくれるって言えよ」

（ここまでか……）

喉笛を摑んだ太い指が、ゆっくりと血管と気道を押しつぶしていく。

「言え。そうしたら兄ぃを楽に殺してやる」

笑みを含んだ声で元綜が命じる。殺す立場から相手を見下ろすことは何度もあった。しかし己を殺そうとする者を絶望的な気持ちで見上げるのは初めてだった。

（こうやって殺されるのか。俺にはお似合いの死に方かもな）

かつて心の拠《よ》り所とした組織の、最も親しかった男の手に掛かって意識が遠のいていく。一丈向こうにいた元綜の顔がすぐ近くにある。表情を消し、指先にかかる力が強まる。元綜が、とどめを刺そうとしていることを悟った。もう諦《あきら》めて、既に半ば塞《ふさ》がっている瞼を閉じてしまおうとした。

「ぐあ！」

目の前で叫び声がして、喉元にかかっていた力が消えた。劉欣が瞼を開くと元綜の鼻先に大百足《むかで》が嚙み付いていた。すぐに振り払った元綜は、大百足をわしづかみにすると、地面に叩き付けた。百足は苦しそうに体をくねらせ、青い体液が地面ににじむ。

「そういやこんなのも飼ってたな。虫ながら主《あるじ》の危機を救うなんて大した奴《やつ》だ」

ためらい無く嚙み傷を切り開いて毒を出すと、元綜は怒りで顔をどす黒く染めた。

「そうだ、ご両親の代わりと言っちゃあ失礼かもしれないが、兄ぃの前でこの百足ちゃんに死んでもらおうかな。いやなに、心配しなくても兄ぃも、それからご両親にもすぐにあの世に行ってもらうから」

元綜が百足を摑み、雑巾《ぞうきん》でもしぼるようにゆっくりとねじっていく。毎日のように磨いてやっていた黒光りする外皮が軋《きし》みをあげた。表情の消えかけた百足の黒い目が劉欣を捉える。

彼はその光景を見て、怒りも悲しみも感じなかった。そういった感情を越えた何かが、胸の奥に小さな光を点《とも》す。低い唸《うな》りを上げて体の中で何かが回り始める。血が沸き立ち、体の全《すべ》てが心の臓になったかのようだ。一度拍動するたび、皮膚が張り詰めて膨らんでいく。

すると、目の前にその小さな光が飛び出した。その光に手を伸ばそうとすると熱い。指先が溶け落ちそうな熱さが何故《なぜ》か心地よい。あの光を摑まなければ。体の中で誰かが命じる。

(欲しいな、あれ)

劉欣は霞《かすみ》のかかった意識で思う。どうせ死ぬなら、あの光を摑んで死にたい。

ついにその指先が光に届いた刹那《せつな》、彼の意識は爆発するように大きくなる光に飲み込まれていった。

次に気が付いた時、劉欣は地面に座り込み、その前には人の形をほとんど留めていない元綜の死体が、地面にめり込むようにして倒れていた。

(俺が、殺したのか)

元綜との力の差は歴然としていた。殺される寸前に、大百足が最後に助けようとしてくれたところまでは憶《おぼ》えている。

元綜の死に方は、異様な腕力を持つ拳で叩き潰《つぶ》されたようになっており、自分が使える殺しの技術のどれにも似ていないことが不思議ではあった。とにかく、これまで何があっても避けてきた領域に足を踏み込んだ。追っ手の胡蝶を殺してしまったのだ。

(……これでもう、俺は胡蝶に戻れない。結局仙人どものために働かなければならんのか)

なぜか、笑いが湧《わ》いている。苦い笑いではあったが、不思議と心の重さは消えている。

ふと視線を上げると、商館を包囲していた一隊が動き出している。彼はぐったりとしている百足を懐《ふところ》にしまうと、気力を振り絞って商館へと走った。

六

劉欣が部屋に戻ると、若者姿に戻った僕僕はぼろぼろになった劉欣の衣を見つめ、

「外の様子はどうだ」

とだけ訊《たず》ねた。

「状況は最悪だ。向こうにも術師がいるぞ。胡蝶のおまけもついている」

元綜はいつの間にか始末できていたが、まだ指揮官に化けた者が残っている可能性は高い。

「だろうな。ボクを縛ろうとする力を感じる」

「せ、先生を？」

王弁が目をむく。

「そりゃそうだ。この商館で最大の脅威はボクだ。ボクの動きを抑えれば勝負に勝てる」

引飛虎と推飛虎の兄弟が駆け寄ってきた。

「囲まれています！　逃げましょう」

「そんなことはわかっている。揉《も》め事はここではしないことに決まったんじゃないのか。どういうことだ」

「謀《はか》られました。峰東の連中があの後、広州城で騒乱を起こして城を占拠しようとし

ている輩《やから》が商館にいると刺史《しし》に讒言《ざんげん》した模様です」

　僕僕がわずかに眉《まゆ》をひそめた。

「ど、どうなるんです？」

「どうなるってなるようにしかならないだろ」

　この状況でも僕僕は弟子をからかっている。

「相手方は周りが見えていないようです」

　推飛虎は口惜しそうに鞘《さや》を叩いた。

「それはお互い様だろうけどな」

　僕僕の言葉に推飛虎が一瞬顔をしかめたが、

「こちらへ」

　と僕僕たちを導こうとした。しかし僕僕は動こうとせず、劉欣に目をやる。

「劉欣、以前キミが奇門遁甲《きもんとんこう》の罠《わな》にはまったことを憶えているか。一度入るとそこは結界になっていて戦う相手は己自身、道順を間違うと永遠にその中で彷徨《さまよ》うというやつだ」

　黙って劉欣が頷く。その罠の中で、彼は自らの影と追いかけっこをする羽目になった。僕僕の声に導かれ、術力が込められた鏡を叩き割ったところでようやく術が解けたものだ。

「それと似たような術を気付かぬ間にボクがかけられてしまっている。ボクが何らかの力を発揮すると、それがこの場全体に反響して、痛い目にあうようになっているみたいだ。手順を踏めば脱出できるようだが、その鍵《かぎ》を解くには時間が足りん」

僕僕がすいと杯を指さすと、ぱっと二つに割れる。次の瞬間に、僕僕の頭上で閃光《せんこう》が輝いた。樫《かし》の棒を叩き合わせるような音がして、僕僕が何かを摑《つか》む。開かれた手のひらには何もないかわりに、肌理《きめ》の細かい肌に、わずかな切り傷が出来ていた。

王弁は周囲を見渡すが、彼には罠の兆候を示すようなものは何も見えない。それをじっと見つめていた僕僕は、

「弁、キミは引飛虎たちと一緒に先に逃げろ」

と静かな声で言った。

「せ、先生は？」

「ボクは一人でも何とかなる」

僕僕の表情はいつも通り飄々《ひょうひょう》としている。

「……薄妃さんを探さないといけませんし」

「薄妃はこの結界の外にいるようだから大丈夫だ。弁、キミはここにいたら足手まと

いなんだよ」

僕僕は冷淡な口調で突き放すが、王弁は黙ったまま動かない。

先生を置いていけるわけがない。そんなことを考えている弟子を見て、僕僕はぷっと小さく、しかし嬉《うれ》しそうに笑った。

「仕方のない子だ。じゃあ劉欣、キミは先に外に出ていろ」

しかし劉欣も逃げようとしなかった。

「あんた、俺に仙骨とかいうのがあると言ったな」

殺し屋はこれまでに感じたことのない重さが、体中にかかっていることを感じていた。そして元綜が自分に止《とど》めを刺そうとした時に体の奥で回り始めた何かが、まだ完全に止まっていない気がしていた。そこに粘り気のあるものが絡み付いている不快な感覚がある。

僕僕が少し右眉を上げ、なるほど、とつぶやいた。

「この結界は仙骨に反応するようだな。それにしてもこの類の術、どこかで……」

「早く！」

窓から外を見た双子が叫ぶ。

茂みの間にちらちらと大槍《おおやり》を担《かつ》いだ州兵と、弓を携えた苗人の姿が見え始めた。館に残っている苗人たちが一様にくちびるを嚙み、弓をひきしぼって射ようとしている姿も見える。

「引飛虎、推飛虎」

僕僕は兄弟を呼ぶと、仲間を連れて館から逃れるように指示した。

「確かに、非常用の地下通路を設けてはありますが、それはあくまでも外敵を想定して作られたものです。相手も同じく苗となれば抜け道のことは知られている。きっとそこにも兵が伏せられているはずです」

それに、と続ける。

「我らはやはり先生方を国にお連れしなければなりません」

戦う気を瞳《ひとみ》にみなぎらせて兄弟は拒んだ。

「屋敷の乾《いぬい》（北西）に立つ赤松の根元に古い抜け穴がある。それを使うが良い」

ふいに王弁の袖《そで》の中から声がした。飛虎兄弟は驚いたように王弁を見るが、王弁は自分ではないと手を振る。

「乾の抜け穴を守るのは茶石紙《ちゃせきし》老人。若き頃峰麓《ほうろく》を守るために戦った男をお前たちもよく知っているであろう」

「は、はい……」

苗の双子はきょろきょろしながら頷《うなず》く。

「老人たちは心を痛めている。もとは同族である峰麓苗の間で仇《あだ》が積み上がるのを望んでいる人間ばかりではない。これ以上無駄な血を流すな」

凜《りん》とした声である。

「姫、姫なのですか」

兄弟は声のしているとおぼしき方向にいる王弁を凝視するが、彼はとぼけて首を振った。

「さっさと行け！　わが言葉を聴かずば、二度と目通りはかなわぬぞ！」

厳しい言葉に苗の兄弟ははっと平伏して、その場を走り去る。王弁が懐を覗《のぞ》き込むと、蚕嬢は口吻《こうふん》をわきわきと動かして笑って見せた。

「さて、どうするかな」

術を使えば大きな被害が出る。人間離れした体術を使える劉欣まで動きの自由を奪われている。薄妃はどこに行ったのやら。

「そうだ、吉良の力なら……」

長安の司馬承禎に救援を頼める、と王弁は続けた。

「その考えは惜しいところだが、ちょっと間に合わない」

僕僕はそう言って王弁を慰めた。

「力を集中させて一気に結界を破るという手もあるが、もし破りきれなかった時は、全員がひき肉になる恐れがある」

王弁がごくりと唾《つば》を飲み込む。

「どれくらいの力だと間に合う？」

という劉欣の問いに、

「ボク一人ならこの結界を破るか、キミたちを守るかどちらかしか出来まい」

と答える。

「もう一人術師がいれば……」

考え込む僕僕に劉欣は強い口調で言う。

「術は使えないが、俺にも仙骨はあるのだろう。それは使えないのか」

「そういえばキミ、どうやって自らの仙骨の力を発動させた？」

「知るか」

劉欣には、そうとしか言いようがない。

「結論から言うと、使える。しかし仙骨は心身を特殊な状態に置き、かつそれを意志の力で制御しないとその本人を……」

「御託はいい。使えるならさっさとやり方を教えろ。俺に出来ることは、もう知っているな」

僕僕の言葉を遮って劉欣は先を急《せ》かした。そんな彼のさまを見て、僕僕はにやりと笑う。

「えらくやる気じゃないか。わかった。キミに賭《か》けよう」

てきぱきと僕僕は手順を話した。劉欣が全力で結界の北、南西、南東に向けて吹き矢を放って結界を崩壊させると同時に、僕僕の力でその反射に備えて全員を守る。結界が崩壊した混乱に乗じて、吉良につかまってこの場を脱出するという計画である。

「おい」

劉欣は王弁を呼ぶ。

「お、俺？」

殺し屋を苦手としている王弁は嫌そうな顔をしながら劉欣に近づいた。

「その哨吶《ラッパ》で景気のいい曲を思い切り吹き鳴らせ」

「はあ？　こんな時に？」

「死にたいのなら吹かなくていい」

と突き放されれば吹くしかない。僕僕も頷いている。

「ど、どうせ吉良の力を借りる時に吹くからいいんだけどさ」

ぶつぶつ言いながら王弁は哨吶に口をつけ、大きく息を吸い込んで吹き始めた。

(やはりそうか)

胸のあたりで回っている何かに、王弁の奏《かな》でる哨吶が共鳴している。元綜に止《とど》めを刺される寸前とはまた違った熱さが、体に満ちる。

(仙人たちがこの哨吶を気に入っているのは、仙骨に何らかの力を与えるからだ)

体の奥は熱いのに感覚は研ぎ澄まされて、結界のどこに要《かなめ》があるのかすら見えた。結界は網のように商館を覆《おお》っているが、その基点となっているのは三ヶ所。一行の北、南西、南東にあってかがり火の形をとって燃え盛っている。

「合図を」

と劉欣は頼む。僕僕は弟子たちを近くに呼び集める。

「三で行くぞ。一、……」
二、という僕僕の号令と共に劉欣は一息で三本の吹き矢を、それぞれ違った方向へと打ち出した。と同時に僕僕の気が一行を包む。三弾共に結界の要に突き立った瞬間、猛烈な圧力が鈍い音を立ててのしかかってきた。
「劉欣、もう一弾！」

僕僕の鋭い声がする。南西の要がまだ破壊されていない。しかし劉欣は既に力を使い果たし、その場に座り込んでいた。吉良も天馬の真形を現しているとはいうものの、結界の圧力に身動きが取れないでいる。

僕僕の顔が初めて苦しそうに歪《ゆが》むのを、劉欣は見た。この結界は鏡のようなもの。僕僕が巨大な力を放つほど、強烈な衝撃が本人に返ってくる。劉欣も懸命に呼吸を繰り返し、次の一弾を放とうとするがどうしても力が入らない。王弁の哨吶もついには途切れようとしたその時である。

上空から一筋の光が急降下してきた。

「あれは……」

巨大な刀の柄《つか》を握っているのは薄妃であった。拠比《きょひ》の剣が光の尾を引いて、一つ残った結界の要へと突き立つ。ばつん、と太い綱が切れるような音がして炎が消える。一行を覆っていた結界が姿を消した。

結界の圧力からようやく解放された僕僕は膝《ひざ》に手をついてしばらく息をついていた。

「さっきのはさすがにこたえた。仙骨ごと魂魄《こんぱく》がひしゃげると思ったよ」

劉欣は気を失い、吉良も四肢をふんばってようやく立ち上がっている状態だった。

「弁、もう一度哨吶を」

頷いた王弁は、吹き口にくちびるをつけ、肺腑《はいふ》も破れよとばかりに勇壮な曲を吹き鳴らした。息も絶え絶えだった天馬が一ついななき、燃えるような赤いたてがみが怒りに逆立っている。

「やり返してやりたいのは山々だが私も消耗がひどく、長く飛ぶことすらも心もとない。とりあえずここから脱出する」

久方ぶりに人語を発した吉良が、全員が自分に摑まるように促す。王弁は疲れきった僕僕を吉良の背中に乗せ、自分はその後ろにまたがり師の小さな体をしっかりと確保した。王弁に促された薄妃も、吉良のたてがみを握りしめた。意外なことのなりゆきに呆然《ぼうぜん》としていた襲撃側が、気を取り直して包囲を狭めてきている。

「主《あるじ》どの、哨吶を頼む」

「行くよ！」

王弁はさらにもう一曲、風のように速く鋭い旋律を吹き出す。獣王の咆哮《ほうこう》と共に、吉良は一行を乗せて大空へと飛翔《ひしょう》した。

「海に向かって飛べ！」

王弁の袖の中から蚕が叫ぶ。

体当たりを敢行して結界の名残《など》りを粉砕した吉良は、港の桟橋近くに降り立った。漁の時間を終え、水揚げも一段落した漁港はしんとして音もない。

「逃げ道は……」

王弁には土地勘がなく、吉良の息も荒い。

「右を見ろ！」

蚕嬢の声にしたがって、王弁が見てみると、一艘《そう》の船がまさに帆を上げようとしている所だった。どこかもたついて、中々うまくいかない。しかしその船員たちの衣服は、王弁の見慣れたものであった。

浜の向こうから追っ手が現われ、喚声を上げて追いすがって来る。

「船に推飛虎さんたちがいます！」

向こうも気がついて、大声で早く乗ってくれと叫ぶ。吉良は最後の気力を振り絞って甲板にみなを放り出すと、瘦《や》せ馬に戻ってぱたりと倒れた。薄妃もそれに合わせるようにふわりと舷側《げんそく》に降り立つ。

「出港するぞ！」

船はもたもたと動き始める。

（ばかな奴《やつ》らだ）

劉欣は呆《あき》れていた。子供なのか大人なのか、勇敢なのか臆病《おくびょう》なのか、まるで統一のとれていない集団だ。胡蝶とは大違いなのがおかしくて仕方がなかった。

浜に集まってきた追っ手が矢を射掛けてくる。危ういところで帆が風を捉《とら》えて船は進み始める。港は遠ざかり、四方に水平線が広がるのみとなった。

胡蝶の仲間達や、頭領の顔も、目の前に居並ぶ連中の向こう側にぼやけて消えていく。そんな奇妙な感覚の中に、劉欣はいた。

王弁はほっとした顔で座り込み、薄妃はぼんやりと舷側に立って海面に視線を落としている。しばらくして、水平線を眺めている劉欣の前に仙人がやってきた。

「劉欣、キミが失《な》くした以上のものを、ボクたちはキミに与えることができる。選んだことを後悔はさせないよ」

僕僕は自信に満ちた表情で劉欣を見つめている。

「本当にばかな奴らだ」

劉欣は思わず口に出していた。お前も既にそのばかの一員だよ、と言い返してきた僕僕は、ふいにまじまじと彼の顔をのぞき込み、

「キミがボクたちの前で笑い顔を見せるのは初めてだな」

そう言った。くちびるの端が上がっていることに気付いた劉欣は慌《あわ》てて無表情を作り、海の方に顔を向けた。

参考文献

『太平廣記』（中華書局・一九六一）
『唐書　一～四』欧陽脩（汲古書院・一九七〇）
『問書』朱逢甲（広西人民出版社・二〇〇七）
『中国古典文学大系　第8巻「山海経」』高馬三良訳（平凡社・一九六九）
『隋唐道教思想史研究』砂山稔（平河出版社・一九九〇）
『中国の歴史　一～七』陳舜臣（講談社文庫・一九九〇～九一）
『道教の本』（学習研究社・一九九三）
『雲笈七籤』張君房編（中華書局・二〇〇三）

解説

長谷敏司

ファンとして、ここのところ年に一度の楽しみである僕僕先生の、三巻が文庫になりました。

先生と王弁くんのふたり旅から、二巻では世界一けなげな空気嫁、薄妃《はくひ》がくわわり、この三巻ではさらに新しい出会いが待っています。

一巻では広大な中国をぐるりと回って天界までも駆け巡る遥《はる》かな旅を。二巻では光州から長江まで南下し、そこから洞庭湖、醴陵《れいりょう》、南嶽衡山《なんがくこうざん》、衡州、永州と、歴史物ではめずらしい中国南方を歩き倒してきました。そして、この三巻ではさらに南へ突き進み、広州まで到達してしまいます。もうマカオがすぐそこです。

食も名所も、先生も素晴らしく、苗《ミャオ》族の民族衣装姿となると転げ回りたくなるかわいらしさです（正体は白髪の老仙人かもしれないのですが）。

手に汗握り、にやにやして、心にしみて、読み終えると、すこしやさしい気分になる。これは、たぶん表面に見えている以上に、現代的な要請にこたえてくれる物語だからです。

野暮な分析は先生に呆《あき》れられてしまいそうですが、しばしご容赦を。僕僕先生の文庫は、恒川光太郎氏、夏川草介氏がすでに立派な解説を書かれているので、今回は別の角度から触れさせてください。


我々は、望むと望まざるとにかかわらず、科学《サイエンス》と関わりながら生きています。

このサイエンスというやつは、現代生活の基盤なのですが、実に容赦のない部分を持っています。たとえば助けを求める人間がいても、求められた答えがわからないものならば、そこを無理に埋めたりはしません。問題を、無粋になろうが痛みをともなおうが、構わずに分析してより分けてしまいます。こんにち生活の中で苦しい思いをするとき、サイエンスで解明できる現実の容赦のなさと、人間の折り合いがつかないことに起因しているケースは数多いです。様々に語られてきた問題ではありますが、これは望まれている迅速さで解決はできません。

僕僕先生には、その巨大な空白にアプローチしてくれる甲斐性《かいしょう》があります。サイエンスではない道筋で広がる、我々をほっとさせてくれる世界が、ここにあります。

難問にぶつかったとき、先生はサイエンスではまずやらないことをしてしまいます。先生は、必要なら実に自然に問題を預けるのです。道具のように利用するわけではなく、王弁くんを導くためですらなく、彼のほうがよい答えを出せると言いながら。難問であっても、問題が人間によってかたちづくられているなら、切れば血が流れることになります。けれど、僕僕先生では、過度な分析で人を傷つけず、問題を切り刻んで区分したりもしない。悩む人間をバラバラに解体しようとせず、排除が解決になることはめったにありません。殺し屋の劉欣《りゅうきん》ですら、あるがままでいさせてくれる。とてつもない大きさです。

先生と、問題に取り組む王弁くんは、師と弟子ですがただ上下の関係ではありません。

持ちつ持たれつの関係がしっかりと結ばれています。そのバランスが、ことばで切り分けるよりもずっと多くを語っている。

理性という力で自分を律するのではない、適度に力の抜けた世界が成り立っています。

そして、この広漠とした大きさが、難問の物語を、これほど品のあるものにしているのではないでしょうか。

僕僕先生が扱っている題材は、冷静に並べてみると驚くほどシビアです。この『胡蝶の失くし物』では、先生を狙《ねら》う殺し屋まで現れます。貧困、病気、宮廷の暗闘、金銭と労働者と雇い主の摩擦、裏切り、戦い、別離。世界はあまりにも厳しい。なのに、水墨画のような配置の妙が、流れるように物語を楽しく読ませてくれます。

バランスが、大きな世界をかたちづくり、やさしい手つきで支えている。

そうして王弁くんと先生の長い旅路は、現代を生きる我々の現実の痛みとつながっているのでしょう。ファンタジーの重い部分を引き受けつつ、適度に力を抜いて飄々《ひょうひょう》と旅は続いてゆく。

その間、我々にもサイエンスからバランスへ、現実をいっとき積み替えさせてくれる。だからこそ、読み終えたとき、重みがすこし和らいでいるのではないでしょうか。

今作『胡蝶の失くし物』は、旅の道連れが増えただけではありません。すでに絶妙のバランスで成り立っている作品を、再整理する物語でもあります。

殺し屋劉欣が現れ、のほほんとしていた王弁くんにもちいさな変化が訪れます。薄妃の運命とあわせて、娯楽としてより大きな土台が築かれてゆきました。そして、三巻の結末が、次巻の傑作『さびしい女神』に繋《つな》がる見事な助走にもなっているのですから、ただごとではありません。

気になった文庫読者さんは、単行本ででも是非手にとってみてください。本当に、ここから展開する物語で、僕僕先生はファンタジー小説の力を改めて認識させてくれる大作に一層の飛躍をはじめたと思います。

最後に、作者の仁木さんについて、カバーの折り返しにはないご紹介を。

仁木さんとはいろいろと縁があって交友を得たのですが、飲みに行くたびに馬鹿《ばか》話ばかりしています。酒席でここまで陽性で、友だちを幅広く作る作家というのはそうはいません。

気持ちよく話して、飲んで、楽しく別れたころになって、あの人とは初めて会ったのだったなと思い返すことがしばしばあります。酒席の相手と別の機会に飲んだり電話がかかってきたりと、輪が広がる。振り返ってみると、彼が輪をつなぐように、人がよいところや楽しいところを出せる空気を作ってくれているのです。

それは、仁木英之という作家が人間を際《きわ》だたせ、バランスを取り持つ感覚を持っているからであるように思えます。

僕僕先生の底流にあるのは、様々なものを呑《の》み込む作家の甲斐性であるように感じられるのです。

（平成二十三年四月、作家）

この作品は平成二十一年三月に新潮社より刊行された。

上橋菜穂子著

狐笛のかなた

野間児童文芸賞受賞

不思議な力を持つ少女・小夜と、霊狐・野火。森陰屋敷に閉じ込められた少年・小春丸をめぐり、孤独で健気な二人の愛が燃え上がる。

上橋菜穂子著

精霊の守り人

野間児童文芸新人賞受賞
産経児童出版文化賞受賞

精霊に卵を産み付けられた皇子チャグム。女用心棒バルサは、体を張って皇子を守る。数多くの受賞歴を誇る、痛快で新しい冒険物語。

上橋菜穂子著

闇の守り人

日本児童文学者協会賞・
路傍の石文学賞受賞

25年ぶりに生まれ故郷に戻った女用心棒バルサを、闇の底で迎えたものとは。壮大なスケールで語られる魂の物語。シリーズ第2弾。

上橋菜穂子著

夢の守り人

路傍の石文学賞・
巌谷小波文芸賞受賞

女用心棒バルサは、人鬼と化したタンダの魂を取り戻そうと命を懸ける。そして今明かされる、大呪術師トロガイの秘められた過去。

上橋菜穂子著

虚空の旅人

新王即位の儀に招かれ、隣国を訪れたチャグムたちを待つ陰謀。漂海民や国政を操る女たちが織り成す壮大なドラマ。シリーズ第4弾。

上橋菜穂子著

神の守り人

（上 来訪編・下 帰還編）
小学館児童出版文化賞受賞

バルサが市場で救った美少女は、〈畏ろしき神〉を招く力を持っていた。彼女は〈神の子〉か？ それとも〈災いの子〉なのか？

角田光代著
キッドナップ・ツアー
産経児童出版文化賞・路傍の石文学賞受賞

私はおとうさんにユウカイ(=キッドナップ)された！　だらしなくて情けない父親とクールな女の子ハルの、ひと夏のユウカイ旅行。

角田光代著
真昼の花

私はまだ帰らない、帰りたくない――。アジアを漂流するバックパッカーの癒しえぬ孤独を描いた表題作ほか「地上八階の海」を収録。

角田光代著
おやすみ、こわい夢を見ないように

もう、あいつは、いなくなれ……。いじめ、不倫、逆恨み。理不尽な仕打ちに心を壊された人々。残酷な「いま」を刻んだ7つのドラマ。

角田光代著
さがしもの

「おばあちゃん、幽霊になってもこれが読みたかったの？」運命を変え、世界につながる小さな魔法「本」への愛にあふれた短編集。

角田光代著
しあわせのねだん

私たちはお金を使うとき、べつのものも確実に手に入れている。家計簿名人のカクタさんがサイフの中身を大公開してお金の謎に迫る。

角田光代著
予定日はジミー・ペイジ

妊娠したのに、うれしくない。私って、母性欠落？　運命の日はジミー・ペイジの誕生日。だめ妊婦かもしれない〈私〉のマタニティ小説。

胡蝶《こちょう》の失《な》くし物《もの》

僕僕先生

新潮文庫

に－22－3

平成二十三年六月一日発行

著者　仁《に》木《き》英《ひで》之《ゆき》

発行者　佐藤隆信

発行所　株式会社新潮社

郵便番号　一六二―八七一一
東京都新宿区矢来町七一
電話　編集部(〇三)三二六六―五四四〇
読者係(〇三)三二六六―五一一一
http://www.shinchosha.co.jp

価格はカバーに表示してあります。

乱丁・落丁本は、ご面倒ですが小社読者係宛ご送付ください。送料小社負担にてお取替えいたします。

印刷・大日本印刷株式会社　製本・憲専堂製本株式会社

ISBN978-4-10-137433-8　C0193